DIEPE WOUD
SCHEMERWOUD
KLIFLAND
HET KLIF

Voor Anna en Katy

Reeds verschenen in De Klif-Kronieken:

De vloek van de Schemergluiperd

De Twijg-trilogie
Boek 1: Ver voorbij het Diepe Woud
Boek 2: De Stormenjager
Boek 3: Dreiging over Sanctaphrax

De Roek Blafwater-trilogie
Boek 1: De laatste luchtpiraat
Boek 2: De wraak van Vox Verlix
Boek 3: De vlucht naar de Vrije Laren

Originele titel: *Midnight over Sanctaphrax*

Deze uitgave door: Deltas, België-Nederland.
Vertaling: Jan Vangansbeke.
Gedrukt in België.

D-MMVIII-0001-365
NUR 284

Inleiding

Heel ver weg, als het boegbeeld van een machtig schip van steen priemend door de leegte erna, ligt het Klif. Een machtige waterval stortte zich ooit over deze overhangende rotspunt. Maar nu is de Klifwater Rivier ondiep en traag. Haar bron, in mythes bekend als Riviersprong, droogt langzaam op, en de stromen en bijrivieren die haar ooit voedden, slinken.

Zich uitspreidend langs de brede en steeds moerassiger riviermond ligt Onderstad, een chaotische wirwar van krakkemikkige krotten en vervallen achterbuurten. Hier wonen allerlei vreemde volkeren, schepselen en stammen uit het Klif, op elkaar gepropt in de smalle straten van de stad.

Maar Onderstad is niet alleen smerig, overbevolkt en vaak gewelddadig. Ze is ook het centrum van alle economische activiteit – zowel legaal als clandestien. De stad bruist, borrelt en barst van energie. Iedereen die er leeft, drijft er een bepaalde handel, met daarmee samengaand een liga en een nauwkeurig afgebakend district. Dat leidt tot intriges, complotten, bittere concurrentie en onophoudelijke geschillen – district tegen district, liga tegen rivaliserende liga.

Maar één ding bindt hen allen: hun *vrijheid*. Iedere inwoner van Onderstad is vrij. Geboren uit de tweede Grote Migratie, ontwikkelde Onderstad zich als een veilige haven voor wie ontsnapt was aan slavernij en tirannie in het Diepe Woud. De stichters legden het principe van vrijheid voor allen vast in hun grondwet. En nog steeds wordt dat principe vurig gekoesterd. Iedereen die probeert een Onderstedeling tot slaaf te maken, wordt ter dood veroordeeld.

Midden in Onderstad bevindt zich een grote, ijzeren ring, waaraan een lange en zware ketting zich uitstrekt in de hemel. Aan het uiteinde ervan zit een immense, zwevende rots.

Zoals alle andere drijvende rotsen van het Klif vindt ook deze haar oorsprong in de Stenen Tuinen – daar kwam ze plotseling uit de grond te voorschijn, groeide en werd omhooggestuwd door andere onder haar groeiende nieuwe rotsen, en bleef groeien. De ketting heeft men eraan vastgehecht toen de rots groot en licht genoeg was om in de lucht te zweven. En op deze rots heeft men de schitterende stad Sanctaphrax opgetrokken.

Met haar bevallige scholen en colleges is Sanctaphrax een zetel van wetenschap, bevolkt door academici, alchemisten en hun leerjongens. De vreemde studieonderwerpen worden er angstvallig bewaakt, en hoewel iedereen er welwillend lijkt, is Sanctaphrax een broeinest van rivaliteit en haatdragende partijruzies. Ondanks dat hebben de burgers van Sanctaphrax één gemeenschappelijk doel: het weer begrijpen.

De academici – van nevelzevers en mistonderzoekers tot windrakers en wolkenkijkers – observeren en onderzoeken, kalibreren en catalogiseren hiervoor elk miniem kenmerk van de steeds veranderende klimaateigenschappen die aangerold komen uit de open hemel, ver voorbij het Klif.

Daar is het – in die onmetelijke, onontgonnen leegte waarvan de enkelingen die er zich waagden nooit teruggekeerd zijn – dat het weer gebrouwen wordt door Moeder Storm in hoogsteigen persoon. Witte stormen en geeststormen bereidt ze: regens die droefenis brengen, winden die je krankzinnig maken en een dikke, zwavelrijke mist die je van je zinnen berooft en je geest voor de gek houdt.

Heel lang geleden noteerde de oude geleerde Archemax in zijn inleiding op *De Duizend Luminescerende Aforismen*: 'Het weer kennen is het Klif kennen.' De huidige academici van Sanctaphrax doen er goed aan acht te slaan op deze woorden, want afgezonderd op hun zwevende rots, lonkt het gevaar dat ze de band tussen de twee vergeten.

Het Diepe Woud, de Stenen Tuinen, de Klifwater Rivier. Onderstad en Sanctaphrax. Namen op een kaart.

En toch, achter elk van deze namen gaan duizenden verhalen schuil, verhalen die zijn neergepend in antieke geschriften, verhalen die generaties lang mondeling werden overgeleverd, verhalen die zelfs nu nog worden verteld.

Wat volgt, is maar één van deze verhalen.

HOOFDSTUK EEN

OPEN HEMEL

Hoog in de onmetelijke wolkenmassa sneed een eenzaam luchtschip met bolle zeilen door de ijle lucht. Een eind verderop, aan het eind van een sleeptouw, fladderde een reusachtige vogel met zijn machtige zwart-witte vleugels en leidde het schip nog verder het gebied in dat alle Klifschepsels met gruwel vervult: de open hemel.

'Maalstroom recht voor', riep de kleine eikelf uit het schutnest in de top van de grote mast. Zijn stem klonk schril van angst. 'En het is een monster!'

Beneden aan het roer van de *Klifdanser* zette een jonge luchtpiraat in een vest van hamelhoornhuid met bevende handen zijn telescoop aan zijn oog. Toen hij scherp stelde op de donkere, wervelende lucht, miste zijn hart een tel. De naderende maalstroom was inderdaad monsterachtig. Het leek wel alsof de grote, melkachtige wolken stremden en kronkelend om hun as tolden, in een grote, bloedrode keel met in het midden een inktzwarte duisternis die het nietige schip dreigde op te slokken.

'Ik zie het, Spoeler', riep de jonge kapitein naar de eikelf. 'Ze komt eraan met een snelheid van honderd passen per seconde, kapitein Twijg, heer', schreeuwde Spoeler terug, duidelijk in paniek. 'Er rest verdomd weinig tijd voor de impact.'

Twijg knikte bars. De luchtstromen rond hem be-

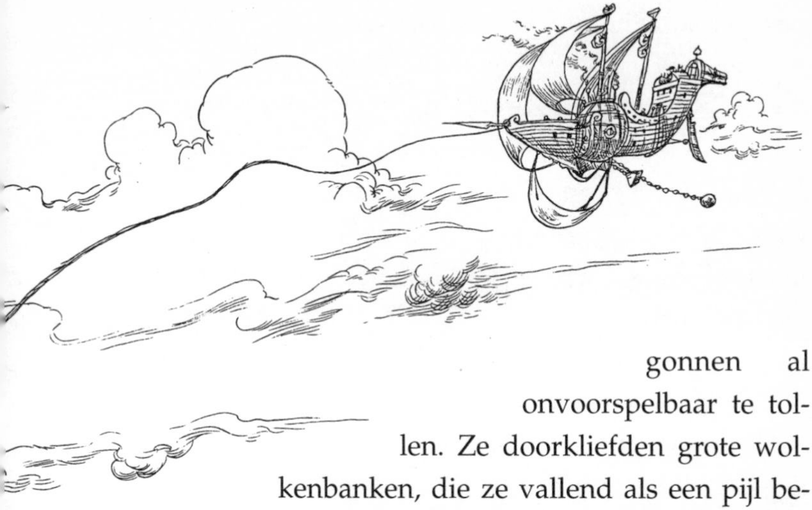

gonnen al onvoorspelbaar te tollen. Ze doorkliefden grote wolkenbanken, die ze vallend als een pijl betraden en waaruit ze zich aan de andere kant weer verhieven. De schutvogel, verbonden aan het sleeptouw, zette onverstoorbaar zijn gestage, aanhoudende vlucht voort.

'Maar dit is waanzin!' klaagde de pezige kwartiermeester met de wezelsnoet in de protserige, gebrocheerde jas.

Hij nam zijn grote, driekantige hoed van zijn hoofd en wiste het zweet van zijn voorhoofd. 'Hij vliegt recht op de maalstroom af.'

'We moeten de schutvogel volgen, waar hij ook vliegt, Vorst', riep Twijg terug.

'M... Maar', stotterde Wiegnoot Vorst, met jammerende piepstem.

'Vorst!' riep Twijg. 'We zitten allen in hetzelfde schuitje. Zorg er maar voor dat die touwen stevig vastzitten.'

In zichzelf mompelend ging Vorst doen wat de kapitein hem bevolen had. Op het onderdek trof hij een

zware plathoofdkobold, die zich vastklampte aan de tuigage, zijn ogen vol angst.
'Maak je maar geen zorgen, Prutgrol', zei Vorst grijnzend. 'Als onze jonge kapitein echt gelooft dat die grote, schriele vogel ons leidt naar zijn sinds lang verloren vader en niet naar een gewisse dood in het hart van de maalstroom, wie zijn wij dan om daarover van mening te verschillen?'
'Wel inderdaad!' riep een gedrongen gedaante, wiens huid en haar, vuurrood van kleur, hem verraadden als een slachter uit het Diepe Woud. 'Je hebt getekend bij kapitein Twijg, net als de anderen. En ik veronderstel dat je, net als de anderen, iets speciaals in hem zag – zoals hij iets speciaals zag in elk van ons. We zijn de uitverkorenen en we volbrengen dit tot het eind.'
'Tja, wel', antwoordde Vorst onzeker. 'Het eind lijkt dichterbij dan ik verwacht had.'
'Maalstroom, honderdduizend passen en naderend', weerklonk vanuit het schutnest de zenuwachtig krakende stem van Spoeler.
'Je mag best bang zijn, Vorst', bromde een zachte, fluisterende stem vanuit de schaduwen achter hem.
Vorst liet het touw los en draaide zich om. 'Weer mijn gedachten aan het lezen, hè, Woudvis?' zei hij.
Woudvis trok zich terug. Hij was een tenger, reptielachtig individu met vliezen op zijn handen en voeten en enorme, puntige oren, die voortdurend trilden.
'Ik kan het niet helpen', verontschuldigde hij zich. 'Dat doen waterzwervers nu eenmaal. En ik kan je nog meer vertellen. De jonge kapitein kent zijn schutvogel goed.

Hij was erbij toen hij uit het ei kroop, en daarom moet het schepsel over hem waken zolang ze beiden leven. Het was de schutvogel die ontdekte dat Twijgs vader aan zijn lot overgelaten was in een wrak van een schip in open hemel. De vogel riep kapitein Twijgs hulp in en hij riep ons te hulp. We staan steeds achter hem. Trouwens,' voegde hij eraan toe, 'de schutvogel weet wat hij doet – hoewel zijn gedachten *echt* moeilijk te lezen zijn.'
'O, wel, daardoor voel ik me *veel* beter', antwoordde Wieknoot Vorst sarcastisch.
'Weet ik,' zei Woudvis rustig, 'jouw gedachten zijn zo helder als water.'
Vorsts glimlach bevroor en zijn vaalgele wangen kregen een rode blos.
'De touwen, Vorst', schreeuwde Twijg.
De jonge kapitein staarde de grote, open leegte in. De *Stormenjager*, het schip van zijn vader, was daar ergens, dieper in de open hemel dan een luchtschip ooit gevaren had, en hij zou het vinden, wat het ook kostte.
Twintig dagen en twintig nachten hadden ze al gereisd, op sleeptouw genomen door de schutvogel, die hen onwankelbaar leidde naar de verraderlijke leegte. Nu, terwijl de roze gloed van de rijzende zon zich verspreidde over de hemel op die eenentwintigste dag, voerde het schijnbaar onvermoeibare beest hen nog verder. En intussen werden de winden steeds onvoorspelbaarder, nu de dominante zuidwesters botsten op de tunnel van lucht uit het oosten.
'Neem het roer over, Goem', zei Twijg tot de grote, ruige berg haar en slagtanden achter hem. Iedere kapitein

had een trouwe luitenant nodig, en Goem de gabberbeer was die van Twijg. 'Hou een rechte koers. We moeten de schutvogel blijven volgen.'

Goem knorde en zijn oren wapperden.

Twijg richtte zijn aandacht op de twee rijen hendels met benen handvatten die het schip controleerden. Met bedreven bekwaamheid speelden zijn handen ermee – verhoogden het achterstevengewicht en verlaagden het voorstevengewicht. Ze verlaagden de kleine, middelgrote en grote stuurboordrompgewichten zover ze

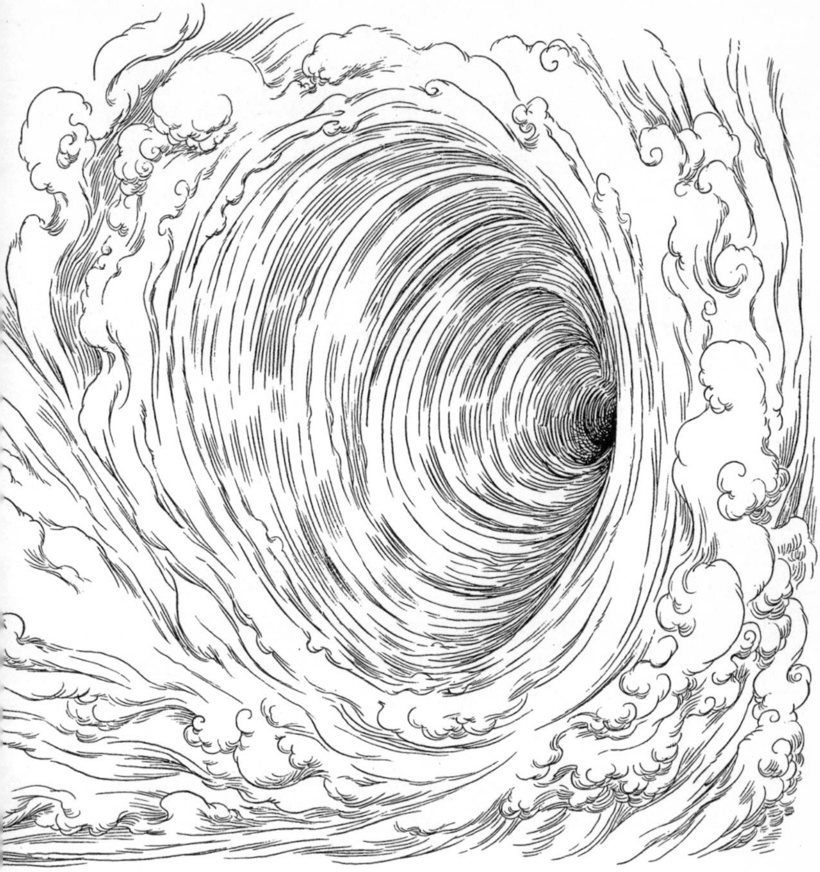

konden, en verhoogden tegelijkertijd hun tegenvoeters aan bakboord.

Het schip dook omlaag en helde scherp naar stuurboord in een poging om in de onregelmatige koers van de schutvogel te blijven. Alarmkreten weerklonken vanaf het benedendek. Twijg klemde zijn tanden op elkaar en concentreerde zich. Een luchtschip besturen was sowieso al een aartsmoeilijke klus, maar nu een maalstroom opdoemde vanuit de open hemel, werd Twijg echt tot het uiterste van zijn kunnen gedreven.

Met een hand positioneerde hij de neven- en kluutrompgewichten. Met de andere paste hij de hoeken van de zeilen aan – het stagzeil laten hellen, het grootzeil vieren, de kluiver zachtjes laten ronden... Voorzichtig...

'Hoek, snelheid en balans', mompelde Twijg.

Dat waren de drie fundamenten van luchtzeilen. Maar nu de wind met de minuut woester werd, was het moeilijk om ook maar een hiervan te houden.

'Harder naar stuurboord, Goem', brulde Twijg, terwijl hij de rompgewichten afstelde. 'We moeten de hoek bewaren van...'

Plotseling trok een afschrikwekkende trilling door het luchtschip. De romp kraakte, de masten trilden. Plotsklaps kantelde het schip en helde over naar de andere kant.

'Sleeptouw omlaag!' beval Twijg zijn bemanning. De *Klifdanser* kon elk ogenblik omkeren – en omdat er geen land onder hen was, zou wie viel onophoudelijk blijven vallen.

Spoeler, de eikelf, verdween in het schutnest. Wieknoot Vorst greep een touw vast en bond zichzelf vast aan de voormast. Tarp Hameltroep de slachter en Woudvis de waterzwerver grepen de boegspriet, terwijl Prutgrol de plathoofdkobold zijn hoofd terugsloeg en jankte.

In het midden van het schip, op een platform hoog boven de vluchtrots, stond een figuur gekleed in grote gepunte kap en jas, kalm en onbeweeglijk en stil. Dit was het laatste lid van Twijgs bemanning: de Steenpiloot.

De wind beukte hard tegen het luchtschip: nu eens bakboord, dan weer stuurboord. Twijg richtte zijn voorstevengewicht helemaal op en hield zijn adem in.

Een ogenblik lang schudde de *Klifdanser* heviger dan ooit. Maar hij bleef netjes rechtop. Opgelucht stelde Twijg het grootzeil en de kluiver af. Het luchtschip helde lichtjes naar stuurboord en sprong voorwaarts. Het sleeptouw vierde op. In de verte fladderde de schutvogel naar de grote, gapende kloof van de maalstroom.

'Vijfenzeventigduizend stappen en naderend', gilde Spoeler.
'Zorg ervoor dat jullie niet loskomen!' waarschuwde Twijg luid zijn bemanning. 'Ik wil niet dat iemand overboord valt.'
'Iemand?' mompelde Vorst. 'Allen zal hij bedoelen. We zijn allen verloren als we deze koers aanhouden.'
Tarp Hameltroep keek hem aan. 'Vorst!' waarschuwde hij.
Vorst staarde uitdagend terug. 'Iemand moet het hem vertellen', zei hij. 'Hij sleurt ons allen de dood in.'
'De kapitein weet wat hij doet', zei Tarp.
'Trouwens, we zijn al te ver om nog terug te keren.'

Twijg, die het getwist hoorde, keek in het rond. Hij zag zijn bemanning, waarvan nu elk lid stevig vastgebonden was. De angst in zijn ogen was onmiskenbaar. Zijn blik viel op Tarp.
'Wat is er daar aan de hand?' vroeg hij.
'Niets, kap'tein', zei Tarp, terwijl hij zijn ruwe, rode kop schudde. 'Vorst die ze knijpt, meer niet.'
Wieknoot Vorst draaide zich om en keek op. 'Voorzover ik weet', zei hij, 'heeft geen enkele kapitein ooit zijn luchtschip in een maalstroom gestuurd en het achteraf kunnen vertellen.'

De anderen luisterden en zwegen. Ze waren allemaal te loyaal – en te dankbaar – tegenover de kapitein om zijn bevelen in twijfel te trekken. Maar hun angst voor de naderende storm weerhield hen ervan hun kapitein te verdedigen. Twijg keek hen triest aan.

Hoe anders was dit tafereel dan de nacht toen de *Klifdanser* zijn lange toch aanvatte. Toen, onder een heldere volle maan, had de bemanning samengezeten op het benedendek voor een hartige maaltijd van geroosterd sneeuwvogelvlees, woudpompoen en zwartbrood. Ze waren goedgeluimd, het woudbier maakte hen spraakzaam, en ze overbluften elkaar met sterke verhalen uit hun levens voorafgaand aan de dag dat Twijg ze gevraagd had om met hem te varen.

Voor de bemanning van de *Klifdanser* was dit hun eerste tocht samen. Er was Spoeler de eikelf – klein, alert, maar met een blik die zo scherp was dat hij een witte raaf in de modder opmerkte op duizend passen afstand.

Goem, de jonge gabberbeer, was nu al reusachtig groot, en had pas een paar slagtanden gekregen. Eén klap van een van zijn machtige klauwen kon een hamelhoorn doden. En dan was er Woudvis, een

reptielachtig wezen uit de zwarte diepten van het Diepe Woud, wiens waaiervormige oren alles opvingen, gesproken of ongesproken. Twijg had ze alle drie gered uit de klauwen van Plakzweet, een handelaar in exotische huisdieren, waarvoor ze hem levenslang dierbaar waren.

Tarp Hameltroep, de slachter, was een bewoner van het Diepe Woud die zijn leven sleet in de kroegen van Onderstad.

Prutgrol, een plathoofdkobold en moedig krijger, was ooit een bewaker in Sanctaphrax. Beiden hadden zwaar geleden onder de grillen van het lot; beiden kregen hulp aangeboden en een tweede kans aan boord van de *Klifdanser*. Geen van hen zou ooit de goedheid van hun kapitein vergeten.

En dan was er Wieknoot Vorst – die niets aan Twijg verschuldigd was – een pientere, sluwe kwartiermeester, waarop Twijg een gok gewaagd had.

Alleen de stille Steenpiloot was geen onbekende voor Twijg – ze hadden vroeger al samen gevaren.
'Op ons eerste avontuur samen!' had Tarp geroepen, het glas omhoog. 'En moge de schutvogel ons leiden naar de vader van de kap'tein, en ons veilig terugbrengen naar het Klif.'
Een instemmend geroezemoes beantwoordde zijn toast.
'Op ons eerste avontuur', hadden de luchtpiraten gejoeld.

Nu, drie weken later, klom dat avontuur naar zijn climax.
'Maalstroom, vijftigduizend passen', schreeuwde Spoeler boven het geraas van de aanstormende wind uit.
'Luister goed naar me', riep Twijg hard. Hij richtte zich tot de gabberbeer bij het roer, die nog steeds een gestage koers aanhield ondanks het verraderlijke beuken van de wind. 'Jij ook, Goem', zei hij. 'Kunnen jullie me allemaal horen?'
'Ja', weerklonk het in koor en de bemanningsleden keken als één man op naar hun kapitein.
Overal om hen heen kronkelden en wriggelden de wolken, geel en grijs, met flitsen elektrisch blauw. De wind ging vervaarlijk tekeer terwijl de maalstroom – de gapende opening tot de tollende tunnel naar hen gericht – dichterbij dreef. Twijg keek angstig op, de haren van zijn hamelhoornhuidjas overeind. De schutvogel vloog nog steeds onverdroten verder.

'Geen van jullie heb ik gedwongen te komen', begon hij. 'Toch zijn jullie gekomen. En ik ben er jullie dankbaar voor – dankbaarder dan jullie zich kunnen inbeelden.'

Woudvis knikte begrijpend.

'Ik dacht dat ik mijn vader voor altijd verloren had. Nu heb ik een kans gekregen om hem terug te vinden. Ik zal nooit vergeten dat jullie dit mogelijk gemaakt hebben.'

'Ik zou je volgen tot het eind van de open hemel, kap'-tein', schreeuwde Tarp Hameltroep terug.

'Wuh-wuh!' beaamde Goem.

Wieknoot Vorst liet zijn hoofd zakken en schoof ongemakkelijk met de voeten.

'Samen hebben we al een heel eind afgelegd', ging Twijg verder. 'Nu worden we tot het uiterste op de proef gesteld. Zo de hemel het wil, vinden we Wolk Wolf en keren we veilig terug naar het Klif,' zei hij. 'Maar als...' Hij pauzeerde. 'Als we falen, zweer ik dat zolang jullie mijn bemanning zijn, ik jullie nooit in de steek zal laten, wat er ook gebeurt. Nooit! Als kapitein van de *Klifdanser* geef ik jullie mijn woord.'

Tarp Hameltroep keek op. 'Ik kan niet spreken in naam van de anderen,' zei hij, 'maar mijn steun heb je, kap'tein.'

'De mijne ook', zei Woudvis.

Een instemmend gerommel echode over het dek. Zelfs Wieknoot Vorst knikte.

'Maar ik snap nog steeds niet waarom we alles zo moeilijk moeten maken voor onszelf door recht in de

muil van een maalstroom te varen', mopperde hij.
'Vertrouw de schutvogel', antwoordde Twijg. 'Hij weet wat hij doet...'
'Maalstroom op vijfentwintigduizend passen', riep Spoeler. 'Ongeveer vier minuten tot impact.'
De *Klifdanser* vloog in een bank van grijze, kleverige wolk. De stormkracht van de windvlagen kantelde het schip nu eens naar deze kant, dan weer naar die kant. Terwijl Goem het roer beet hield, liet Twijg zijn vingers over de hendels met de benen handvatten lopen in een fanatieke poging om het schip recht te houden. Om hen

heen vertakten en flitsten blauwe bliksemschichten. De wolk was zo dik dat de luchtpiraten nauwelijks een hand voor ogen konden zien.

'Hoek, snelheid en balans', mompelde Twijg. Maar deze keer stelden de woorden hem niet gerust. Met de dikke lucht in zijn ogen, zijn neus, zijn mond, voelde hij dat hij de moed begon te verliezen.

Precies toen schoot de *Klifdanser* door de bank van wolk. De luchtpiraten deinsden verschrikt achteruit. Twijg snakte naar adem. Zelfs de schutvogel leek verrast door wat hij zag. De wervelende toegang tot de maalstroom was plotseling daar, recht voor hen. Zijn gigantische, bloedrode muil gaapte zo wijd, dat hij bijna de hele hemel verzwolg.

'M... m... maalstroom, tienduizend passen en n... naderend', stamelde Spoeler.

'Iets hoger, Twijg', zweefde de stem van de schutvogel hen tegemoet terwijl hij opwaarts vloog, zodat het sleeptouw weer strak gespannen stond. 'We moeten de maalstroom betreden in het dode punt pal in het midden van de wervelende luchttunnel.'

Zonder verder over het bevel na te denken, dansten Twijgs handen over de hendels, en hij verhoogde het voorstevengewicht, verlaagde het achterstevengewicht en stelde de lij- en stagzeilen af.

'Goed zo', riep de schutvogel. 'Hou deze koers aan. Zolang we in het midden van de maalstroom blijven, hebben we een kans.'

Een ijzige rilling van angst kroop over Twijgs ruggengraat.

Open hemel

'Vijfduizend passen', schreeuwde Spoeler.
Winden met de kracht van een orkaan sloegen keihard tegen de *Klifdanser*, en dreigden het schip ieder ogenblik in een fatale val te storten. De geladen lucht rook naar zwavel en geroosterde amandelnoten en deed de haren van de luchtpiraten recht overeind staan.
'Duizend stappen!'
Het schip trilde en knarste. De bemanning klampte zich wanhopig vast aan wat ze maar kon grijpen.
Plotseling wervelde de gerafelde rand van de tollende storm rond het schip. Alsof je staarde in een monsterlijk grote keel. Nu was er geen weg terug.
'Vijfhonderd passen', gilde de eikelf. 'Vier. Drie. Twee. Eén...'
'Zet je schrap!' schreeuwde Twijg. 'We betreden de maalstroom... *nu*!'

HOOFDSTUK TWEE

DE MAALSTROOM

Het was een rode wereld waarin ze zich wierpen. Er was een vlaag kachel-hete lucht, en een vreselijk geschreeuw dat Twijgs oren vulde. Zijn maag raakte in de knoop, zijn adem kwam met snikjes en toen hij erin slaagde om één oog half te openen, zorgde de wind ervoor dat brandende tranen langs zijn wang stroomden.

'Hemeltjelief', riep hij uit.

Ze bevonden zich binnen in de razende, rode strot van de monsterlijke maalstroom. Om hen heen loeiden en piepten de windvlagen. Maar in het middelste dode punt was het griezelig, beklemmend stil.

'Zwaar op de grootzeilen, Tarp', bulderde Twijg boven het gedonder. 'En controleer of de touwen vastzitten.'

'Aye aye, kap'tein', riep Tarp terug.

De maalstroom was groter dan je je ooit kon voorstellen. Het leek wel alsof de lucht veranderd was in een onmetelijk vraatzuchtig beest. En de *Klifdanser* bevond zich ermiddenin; opgeslokt, verteerd.

'Hou je vast!' bulderde Twijg. 'Goem, keten jezelf vast aan het roer en hou ons op koers.'

De gabberbeer gehoorzaamde snel. Twijg concentreerde zich op de zeil- en de rompgewichthendels. De wind tolde sneller en sneller – een woedende, rode muur die hen omsingelde en voortdurend dreigde het schip uit koers te slaan en in zijn afgrijselijk geraas – en het was noodzakelijk het evenwicht te bewaren terwijl ze steeds dieper gezogen werden.

'Wat nu?' schreeuwde Twijg naar de schutvogel.

'Er is geen weg terug', brulde de vogel. 'We komen in het woeste hart van de Moederstorm, de geboorteplaats van alle onweren en tornado's – een plaats van afschuwelijke waanzin. Maar in het centrum ervan heerst een doodstille kalmte en...'

'En wat?' schreeuwde Twijg terug. De lucht was ijskoud geworden, en kleine, venijnige hagelstenen prikten zijn gezicht.
'En', raasde de schutvogel, half verloren in een bank wervelende mist ver voor hen uit, 'daar zullen we je vader vinden – als we het overleven.'
Plotseling overviel Twijg een gevoel van intens verdriet. Hij viel op zijn knieën en hevige snikken teisterden zijn lichaam. Woudvis stootte hoge, hartverscheurende kreten van smart uit. Vorst lag opgekruld in een bal aan de voeten van een huilende Prutgrol. De kleine hagelstenen sloegen in een vreselijk ritme op de dekken.

Wat gebeurt er? vroeg Twijg zich af. Wat was dit allesverslindende verdriet? Hij dwong zichzelf overeind te komen. Het was bijna ondraaglijk.

Tarp Hameltroep knielde op de grond, zijn hoofd laag, en jankte als een gewonde tilder. 'Waarom?' huilde hij, en zijn lichaam schokte van verdriet. 'Waarom moest je sterven?'

Spoeler haastte zich de mast af en knielde naast hem neer. 'Tarp, mijn vriend!' smeekte hij.

Maar Tarp kon hem niet horen. En toen hij opkeek, staarden zijn niet-ziende ogen langs de eikelf.

'O, Tendon. Mijn broer!' krijste hij. 'Mijn arme, arme broer...' Hij viel flauw op het dek, zijn hoofd beschermend tegen de hagelstenen.

Twijg greep het roer. Achter hem verdreef het oorverdovende gejoel van Goem de gabberbeer alle andere geluiden. Toen verspreidde de wervelende, groene mist zich geluidloos over de boeg. Dik en vies rolde hij over het dek en benam de bemanning het zicht. Samen met deze abrupte weersverandering veranderden ook de snikken van de bemanning in kreten van angst.

Twijg huiverde toen de groene mist hem bereikte. Die drong dwars door zijn huid en verkilde hem tot in het merg van zijn beenderen. Een blinde paniek overviel hem. 'We zijn verloren', schreeuwde hij. 'We kunnen niet ontsnappen. We gaan allemaal sterven op deze afschuwelijke plek. We...'

'Na verdriet, angst', zweefde de stem van de schutvogel hem tegemoet. 'Ook dit gaat voorbij. Wees moedig, kapitein Twijg.'

Twijg schudde zijn hoofd. De mist werd dunner en de angst begon zijn greep te verliezen. Een lichte motregen miezerde nu, de regendruppels glinsterden en flikkerden als piepkleine edelstenen. Wieknoot Vorst gooide zijn hoofd terug en begon te bulderen van het lachen. Twijg dronk de regen op. Zijn hoofd zwom. Hoe wonderlijk was dit, hoe mooi, hoe onuitspreekbaar...

'*Aaaaaaargh!*' gilde Vorst.

Onder hem zag Twijg de kwartiermeester weg van de balustrade wankelen, wanhopig naar zijn hoofd grijpend. Rond zijn hoofd en schouders vlamde een bal van bliksem, met wormachtige tentakels die over zijn verschrikte gezicht wriemelden. Woudvis krijste en dook weg toen steeds meer vonkende vuurslingers over het dek knetterden.

'Ga liggen!' gilde Twijg, plotseling beroofd van alle gevoelens van verrukking.

Wieknoot Vorst, schijnbaar levenloos, zakte in elkaar op het dek naast het lichaam van Tarp Hameltroep.
'Red ons! Red ons!' krijste Woudvis met hoge en sissende stem.
'We moeten hier weg!' riep Twijg terug.
En toen daalde de rode mist over hen neer.
Dik, doordringend en beladen met de scherpe geur van houtrook, belemmerde de mist Twijgs zicht.
Hij werd verteerd door woede. Zijn ogen schoten vuur. Zijn neusgaten sperden zich open. Zijn tanden knarsten.
'We kunnen niet terug!' bulderde hij, zwoegend aan het roer.
De *Klifdanser* sloeg en schudde vervaarlijk. Twijg haalde uit naar de hendels met de benen handvatten en zette ze in allerlei posities. Het luchtschip leek naar adem te snakken nu de gewichten en de hendels het in tegengestelde richtingen trokken. Naast hem was zelfs Goem ten prooi gevallen aan de gevolgen van de rode mist.

'Wuh!' jankte hij

terwijl hij, gegrepen door een woedeaanval, uithaalde naar de balustrade en gaten sloeg in de wanden van het schip. 'WUUUUH!'
Twijgs innerlijke woede verhevigde nog. Deze kwelling, deze razernij, het was allemaal de schuld van de schutvogel: het feit alleen al dat ze koers gezet hadden naar de open hemel.
'Vervloekt jij!' bulkte hij. 'Moge je wegrotten in de open hemel!'
Achter hem raasde de gabberbeer uitzinnig terwijl hij uithaalde naar deurgangen en geschalmde luiken en elk losgewrikt stuk versplinterd hout overboord gooide. De krakende en knarsende *Klifdanser* was nu totaal bestuurloos. Elke minuut kon de wervelende maalstroom het schip in stukken rijten.
Twijg snelde over het hoofddek en de boegspriet. De rode mist vulde zijn mond, brandde in zijn ogen en vulde zijn spieren met een ongekende kracht. De waanzin werd sterker; zijn zintuigen vielen uit. Hij werd blind voor wat zijn ogen hem probeerden te tonen, doof voor wat zijn oren konden horen. Hij hield zijn zwaard in zijn hand en sloeg, hakte, stak, terwijl in zijn hoofd het vreselijke gebrul van de gabberbeer schreeuwde.
Toen werd alles zwart.

Twijg opende zijn ogen en zag zich omringd door een melkachtige witheid. De *Klifdanser* hing in een vreemde hoek in de ruimte, perfect stil.
'We hebben het gehaald', sprak hij rustig in zichzelf.

Hij keek verwonderd om zich heen. Alles leek plotseling duidelijker en scherper dan ooit tevoren.
Tarp Hameltroep lag op een hoopje, nog steeds zachtjes snikkend. Wieknoot Vorst, zijn handen voor zijn gezicht, bewoog niet. Prutgrol was bewusteloos, een stuk mast pinde zijn rechterbeen tegen het dek. Naast hem lag de totaal uitgeputte harige massa van de gabberbeer in het kluwen van mast en tuigage; zwaar hijgende ademhalingen bewezen dat hij nog leefde. Een grote klauw rustte op Spoeler. Zijn trillende wimpers verraadden dat ook hij nog in leven was, hoewel amper.

Woudvis zat in de boeg, zijn hoofd van de ene naar de andere kant schuddend.

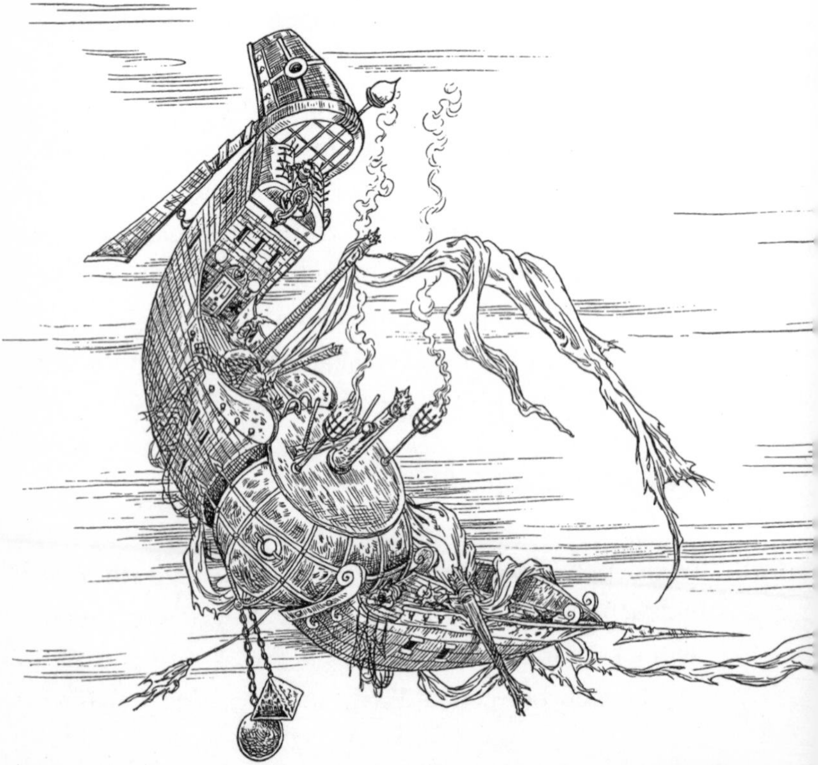

'Ik hoor niets', herhaalde hij monotoon.

De Steenpiloot verscheen boven op de brugtrap.

Twijg glimlachte zwak. 'Kijk', zei hij. 'Mij mankeert niets. Alles goed met jou?'

Van diep in de kap weerklonk een gedempte stem. 'O, kapitein', sprak de stem zacht.

'Wat?' zei Twijg. 'Ik...' Hij volgde de lijn van de wijzende vinger van de Steenpiloot. Het leidde naar zijn eigen handen. Twijg keek neer en zag in zijn ene hand een stuk slap touw, en in zijn andere hand een zwaard.

'Wat heb ik gedaan?' prevelde hij.

Langzaam, angstig trok hij het sleeptouw naar zich toe. Het bood geen weerstand. Plotseling tikte het uiteinde over de balustrade en landde aan zijn voeten op het dek. Het was netjes afgehouwen.

'Schutvogel!' schreeuwde Twijg. 'Schutvogel, waar ben je?'

Het antwoord bleef uit. De schutvogel – zijn gids en beschermer – was verdwenen. Ontzet richtte Twijg zich naar de Steenpiloot.

'Wat is er gebeurd?' fluisterde hij.

'Ik... Ik heb geprobeerd je tegen te houden', zei de Steenpiloot. 'Maar je was te sterk. Je vloekte en schuimbekte. Je greep het touw en trok het naar je toe. De schutvogel gilde van angst toen zijn vleugels de boegspriet raakten. Toen verhief je je zwaard en haalde uit...'

Twijg snakte naar adem. 'Heb ik hem gedood?' vroeg hij.

'Ik weet het niet,' antwoordde de Steenpiloot. 'Het laatste wat ik me herinner, is dat Goem me tegen de vlakte sloeg.'

'Mijn bemanning, mijn bemanning', zei Twijg hoofdschuddend. 'Wat gaat er nu met hen gebeuren?'
De hoge, zware kap van de Steenpiloot ging van links naar rechts. Vanuit zijn ooghoek merkte Twijg dat iets zwarts en wits over het hellende dek gleed. Hij draaide zich en zag nog net hoe een van de staartveren van de schutvogel onder de balustrade gleed en over de uitstekende richel glipte. Het dwarrelde omlaag in de glanzende leegte en Twijg huiverde bij de gruweldaad die hij begaan had. De grote schutvogel, die sinds hij uit het ei gekomen was over hem gewaakt had, was er niet meer, dood misschien – en door zijn eigen hand. Twijg stond er nu alleen voor.
'Wat moet ik doen?' vroeg hij jammerend. Hij trok zijn telescoop te voorschijn en speurde in het rond. De melkachtige witheid glinsterde in alle kleuren van de regenboog: bedwelmend, fascinerend – rood en oranje en geel en...
De Steenpiloot trok aan zijn arm en riep met aandrang uit. 'Kijk daar!'
Twijg haalde zijn telescoop van zijn oog en tuurde in het witte licht. 'Wat? Ik...' En toen zag hij het. Daar, opdoemend uit de mist, hing een schaduwrijke schim in de lucht. De gedaante stond zo goed als op zijn kop; de mast was gebroken, de zeilen hingen slap als gebroken vleugels.
Twijgs huid tintelde; zijn hart bonsde.
'O, schutvogel', mompelde hij. 'Je hebt me niet in de steek gelaten. Je hebt me naar de *Stormenjager* gebracht.'

Zijn hart sloeg hard in zijn keel toen hij over de balustrade leunde. Hij zette zijn handen in een kommetje aan zijn mond.

'Vader!' brulde hij. 'Vader, geef antwoord als je daar bent!'

Maar van het zwevende wrak kwam geen enkel geluid behalve het gekraak van de geknapte romp en het *tap-tap-tap* van een los touw dat tegen de gebroken mast sloeg. De *Klifdanser* dreef dichter naar het wrak van de ooit zo trotse *Stormenjager*. Twijg tuurde naar het piratenschip. Het blonk zo hevig dat het pijn deed aan zijn ogen.

'Ik moet weten of mijn vader aan boord is', zei hij.

Hij greep een van de enterhaken op het voordek, zwierde het touw boven zijn hoofd en lanceerde de zware haak door de lucht naar het lager gelegen ande-

re schip. De enterhaak leek bijna dwars door de *Stormenjager* te gaan, maar plotseling, met een schok en het geluid van versplinterd hout, trof de haak iets zwaars – en zat vast. De Steenpiloot maakte het einde van het touw vast aan de boegspriet. Twijg klom omhoog, plaatste een stuk gebroken hout dwars op het touw en klemde het met beide handen vast.

'Wens me geluk', zei Twijg en weg was hij – glijdend langs het touw voor de Steenpiloot iets kon zeggen. De afdaling was steil en snel, en Twijg vreesde dat zijn armen uit hun gewrichtsholten werden getrokken. Onder hem trok de gapende leegte als een vlek aan hem voorbij toen hij steeds sneller ging en – *crash* – landde op het dek van de *Stormenjager*.

Een ogenblik lang bleef Twijg onbeweeglijk staan, nauwelijks gelovend dat het hem zonder kleerscheuren gelukt was.

Hij keek rond. Het luchtschip was bijna onherkenbaar toegetakeld. Het hout en tuigage leken doordrenkt van kleur. Met een schok besefte Twijg dat ze bijna door-

zichtig waren, en hij kon tot diep vanbinnen in het schip kijken. Toen hoorde hij een stem.
'Twijg? Twijg, ben jij het echt?'
Twijg draaide zich vliegensvlug om. Een spookachtige, bleke verschijning zat naast het vernielde roer. 'Vader!' schreeuwde hij.
Wolk Wolf zag er ouder uit. Zijn fijne kleren hingen in lompen, zijn haar was wit en zijn ogen waren blauwer dan Twijg zich herinnerde – onnatuurlijk blauw. Over zijn rechterschouder zag je de ruwe schrammen van een recente wond. Twijg liep op hem af, terwijl zijn hart hevig tekeerging in zijn borst, en liet zich naast hem vallen. 'O, vader', zei hij in tranen. 'Ik heb je gevonden.'

'Ik heb zo verschrikkelijk lang gewacht, mijn jongen', fluisterde Wolk Wolf zwak. Hij trok Twijg dichter. 'Je hebt een heel eind afgelegd om hier te komen', zei hij. 'De schutvogel die me gevonden heeft, zei dat je zou komen. Hij had gelijk. Geen vader is ooit trotser geweest op zijn zoon dan ik op jou.'
Twijg liet bescheiden zijn hoofd zakken. Tranen stortten op zijn lederen borstplaat.
'Zoveel emoties', zei Wolk Wolf zacht. 'Ik weet het, ik weet het.' Zijn stem klonk nu harder. 'Twijg,' zei hij met aandrang. 'Luister goed, want dit zeg ik maar één keer. Ik heb je naar een gevaarlijke plek getrokken.' Hij zuchtte. 'Had ik dat van tevoren geweten, dan zou ik de schutvogel nooit gevraagd hebben je hulp in te roepen.'
'Maar, vader, ik wilde...'
'Onderbreek me niet, Twijg', zei Wolk Wolf. Zijn lichaam glinsterde van kop tot teen. 'Mij rest niet veel tijd. De levensgevaarlijke maalstroom heeft mij – ons – gebracht tot in het hart van de Moederstorm. Dit is een plek waar rust en verlichting heersen – maar er moet een vreselijke prijs betaald worden voor de kennis die ze meedeelt.'
'Een prijs betalen?' vroeg Twijg verontrust.
'Wie hier komt, wordt langzaam één met de Moederstorm, Twijg', ging zijn vader zacht verder. 'Ze treedt binnen via de ogen, de oren, de poriën van de huid. Ze vult je met de kennis van het weer zelf – kennis die de academici van Sanctaphrax al eeuwenlang nastreven. Maar terwijl ze dat doet, eist ze je helemaal op.'

Twijg snakte naar adem. 'Bedoel je...'
'Ik ben hier al te lang door windstilte overvallen, mijn jongen. Ik kan mijn gedachten niet veel langer meer ordenen...' Wolk Wolf zwaaide een bleke, bijna doorzichtige hand voor Twijgs gezicht.
'O, vader', murmelde Twijg. 'Wat is...'
'Ik ben aan het verdwijnen, Twijg – ik ben één aan het worden met de Moederstorm. Mijn grootste verdriet is dat ik je verlaat nu we elkaar pas teruggevonden hebben. Maar eerst moet ik je nog iets vertellen – iets dat ik hier geleerd heb. De Moederstorm komt spoedig terug.'
'Naar het Klif?' snakte Twijg naar adem.
'Aye, Twijg', zei Wolk Wolf. 'Deze machtige storm die eerst leven schonk aan het land komt terug, zoals ze al elke duizend jaar gedaan heeft sinds het ontstaan van de tijd. Ze zal komen aanrollen uit de open hemel, over het Slik, het Schemerwoud en naar het hoogste punt van het Diepe Woud. Riviersprong.'
'Riviersprong?' vroeg Twijg. 'Maar die plaats is toch maar een mythe...'
'Riviersprong bestaat', zei Wolk Wolf beslist. 'Wanneer ze die bereikt, zal de Moederstorm het water verjongen, de Klifwater Rivier zal opnieuw bruisend en levendig stromen, en haar energie zal zich verspreiden over het hele Klif. Er zal nieuw leven ontstaan, nieuwe hoop – een nieuw begin.' Hij pauzeerde en Twijg keek neer en zag de pijn in zijn vaders ogen. 'Althans', zei hij, 'dat is wat *hoort* te gebeuren. Maar niet alles is zoals het hoort.'

Twijg fronste. 'Ik begrijp het niet', zei hij.
Wolk Wolf knikte geduldig. 'De laatste keer dat de Moederstorm het Klif bezocht, belemmerde niets haar reis naar Riviersprong', verduidelijkte hij. 'Nu staat iets haar in de weg...'
Twijg snakte naar adem. 'Sanctaphrax!' zei hij.
'Sanctaphrax', fluisterde Wolk Wolf, terwijl zijn ogen besloegen. 'Onze zwevende stad, met haar glanzende torenspitsen en eerbiedwaardige instituties – eens, lang geleden, toen ze echt schitterend was, mijn thuis...' Hij schraapte zijn keel. 'De stad ligt pal op het pad van de storm. Ze zal vernietigd worden door de energie van de Moederstorm als die haar treft.'
'Maar...', begon Twijg.
'Stil maar,' zei Wolk Wolf vermoeid, 'want dit is nog niet het ergste. Als de Moederstorm geblokkeerd wordt door Sanctaphrax, zal ze nooit Riviersprong bereiken om het te besprenkelen met nieuw leven. De stromen van de Klifwater Rivier zullen volledig opdrogen. En als ze verdwenen zijn, zal de duisternis van het zwarte hart van het Diepe Woud zich verspreiden als een gigantische schimmel, tot ze elke centimeter van het Klif overwoekerd heeft.' Hij keek op naar zijn zoon. 'Twijg', zei hij. 'Sanctaphrax mag het pad van de Moederstorm niet in de weg staan.'
'Maar wat kan ik daaraan doen?' zei Twijg, op zijn vaders bleke gezicht speurend naar een spoor.
'De Ankerketting... ze houdt de zwevende stad op haar plaats... ze moet... losgeslagen worden', vertelde Wolk Wolf hem, ieder woord een inspanning.

'De Ankerketting losslaan?' zei Twijg verbaasd. 'Maar... maar...'
'Sanctaphrax zal de hoogte in schieten en de Moederstorm zal ongehinderd de Riviersprong bereiken. Het Klif zal gered worden, maar...' Zijn stem begaf het bijna. '... Sanctaphrax zal verloren gaan.'
Terwijl hij sprak, begon zijn hele lichaam te glinsteren en fonkelen.

Twijg snakte naar adem en deinsde achteruit. 'Wat... wat gebeurt er?' stamelde hij.
Wolk Wolf stak zijn handen op en keek verbijsterd toe hoe ze flikkerden als ontelbare miljoenen dansende atomen. 'Eindelijk komt ze me halen', zuchtte hij.
'Wat bedoel je?' zei Twijg. 'Wat gebeurt er?'
'Ik heb het je toch gezegd, Twijg. Ik ben hier al te lang', fluisterde zijn vader nauwelijks hoorbaar. 'De Moederstorm heeft me gevuld met haarzelf. Zo weet ik wat spoedig staat te gebeuren. Maar met die kennis heb ik mezelf verloren, Twijg. Hoe feller ik glinster, hoe flauwer ik word.' En terwijl hij sprak, werd de glinstering steeds intenser, en de gedaante van Wolk Wolf werd steeds moeilijker te onder-

scheiden. 'Ze heeft me voor zichzelf opgeëist. Ik moet je verlaten, Twijg.'
'Nee!' zei Twijg. 'Ik laat je niet gaan!' Hij schoof rond op zijn knieën en probeerde zijn vader in zijn armen te nemen. Maar het was als licht vastgrijpen. 'Vader!' schreeuwde hij uit.
'Stil maar, Twijg', sprak zijn vader. 'Eén ding moet je nog weten... *wanneer* de Moederstorm zal toeslaan...'
'Wanneer, vader?' zei Twijg. 'Wanneer?'
Wolk Wolfs glinsterende mond bewoog, maar zijn lippen brachten geen geluid voort.
'Vader?' gilde Twijg wanhopig. 'Wanneer?'

De met elkaar verbonden luchtschepen cirkelden langzaam om elkaar heen. Twijg verliet de vervagende *Stormenjager* en gleed terug over de gapende leegte naar de *Klifdanser*, die de Steenpiloot lager in de lucht gebracht had. Hij landde met een zware smak op het dek. Het touw achter hem verslapte. De *Stormenjager* was helemaal verdwenen.

De Steenpiloot staarde in Twijgs asgrauwe gezicht. 'Wat is er gebeurd?'

Twijg probeerde wanhopig zijn gedachten te ordenen. 'Het... het was zo vreemd', fluisterde hij zacht. 'Onaards...'

'Kapitein Twijg', zei de Steenpiloot en schudde hem door elkaar. 'Stap eruit! Vertel me wat er gebeurd is op de *Stormenjager*! Wolk Wolf, je vader? Heb je hem gevonden?'

Twijg keek op alsof hij die woorden pas nu hoorde. Tranen sprongen in zijn ogen. Hij knikte. 'Ja, maar... O, ik weet niet wat ik ervan moet denken...'

Zonder een woord te zeggen reikte de Steenpiloot omhoog en maakte de binnenste knopen los die de van

glasplaatjes voorziene kap bevestigden aan de schouderstukken van de overjas. Een voor een openden de knopen en de Steenpiloot verwijderde de kap en onthulde de ranke figuur die eronder schuilde. Haar rode haar viel over haar bleke wangen en tengere hals.

'Twijg, ik ben het, Maugin', zei ze lief. 'Herinner je me? Ooit redde je mijn leven.' Ze wachtte even. 'Bedaar nu en vertel me eens rustig wat er ginds gebeurd is.' Ze rolde het zware pak van de Steenpiloot van haar schouders en nam zijn hand vast.

Twijg schudde zijn hoofd. 'Ik heb inderdaad mijn vader gezien,' begon hij, 'maar nu is hij weg. Voor eeuwig.' Hij snoof en probeerde vergeefs de pijnlijke krop in zijn keel door te slikken. 'Voor hij verdween, vertelde hij me wat me te doen staat. Sanctaphrax moet worden vernietigd.'

'Sanctaphrax vernietigen?' snakte Maugin naar adem. 'Waarom?'

Twijg bracht haar tot zwijgen met zijn hand. 'We moeten terug naar Sanctaphrax zodat ik de Allerhoogste Academicus kan waarschuwen.'

'Maar, Twijg', zei Maugin. 'We liggen windstil te midden van de onmetelijke open hemel.'

Twijg nam zijn hoofd in zijn handen en wiegde heen en weer.

'Twijg, je moet me vertellen wat je weet', drong Maugin aan. 'Zo de hemel het wil, zal minstens een van ons het overleven en je vaders boodschap kunnen doorgeven.'

'Ja', zei Twijg, die zichzelf vermande. 'Je hebt gelijk.'

Maugins ogen sperden zich open toen Twijg haar vertelde wat Wolk Wolf gezegd had.

'De Moederstorm', mompelde ze. 'Riviersprong... Ik heb altijd gedacht dat dergelijke zaken tot het rijk der fabelen behoorden.'

'Ik ook', zei Twijg. 'Ik...' Zijn mond viel open. 'Goeie hemel!' riep hij uit. 'Wat gebeurt er nu?'
Beiden keken ze in het rond. De glinsterende lucht leek samen te smelten en op hen af te komen.
'Snel, Twijg', zei Maugin nadrukkelijk. 'Vertel me alles. Voor het te laat is.'
Naarmate de witheid hen insloot, nam de luchtdruk steeds toe. De pijn in Twijgs oren werd niet te harden.
'Hij vertelde me... Hij zei...'
Het licht om hen heen werd steeds sterker. Zijn oren floten. Zijn hoofd bonsde. Ondanks het intense karakter van zijn herinneringen weigerden de verklarende woorden te komen.
'Wanneer, Twijg?' vroeg Maugin. 'Wanneer slaat de Moederstorm toe? Heeft hij je dat gezegd?'
Twijg greep zijn hoofd vast. De lucht werd dikker, zwaarder. 'Ik... hij...', mompelde hij. De verbijstering stond in zijn ogen te lezen. 'Wanneer het water niet meer vloeit...'
Hij viel stil en kromp in elkaar van de pijn toen hij probeerde zich de laatste woorden van zijn vader voor de geest te halen. Zijn ogen bonsden. Zijn hoofd leek in een bankschroef te zitten.
'Wanneer... wanneer de allerlaatste druppel valt, komt ze. Ochtendgloren boven Riviersprong', fluisterde hij zwak. 'Middernacht in Sanctaphrax...'
Maar Twijg kon niet weten of Maugin hem gehoord had, want een wind blies zijn woorden weg, witheid vulde zijn zicht en een hoog gehuil floot in zijn oren.
'Zet... je kap op', schreeuwde hij Maugin toe, en zette

een stap voorwaarts om haar in haar zware pak te helpen.

De lucht werd nog witter. Helder wit. Verblindend wit. Ze vulde zijn ogen en sloot alles buiten tot hij helemaal blind was. Het luchtschip trilde. Hij viel weg van Maugin en tuimelde achteruit – langzaam, onmogelijk langzaam – door de kleverige lucht.

'Maugin!' riep hij uit – of beter *probeerde* uit te roepen – want zijn stem kon niet langer ontsnappen aan zijn mond.

Hij landde op het dek. Gedempte geluiden echoden rond hem: versplinterende, krakende, te pletter slaande geluiden. De witheid werd nog sterker. Het hoge gejank werd een schreeuw. Twijg sloot zijn ogen, legde zijn handen over zijn oren en rolde zichzelf op in een stevige bal.

Maar het was tevergeefs. Hij kon er zich niet van afsluiten. De beangstigende witheid was in hem, vanbinnen net zo verblindend en doof makend als vanbuiten. Ze stompte zijn zintuigen af. Ze vrat aan zijn geheugen.

'Maugin', bewoog Twijg de lippen. 'Mijn bemanning...'

Whoooooopff!

Niet in staat om de stijgende druk nog één moment langer te weerstaan, implodeerde de storm. Een ogenblik lang was alles stil. Maar daarna, met een gigantische donderslag, explodeerde de verblindende atmosfeer – met de *Klifdanser* ermiddenin – met zo'n buitenwaartse kracht dat de hemel zelf daverde.

HOOFDSTUK DRIE

Het Loftusobservatorium

Ver weg kantelde en kenterde de zwevende stad Santaphrax in een afschrikwekkende storm. De Ankerketting, die de stad verbond met de vaste grond, werd tot het uiterste getest. Binnen in de weelderige gebouwen kropen haar burgers – de academici en leerjongens, de dienaren en bewakers – bij elkaar in een kleine groep van soortgenoten, doodsbang dat de ketting het zou begeven.

Enkel de Professor der Duisternis bleef alleen. Als Allerhoogste Academicus van Sanctaphrax was het zijn plicht verder te werken terwijl de anderen beschutting zochten. Toen de razende storm uitbrak, was hij zo snel zijn tengere, oude benen hem dragen konden de wenteltrap op gehold die leidde naar het Loftusobservatorium. De talrijke meetinstrumenten, die elke academische discipline vertegenwoordigden in Sanctaphrax, wachtten op zijn inspectie. Toen hij het observatorium bereikte, sloegen ze allemaal op tilt.

'Hemeltjelief!' riep hij uit toen hij de frisse kamer betrad. Hij krabde in zijn bossige baard en duwde zijn stalen brilletje omhoog op zijn neus terwijl hij de instrumenten van dichterbij bekeek. 'Maar dergelijke metingen zijn volstrekt buitengewoon.' Hij wierp een blik door het raam van de hoge toren. 'Niet te verwonderen.'

De storm was die nacht heviger dan hij ooit meegemaakt had. Winden met de kracht van een orkaan en zwiepende regenbuien kwamen aangeraasd van over het Klif en teisterden het uitstekende stuk land met een nooit geziene heftigheid.

'Welaan dan', zei hij tot zichzelf. 'Notities en berekeningen moeten worden gemaakt. Feiten en cijfers geregistreerd.' Hij greep zijn staf stevig vast en stapte gezwind van de ene kant van het observatorium naar de andere. 'Maar waar moet ik beginnen?'

De koperen windmeter draaide razendsnel en registreerde windsnelheden die alle vroegere metingen ver overtroffen. De regenmeter stroomde over en meldde piepend de geconcentreerde aanwezigheid van antimagnetische zuurmistpartikels.

De professor schudde zijn hoofd. 'Ongelooflijk', prevelde hij. 'Gewoon on...' Hij pauzeerde. 'Maar vergeet de regenmeter en windmeter!' gilde hij. 'Wat in hemelsnaam is de stemmingenzifter aan het doen?'
Het voorwerp van de professors plotseling koortsige interesse was een klein, zilveren doosje dat schuin op een driepoot stond. Elk van de zes zijden was ingelegd met een klein, vierkant plaatje dat bestond uit een zacht, glimmend materiaal gemaakt van de vleugels van woudmotten. Zoals de schepsels zelf was het materiaal gevoelig voor emoties en veranderde van kleur naar gelang van de stemming in de omgeving. Woede deed het rood uitslaan; verdriet, blauw; angst, geel; enzovoort.
Sanctaphrax bezat twee stemmingenzifters: een hier, in de zoldertoren van het Loftusobservatorium, de andere in het vervallen Departement voor Psycho-Klimatologische Wetenschappen.
Normaal gesproken verspreidde het weergevoelige apparaat een neutrale witte gloed. Een bijzonder deprimerende stortbui kleurde het lichtjes blauw; een lange periode van zachte winden en een zonnige hemel gaven het een subtiele roze toets. Maar steeds betrof het pasteltinten. Nooit extreme kleuren. Zeker niet meer dan een licht ontgoochelend gevoel of een toegenomen tendens tot een glimlach zou veroorzaken. Want hoewel het weer ontegenzeggelijk een invloed had op alle creaturen van het Klif, bleven de effecten altijd zeer mild.
Tot nu toe!

De professor staarde naar de stemmingenzifter. Zijn mond viel open van verbazing en zijn hart ging wild tekeer. Het apparaat trilde met een veelkleurige intensiteit. Flakkerend, vonkend, sissend. Nu eens stralend rood, vervolgens ultramarijn en dan weer schitterend smaragdgroen. En paars – diep, donker, bevreemdend paars.

'Een *geestes*storm', hapte hij naar lucht. Hij had over het fenomeen gelezen in de stoffige boekdelen van *De Elementaire Verhandeling*. 'Niet te verwonderen dat mijn eigen geest zo verward was.'

Toen zigzagde een bliksemflits neer uit de kolkende lucht in het noorden. Een ogenblik lang veranderde de nacht in dag. De naald van de stemmingenzifter schoot los van de schaal en raakte vast, terwijl de geluidsrecorder compleet aan scherven ging in de donderslag die onmiddellijk erop volgde.

De professor staarde naar de gebroken instrumenten. 'Welke bedriegers zijn we, beweren dat we het weer *begrijpen'*, mompelde hij, en keek toen steels over zijn schouder om er zeker van te zijn dat niemand hem gehoord had. Velen in Sanctaphrax zouden, verscheurd door ambitie, maar wat graag de kans te baat nemen om misbruik te maken van de twijfel van de Allerhoogste Academicus. Gelukkig had niemand zijn lasterlijke woorden gehoord.

Met een zucht trok de Professor der Duisternis zijn lange gewaad op en beklom de ladder die leidde naar de glazen koepel van de zolder. Hij drukte zijn oog tegen de zoeker van de grote telescoop in het midden van de vloer.

Terwijl hij het beeld scherp stelde, staarde de professor steeds verder in de donkere leegte voorbij het Klif. Als hij nog iets verder kon kijken...

'Welke mysteries houden zich daar schuil?' vroeg hij zich hardop af. 'W... Wat in hemelsnaam is *dat*?' Een klein, donker, pluizig voorwerp was in zijn gezichtsveld geschoven.

Met trillende vingers regelde hij het brandpunt. Het vage object kreeg vorm. Het leek wel een luchtschip. Maar wat in godsnaam had een luchtschip daar verloren, niet geankerd en zo ver weg van het land? Nauwelijks in staat te geloven wat hij zag, schoof de professor achteruit, haalde een zakdoek te voorschijn en wreef zijn ogen uit.

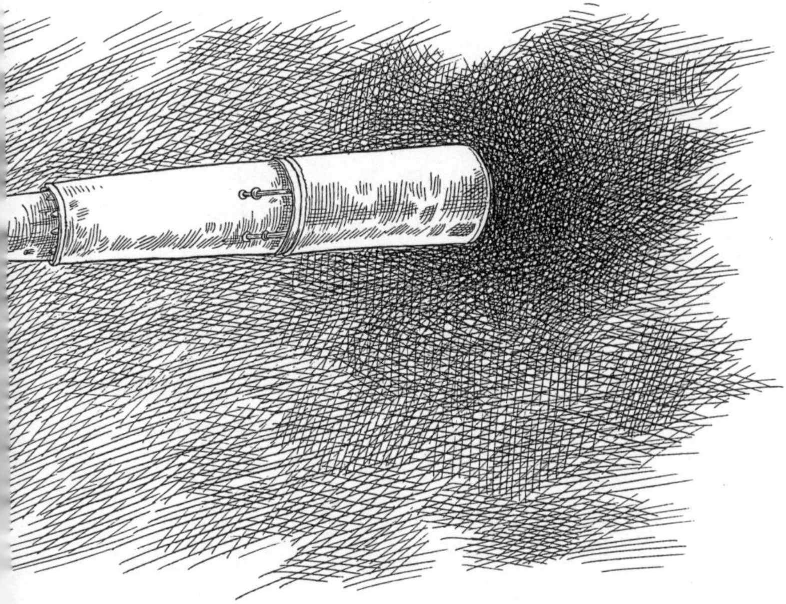

'Geen twijfel mogelijk', mompelde hij opgewonden. 'Het *was* een luchtschip. Zeker. Tenzij...'
Hij keek naar de stemmingenzifter. Die verspreidde een dieppaarse tint.
'Nee', rilde hij. 'Het kan mijn verbeelding niet geweest zijn. Ik ben niet gek.'
Hij draaide zich opnieuw, greep de telescoop en tuurde vol verwachting opnieuw in de duisternis. Er was niets te zien in de wervelende diepten. Zijn trillende vingers speelden met het brandpunt. Nog steeds niets. En dan... De professor snakte naar adem. Van het punt waar het luchtschip geweest was – althans, waar hij *dacht* dat het geweest was – schoten talloze heldere lichtballen de donkere lucht in.
Verbijsterd liet hij de telescoop los en spoedde zich naar het raam.
'Vallende sterren!' schreeuwde hij.
Een na een vlogen de lichtstippen op en suisden in brede, flikkerende bogen door de nachtelijke hemel naar het Klif. Zeven in totaal, noteerde de professor. Nee, acht; twee sterren vlogen dicht op elkaar. Behalve deze twee vloog elke ster een andere kant op en beschreef elk met een eigen snelheid zijn eigen, unieke parabool. De professor zuchtte. De kenmerken van het licht behoorden niet tot zijn vakgebied, maar hij zou dolgraag een van de vallende sterren bezitten om de samenstelling ervan te bestuderen. Om eens en voor altijd te bewijzen dat duisternis in het hart van alle licht lag. Maar daarvoor moest hij er een weten te vinden waar hij landde.

De verschietende sterren waren al aan het vallen, sommige zelfs heel dichtbij. Andere vlogen over het Slik en verder naar het Diepe Woud. En een ervan – die helderder scheen dan alle andere samen – ging zelfs verder dan de professor kon zien.
'Vreemd', fluisterde hij. De wind huilde en de toren kraakte. 'Erg vreemd.'

Ver onder de toegetakelde zwevende stad waren de straten van Onderstad herschapen in een modderpoel. De ongelukkige bewoners van de stad ploeterden door de zuigende modder en probeerden wanhopig iets te redden uit het spoor van vernietigingen dat de maalstroom trok.
'Goede hemel, wat gaat er met ons gebeuren', riep de bange stem van een grauwgnoom uit toen een heldere flits de hemel verlichtte. 'Waarom hebben ze ons niet verteld dat er zo'n vreselijke storm kwam?'
De wind gierde. De daken ratelden. Een vallende ster siste hoog boven hun hoofden door de nacht. De grauwgnoom keek te laat op om de ster te zien, wreef het haar uit haar ogen en tuurde door het regengordijn naar de zwevende stad.
'Waarom hebben de academici ons niet gewaarschuwd?' vroeg ze.
'Academici? Laat me niet lachen, Glim', schreeuwde haar gezel boos terwijl hij probeerde hun flapperende dak op zijn plaats te houden met wat touw. 'Stamslakken, dat zijn het! Trage, slijmerige, stinkend vieze...'
CRASH!

'TOG?' riep Glim in paniek. 'Gaat het?'

Geen antwoord. Met bonzend hart trok Glim haar rok op en beklom bang de ladder. Niemand op het dak. Er zat een gapend, getand gat in de gegolfde, ijzerhouten platen.

'TOG!' schreeuwde ze nogmaals.

'Hier', klonk een gedempte stem.

Glim klampte zich met trillende vingers vast, trok zich voorzichtig over het dak en staarde in het gat. Wat ze zag, hield geen steek. Een gigantisch stuk hout lag in het midden van de vloer. En eronder lag Tog.

'Help me', fluisterde hij. 'Kan me niet bewegen. K... Kan niet ademen.'

'Hou vol', riep Glim terug. 'Ik ben dadelijk terug.'

Beverig schoof ze het dak weer af en voelde met haar voet naar de bovenste trede van de ladder. De wind rukte aan haar vingers. De regen geselde haar gezicht. Langzaam, voorzichtig, kroop ze de ladder af en haastte zich naar binnen.

'O, lieve hemel!' riep ze uit en haar vingers zochten naar de geluksamuletten rond haar nek.

Van dichtbij leek het stuk hout nog groter. Het was gebogen en gevernist, en gouden letters blonken in het schijnsel van de lamp. *KLIFDA*... Het woord eindigde abrupt op een gekartelde rand van splinters.

'Het ziet eruit als een stuk van een luchtschip', zei Glim. 'Maar wie haalt het in zijn hoofd om in *dit* weer te gaan luchtvaren...'

'Kan me niet schelen', jankte Tog. 'Haal het van me af!'

Glim keek hem schuldig aan. 'Ja, Tog. Sorry, Tog.'

Met haar wenkbrauwen hoog opgetrokken sleurde ze uit volle macht aan het hout. Het was zwaar – veel zwaarder dan het leek. Ondanks al haar inspanningen kreeg ze er nauwelijks beweging in. Maar het bewoog! Net voldoende om Tog de kans te geven zijn vastzittende benen te bevrijden en achteruit te klauteren.
'Gelukt!' riep hij.
'*Unnkh*!' hijgde Glim en het hout viel met een harde klap op de vloer.
'O, Tog', zei ze. 'Alles goed met je?'
De grauwgnoom inspecteerde zorgvuldig zijn lichaam, van top tot teen.
'Ik denk het wel', zei hij uiteindelijk. 'In elk geval heb ik niets gebroken.' Hij knikte naar het stuk gebroken luchtschip. 'Wat niet gezegd kan worden van de bemanning van dit luchtschip, vrees ik.'
'Denk je dat het ligamannen zijn of piraten?'
Tog liet zijn vingers over het fijne hout en de gouden letters glijden. 'Moeilijk te zeggen', antwoordde hij ten slotte. 'Maar één ding kan ik je wel vertellen. Dit luchtschip moet een echt pareltje geweest zijn toen het nog heel was.'
Glim huiverde. 'O, Tog', sprak ze. 'Kun je je voorstellen hoe het moet zijn daarboven in de lucht wanneer zo'n vreselijke storm je overvalt? Je kunt nergens heen. Je kunt nergens schuilen...' Ze keek op naar het gat in het dak. 'Stelt onze problemen wel in perspectief, is het niet?' zei ze.
'Zeker', zei Tog bedachtzaam. 'Laat ik het maar meteen herstellen voor de hele plek onder water staat.'

Niet alleen deze twee grauwgnomen leden schade. Er waren ook anderen, in verschillende delen van Onderstad, die hun huis, hun eigendom, zelfs hun leven verloren in het instortende puin.
In het commerciële centrum plette een groot stuk romp een deel van het vogelhuis van Plakzweet, de eigenaar van een dierenzaak. De helft van de gevangen vogels was op slag dood, de andere waren wel eventjes verdoofd maar zagen hun kans schoon om te ontsnappen.
De boegspriet slingerde zich door de lucht als een speer en doorboorde een verraste hamelhoorn. De zware hoofdmast verpletterde een rij marktstalletjes.
Het westen van de stad had het al even erg te verduren. Een salvo vallende rompgewichten veroorzaakte heel

wat schade aan de opzichtige woningen van talloze belangrijke ligamannen. En het roerwiel – een gigantisch, rond stuk steen dat verhinderde dat het luchtschip kantelde – sloeg door het dak van de Ligakamer zelf. Het brak de ringvormige tafel doormidden en doodde drie ligamannen.

De drie ongelukkigen werden later geïdentificeerd als Simenon Xintax, de toenmalige ligameester, Farquhar Armbouwer, een tenger, zenuwachtig individu dat de Liga der Lijmmorsers en Touwpesters vertegenwoordigde, en Ulbus Pentephraxis, een bullebak van een ligaman die bekender stond om zijn wreedheid tijdens gevechten met luchtpiraten dan om zijn commercieel inzicht. Geen van hen had een kans gehad.

Zelfs Sanctaphrax werd door het wrak van het schip beschadigd. Eerst vernietigde een groot stuk van het achterdek alle ingewikkelde apparatuur op het hoge balkon van het College der Wolkenkijkers. Een ogenblik later doorboorde een zware voorharpoen de zijkant van de vervallen – en gelukkig verlaten – Toren der Regenproevers en bleef steken, gevaarlijk slingerend halverwege de afbrokkelende toren.

De klap ging met ontzettend veel lawaai gepaard. Hij echode door de hele stad en deed de zwevende rots daveren.

'Het is zover', gromde de Professor der Windrakers. 'We zijn allemaal verloren.'

Hij wendde zich tot de Professor der Wolkenkijkers, die naast hem geknield zat onder zijn bureautafel. 'Het was een eer en een plezier je gekend te hebben, mijn vriend', zei hij.

'Het plezier is geheel aan mijn kant', antwoordde de Professor der Wolkenkijkers, die helder straalde.

De Professor der Windrakers fronste. '*Geheel* aan jouw kant', zei hij. 'Als het *geheel* aan jouw kant was, beleefde ik *geen enkel* plezier aan onze kennismaking. En dat deed ik wel.'

De Professor der Wolkenkijkers knikte wijs. 'Maar ik heb er *meer* plezier aan beleefd.'

'God, jij koppige varkenskop.'

'Wie noem jij een varkenskop?'

Een tweede, nog luider geluid vulde de lucht en terwijl de stad daverde, tuimelde alles wat op planken en in kasten stond met een knal op de grond.

'Het is zover', gromde de Professor der Windrakers. 'Nu zijn we zeker allemaal verloren.'

De derde luide knal was de hardste van allemaal. Hij dreunde en donderde met zoveel kracht dat de twee professoren plat op hun buik vielen. En overal in Sanctaphrax gebeurde hetzelfde met academici en leerjongens, bewakers en dienaren.

Alleen de Professor der Duisternis, de Allerhoogste Academicus van Sanctaphrax, snapte wat er gaande was. Toen de eerste knal weerklonk, had hij uit het raam van het Loftusobservatorium gekeken en gezien hoe een toren in de buurt vervaarlijk heen en weer zwiepte.

'De Toren der Regenproevers', murmelde hij. 'God zij dank dat ik er niet was.'

Tot nog maar een paar dagen tevoren bevond zijn eigen studeerkamer zich in de top van de toren. Maar hoe kwam het dat hij zo schommelde? Hij keek omlaag. En daar, halverwege de toren, zag hij een glinsterende punt van metaal en hout, die zich diep in het verbrijzelde steenwerk geboord had.

De professor krabde in zijn haar. 'Het lijkt op de harpoen van een luchtschip, maar... *whooah*!'

Hij keek verschrikt toe hoe de grote harpoen trilde, loskwam en in een lawine van stenen en mortel naar beneden tuimelde en landde op het dak van de beschutte kloosters eronder. De eerste stenen pilaar stortte in; de rest kantelde, de ene tegen de andere als een reeks dominostenen, tot ze allemaal plat lagen.

Daarna, net toen de lucht opklaarde, gaf de verzwakte

torenmuur de strijd om overeind te blijven op, en de hele toren plofte neer in een explosie van stenen, puin en stof.

De mond van de professor viel open van verbazing. Diepe rimpels sneden door zijn voorhoofd. Hij herinnerde zich het luchtschip dat zo mysterieus verdwenen was. De vreemde vallende wrakstukken. De verschietende sterren...

Het geluid van hardnekkig kloppen onderbrak zijn overpeinzingen. Hij draaide zich om en daar, rustend op de brede vensterbank achter het raam, zat een witte vogel met gele ogen die met zijn kwaadaardige snavel tegen het raam sloeg.

'Kraan!' zei de Professor der Duisternis.

Jaren geleden had hij deze vogel gevonden als een doorweekt jong, halfdood in een sneeuwstorm. Hij had het meegenomen naar zijn warme studeerkamer, waar hij het niet alleen verzorgd maar ook de beginselen van de spraak geleerd had. Nu was Kraan een volwassen en sterke vogel die ondanks – of misschien dankzij – zijn weinig veelbelovende start de leider geworden was van een vlucht witte raven die roestten in de Stenen Tuinen, op de uiterste punt van het Klif.

De professor haastte zich naar het raam en duwde het open. De krachtige wind sloeg naar binnen, verwarde zijn baard en bracht zijn zwarte gewaad aan het flapperen. 'Kraan, mijn loyale vriend', zei hij. 'Wat ben ik blij je te zien – maar wat heeft je hierheen gebracht in dit vreselijke weer?'

De witte raaf hield zijn kop schuin en staarde hem aan met één niet-knipperend geel oog. 'Vreemde lichten in de hemel', riep hij met een schorre en krakende stem om boven het geraas van de storm uit te komen.

'Vallende sterren', knikte de professor. 'Ik heb ze ook gezien. Ik...'

'Vallende sterren', herhaalde de witte raaf. Hij draaide zijn hoofd en fixeerde hem met zijn andere oog. 'Een in Stenen Tuinen.'

De professor deinsde verrast achteruit. 'Bedoel je... Vertel je me...' Een brede grijns verspreidde zich over zijn gezicht. 'Een van de vallende sterren is neergestort in de Stenen Tuinen, is dat het?'

'Stenen Tuinen', herhaalde Kraan.

'Maar dat is fantastisch nieuws dat je me brengt', zei de professor.

'Stenen Tuinen', riep Kraan voor de derde maal. Hij fladderde met zijn zware vleugels, lanceerde zichzelf vanaf de vensterbank en vloog de nacht in.

'Inderdaad', zei de professor, terwijl hij zich haastte naar de top van de trap. 'Ik moet dit onmiddellijk zelf gaan onderzoeken.'

HOOFDSTUK VIER

De Stenen Tuinen

De Stenen Tuinen lagen op de uiterste punt van de vooruitspringende kaap van het Klif. Er groeiden geen planten. Geen struiken of bomen. Geen bloemen. Op deze spookachtige plek groeide helemaal niets, behalve de stenen.

De stenen waren lang, heel lang geleden voor het eerst uitgekomen en groeiden al zolang iemand zich kon herinneren in de Stenen Tuinen. *De Elementaire Verhandeling* vermeldt meermalen *'De wonderlijke kogels van steen die groeien en in hun grootsheid hemelwaarts zweven.'* Ook de grote, zwevende rots waarop Sanctaphrax opgetrokken werd, vond hier zijn oorsprong.

Nieuwe rotsen verschenen onder de oude en duwden ze naarmate ze groeiden steeds hoger. In de loop der tijd hadden zich hopen gevormd van op elkaar gestapelde stenen, waarvan elke steen groter was dan die eronder. Vreemd, griezelig gekreun en een diep, sonoor gerommel begeleidde de groei van de rots – geluiden die, gecombineerd met de hoog oprijzende silhouetten van de stapels stenen, van de Stenen Tuinen een angstaanjagende plek maakten voor de Onderstedelingen. Als ze verwaarloosd werden, zouden de bovenste rotsen zo licht en zo drijvend worden dat ze met een verbrokkelende zucht los zouden komen en de vrije lucht in zouden vliegen. Maar de Stenen Tuinen werden *niet* verwaarloosd. De kolonie witte raven waarover Kraan heerste – gestroomlijnde afstammelingen van hun kleinere, hoekige neven in het Slik – roestten nu al eeuwenlang in de Stenen Tuinen. Zij waren het die toezicht hielden op de groei van de stenen.

Hun gevoelige klauwen konden de verschuiving ontdekken van een rijpe vluchtrots. Hun scherpe oren konden het gefluister opvangen van een rots die op het punt stond de vrijheid te kiezen. Eens, nu en dan tweemaal, per seizoen koos de grote vlucht vogels het luchtruim en cirkelde rond de Toren der Regenproevers. Daarna streken ze als een grote sneeuwvlaag neer op het schuine dak van het Loftusobservatorium, het teken dat de academici van Sanctaphrax zich klaar moesten maken om stenen te oogsten.

Onder het waakzame oog van de Allerhoogste Academicus daalden de ceremonieel gezegende en ritueel gereinigde academici af van Sanctaphrax en gingen aan het werk. Met steennetten en rotsbeugels maakten ze de vluchtrotsen die met een akelig gebrul losbraken een voor een vast.

Het zicht van de grote, witte vlucht vogels – als een bezoek van spookachtige geesten van voorbij het Klif – vervulde de bijgelovige Onderstedelingen met een sidderende angst. Het gehuil van de rotsen en het gekrijs

van de raven – bij de meesten bekend als *het koor van de dood* – was bijna te veel om te verdragen. Dieren raakten in paniek, jongelingen haastten zich naar binnen met hun handen over hun oren, en zelfs de allerdappersten waren doodsbang. De Onderstedelingen grepen hun favoriete talisman of amulet vast en fluisterden gejaagde gebeden, smekend dat de dood *hen* nog wat langer mocht ontzien.

Maar ondanks al hun bijgeloof en angsten zouden de Onderstedelingen nog meer in paniek raken als het geluid achterwege bleef. Want hoe angstaanjagend het ook was, het gruwelijke lawaai kondigde de levering van de vluchtrotsen aan waarvan elk van hen afhankelijk was. Als de voorraad vluchtrotsen opdroogde, zou geen enkel schip nog in staat zijn om koers te zetten in de lucht.

Rijkelijk beloond door Onderstad voor de vluchtrotsen, beseften de academici heel goed hoe belangrijk deze materiële kant van hun plichten was. Het bracht hun zowel grote invloed als enorme rijkdom, maakte hun verheven bestaan mogelijk in de wonderlijke zwevende stad, en stelde hen in staat om hun nobele studies voort te zetten.

Maar ondanks het belang van de rotsen vonden de academici het niet nodig zelf de Stenen Tuinen te bewaken. Die taak lieten ze met een gerust hart over aan de witte raven. Zodra de academici uiteindelijk hun werk verricht hadden en vertrokken, doken de witte raven met veel herrie van het Loftusobservatorium om zich vol te proppen met de hamelhoorn- en tilderkarkassen die voor hen achtergelaten waren – of, wanneer de dood Sanctaphrax bezocht had, aan de ceremonieel afgelegde overleden academici zelf.

Het was in deze plek van de dood, en groei – de Stenen Tuinen – dat de verschietende ster gevallen was. Boven het geluid van de wind, die in en uit de steenstapels floot, hadden de witte raven een zwak, sissend geluid gehoord. Ze hadden opgekeken en een kleine lichtbal zien vliegen van voorbij het Klif.

Naarmate de bal dichterbij kwam, werd het sissende,

blazende geluid sterker en het licht groter, helderder. Plotseling had een zwarte wolk de maan aan het zicht onttrokken, maar de Stenen Tuinen waren lichter, niet donkerder, geworden, terwijl de gloeiende lichtbal zich naar hen toe slingerde. Hij had het water in baden veranderd en holten in zwarte gaten, en de stapels ronde stenen in bollen van gepolijst zilver.

De witte raven hadden gefladderd met hun ruwe veren en gekrijst van angst. Het was een vallende ster en ze kwam recht op hun rotsige thuis af.

Lager, lager, steeds lager en... CRASH! Het voorwerp was met een luide, modderige plons naast de hoogste stapel rotsen geland. En het was er blijven liggen. Verblindend, maar bewegingloos.

Nieuwsgierig dichterbij wippend, hadden de witte raven een cirkel gevormd rond het blinkende object. Was het gevaarlijk? Was het eetbaar? Ze hadden gekrijst en gefladderd en er zenuwachtig naar gepikt tot Kraan hen tegengehouden had met een woedende kreet.

'Waaaark!'

Elke ongewone indringing in de Stenen Tuinen moest onmiddellijk gerapporteerd worden aan de Professor der Duisternis. En als leider van de vlucht witte raven moest Kraan die taak op zich nemen.
'Waaaark!' had hij nog eens gegild, terwijl hij wegfladderde.
De witte raven moesten het object bewaken tot hij terugkwam.

'Sneller, leeghoofd!' riep de Professor der Duisternis. 'Mijn god, je bent wis en waarachtig de traagste handkarduwer van heel Onderstad!' Hij leunde achterover en sloeg met zijn houten staf op de schouders van de sleurtrol. 'Sneller!' bulderde hij. '*Sneller!*'
Maar in plaats van te versnellen stopte de sleurtrol abrupt en bracht de houten grepen omlaag. De professor zakte achterover, greep zichzelf vast aan de zijleuning en richtte zich woedend tot de sleurtrol.
'Wat heeft dit te betekenen?' raasde hij.
'Verder ga ik niet', luidde het antwoord.
De professor keek in het rond en was verrast toen hij merkte dat ze de rand van de Stenen Tuinen al bereikt hadden. 'En geen minuut te vroeg', zei hij nors. 'Maar ik ben nog niet klaar met je. Ik wil dat je me in de Stenen Tuinen zelf brengt.'
De sleurtrol schudde het hoofd.
'Heb je me gehoord?' vroeg de professor.
De sleurtrol schuifelde zijn blote voeten in het stof en keek de andere kant op. 'Ik ga geen stap verder', zei hij beslist. 'Ik heb u al verder gebracht dan ik wilde.' Hij

rilde. 'Ik haat deze plek. Ik word er helemaal eng van, dat is zeker.'
'Ach zo', zei de professor kort. Hij stapte uit de handkar en streek zijn gewaad plat. 'Maar je wacht hier op me', zei hij.
'O, maar...', jankte de sleurtrol.
'Als je het niet doet, staat je wat te wachten', dreigde de professor. 'Als je niet hier bent wanneer ik terugkeer, zorg ik ervoor dat je zolang je leeft geen enkele handkar meer duwt.'
De sleurtrol keek angstig over zijn schouder. 'Goed dan', zei hij uiteindelijk. 'Maar blijf alstublieft niet te lang weg.'
De professor overzag het grimmige, rotsige landschap en rilde door een akelig voorgevoel. 'Geloof me', mompelde hij. 'Ik kom zo snel mogelijk terug.'
De professor wikkelde zijn mantel stevig om zijn lichaam, zette zijn kap op en vertrok. Zijn voeten struikelden en maakten een zuigend geluid; zijn houten staf sloeg tegen zijn zij. Hij voelde zich moe en steeds minder op zijn gemak. De Stenen Tuinen, die om hem heen gromden en kraakten, leken plotseling verontrustend reusachtig – en de kansen om de gevallen verschietende ster te vinden meelijwekkend klein.
Waar moest hij beginnen? Wat moest hij eigenlijk zoeken?
Toen hij rondkeek, terwijl de lage maan oplichtte en verduisterde door de passerende wolken, ving de professor in de verte een flits op van klapwiekende vleugels. De wilde vogels die roestten in de Stenen Tuinen

waren tegelijkertijd onvoorspelbaar en gevaarlijk, en horend hoe hun schorre gekras de lucht vulde, stond hij op het punt de andere kant op te hollen toen een vreselijke gedachte hem tegenhield.

'Het was Kraan die me het nieuws van de vallende ster kwam vertellen', zei hij bij zichzelf. 'Dus is de kans groot dat het rond die vallende ster is dat ze nu fladderen. Ah, arme ik', zuchtte hij. 'Vat moed. Toon geen angst, anders storten ze zich meteen op je.'

Toen de maan onder de horizon zonk, daalde de temperatuur scherp. Mist kronkelde op van de grond en wervelde zich rond de professors schuifelende voeten en tikkende staf.

'Moge de hemel me beschermen', mompelde hij met trillende stem terwijl het gekrijs van de witte raven steeds luider weerklonk.

Geleid door niet meer dan het onophoudelijke kabaal van de schorre vogels, strompelde hij voort over de ongelijke grond, half verblind door de dikke mist.

Plotseling doemde een grote rots op uit de mistige schaduwen voor hem. Hij hield halt. Een half dozijn witte raven zat op de bovenste kei, kibbelend om een goed plaatsje. Andere hingen aan de zijkanten. Nog een dozijn – elk afzonderlijk reusachtige exemplaren – bevonden zich op de grond en wipten met uitgespreide vleugels rond in hun vreemde, gewichtloze dans. Eén ding was zeker: ze waren iets aan het bewaken.

De professor zette een stap vooruit. Zijn hart bonsde – niet alleen van angst, maar ook van opwinding. Wat het ook was waaromheen de witte raven zich gegroe-

peerd hadden, het gloeide nog steeds. Hij zette nog een stap. En nog een...
'*Waaaaark!*' krasten de witte raven woedend toen hun aandacht getrokken werd door de indringer.
De vogels op de stenen fladderden met hun vleugels en vlogen krijsend de lucht in. De vogels op de grond gestormden voorwaarts en haalden naar hem uit met gesperde snavels en vlijmscherpe klauwen. Ze waren woedend... en hongerig.
'K... Kennen jullie me niet?' schreeuwde de professor. Hij stak het zware gouden officiezegel vooruit dat aan de ketting om zijn nek hing. 'Ik ben het, de Allerhoogste Academicus die erover waakt dat jullie gevoed worden, die...'
Hij viel stil. De vogels sloegen geen acht op zijn woorden.
Ze stonden nu helemaal om hem heen in een wild fladderende cirkel en begonnen te testen hoe sterk hij was. Ze op een afstand houden was onbegonnen werk. Ook al haalde de professor met zijn houten staf uit naar de exemplaren voor hem, andere pikten gemeen achter hem.
'Kraan!' bulderde hij. Zijn oude vriend zou er ongetwijfeld voor zorgen dat hem niets overkwam, toch?
'KRAAN!'
Van hoog boven zijn hoofd kwam een vlaag van vleugels toen de grootste en sterkste witte raaf in een spiraalbaan uit de lucht viel. Zijn klauwen glinsterden. Zijn snavel glom. Het was Kraan. De professor deinsde achteruit en keek toe hoe de vogel landde op de rug

van een aanvaller en zijn snavel in diens nek verzonk. Een luide kreet echode rond de Stenen Tuinen. Bloed druppelde over de witte veren.

'*WAAAARK!*' krijste Kraan dreigend.

De andere witte raven dropen af.

'Gevaarlijk hier', kraste Kraan, terwijl hij vliegensvlug om zijn as draaide om te pikken naar een vogel die zich te dicht gewaagd had.

'De vallende ster...?' stamelde de professor.

'Vallende ster', bevestigde Kraan schor, draaide zich om en baande zich een weg door de groep misnoegde witte raven. De professor volgde hem, nog steeds bang. Als de kolonie samenspande, kon ze gemakkelijk hun leider overweldigen.

Ze naderden het glinsterende object en de professor tuurde door de dikke mist. Hij rilde en kon nauwelijks geloven wat hij op het punt stond te zien. Ongetwijfeld was het allemaal inbeelding. Of een speling van licht en schaduw. Hij kwam nog dichterbij, hurkte neer en stak zijn handen uit. Zijn vingers bevestigden wat zijn ogen hem al geleerd hadden. Dit was geen vallende ster. Geen vuurbal. Geen gloeiend stuk rots.

Dit was het lichaam van een luchtpiraat. Hij lag op zijn buik, zijn gezicht afgewend – en hij gloeide van top tot teen, helderder dan een brandende toorts.

'Ik wist dat ik me dat luchtschip niet ingebeeld had', mompelde hij. 'Het is waarschijnlijk ontploft. En de vallende sterren die ik gezien heb, die acht vuurballen...' Hij bekeek opnieuw de gloeiende luchtpiraat. 'Was dat misschien de bemanning?'

De witte raven begonnen steeds luider te krassen. Nu begreep de professor waarom ze hun vondst zo angstvallig bewaakten, en waarom zijn komst zoveel woede veroorzaakt had. In hun ogen was de in hun midden gevallen luchtpiraat een gratis maal – een gratis maal dat Kraan en deze in een toga geklede indringer hen verhinderden te genieten.

Hij stak een hand uit en greep de luchtpiraat bij zijn schouder. Zijn vingers streken over iets dat naaldscherp was. Hij trok zijn hand terug en keek nauwkeuriger toe.

'Hamelhoornvacht', zei hij bedachtzaam. Hij bemerkte de bouw van de luchtpiraat, zijn leeftijd – en de dikke, geklitte haren. Hij greep opnieuw zijn schouder vast, maar deze keer veel voorzichtiger. Hij rolde de luchtpiraat op zijn rug en staarde naar het gezicht.

'Jij!' snakte hij naar adem. Het lichaam verspreidde een griezelige, lichtgevende gloed. 'O, Twijg, wat is er jou overkomen? Wat heb je gedaan?'

De raven rond hem krijsten en krasten, en de dappersten hupten vooruit en pikten met hun wrede snavels aan Twijgs benen.

'Twijg!' riep de professor wanhopig. De dappere jonge luchtpiraat leefde nog, maar kwijnde snel weg.

'Twijg, word wakker. Ik neem je mee naar Sanctaphrax. *Twijg!* Je hebt niet naar me willen luisteren. O nee! "Ik ben een luchtpiraat", zei je me. "Zoals mijn vader, en zijn vader voor hem", vertelde je. "Het zit in het bloed." En kijk nu eens wat er van jou gekomen is! God, als je vader, Quintinius Verginix, je nu zou zien...'

Bij het horen van zijn vaders naam verroerde Twijg zich. De professor glimlachte. De witte raven hupten terug, woedend krijsend.

Twijgs ogen trilden. Opgewonden sloeg de professor de beweging gade.

'Of, misschien moet ik zijn andere naam gebruiken. De naam van de meest gevreesde en gerespecteerde luchtpiraatkapitein die ooit de hemelen bevaren heeft. Wolk Wolf...'

Twijgs ogen schoten open. 'Vader', zei hij.

'Nee, Twijg', zei de professor zacht. 'Niet je vader. Ik ben het, de Professor der Duisternis.'

Maar er kwam geen teken van herkenning in de ogen, die wild in het rond staarden maar niets zagen. Ook sprak Twijg geen woord meer. De professor rilde toen hij begreep wat er gebeurde. Behalve de vreemde gloed die het verspreidde, leek het lichaam van de jonge luchtpiraat ongehavend, maar zijn geest had het duidelijk erg te verduren gehad.

De raven durfden weer dichterbij te komen. Kraan pikte naar de nieuwsgierigste vogels en keek de professor aan. 'Neem vallende ster, nu!'

Door de aandrang in de stem van de vogel begreep de professor dat Kraan niet lang meer in staat zou zijn om de andere raven op een afstand te houden. De professor deed hard zijn best om geen acht te slaan op de verontrustende verwarring in die blinde, starende ogen, en ondersteunde Twijg onder zijn arm en tilde hem op. 'Wandelen maar', mompelde hij. 'Kom op, het lukt je wel.'

De lucht klaarde op in het oosten toen de professor terug door de Stenen Tuinen strompelde, zijn ene hand rond Twijgs schouder, de andere rond zijn staf.

'Goed zo, Twijg', spoorde hij de luchtpiraat aan. 'Nog een beetje verder.'

HOOFDSTUK VIJF

WARKWEEP

'Een vallende ster!' De eenzame figuur van een jonge subacoliet, een jonge kerel met verfomfaaide haren en slecht passende kleren, staarde de nacht in. 'Hoe merkwaardig', mompelde hij.

De storm was voorbij en de academici kropen te voorschijn uit hun talrijke schuilplaatsen.

'Wat hebben we hier?' klonk een spottende stem van achter de jongen. 'Een klein onderdeurtje van een ligamanszoon. Waarom zit je niet in de bibliotheek met je neus in een rol, Warkweep?'

De stem was van een uit de kluiten gewassen leerjongen in de met bont gevoerde gewaden die alle studenten aan het College van de Wolk droegen. Verschillende anderen stonden achter hem, gniffelend hun kleren afstoffend.

'Ik dacht...', murmelde de jongen. 'Ik dacht dat ik iets zag, Vox.'

'Laat het hemelkijken maar over aan wie ervoor gekwalificeerd is', zei Vox venijnig. 'Moet je niet ergens een toiletemmer of zo gaan leegmaken?'

'Ik... ik was juist onderweg', zei Warkweep, zijn bundel rollen koortsachtig bij elkaar graaiend. Hij stormde de met puin bestrooide gang door. 'Onderstadtuig!' echode het in de gang.
Warkweep was nauwelijks vijftien jaar oud en klein voor zijn leeftijd. Hij stond helemaal onder aan de hiërarchische ladder van Sanctaphrax – de toiletemmers leegmaken was maar een van zijn taken. Hij moest iedereen die hem nodig had voor een of ander slavenkarwei op zijn wenken bedienen: boodschappen doen voor de talrijke subprofessoren, mistzeven en windgraderen, het vlekkeloze en glimmende uiterlijk van de zwevende stad helpen bewaren.
Maar Warkweep droomde van betere dingen. Zodra hij kon, glipte hij de nu helaas veronachtzaamde Grote Bibliotheek van Sanctaphrax binnen en begroef zichzelf in de ontelbare stoffige, oude schorsrollen die er ondergebracht waren.
De bibliotheek was niet chic. Ze had noch de luister van het College van de Wolk of de Academie der Wind, noch de macht en invloed van de School van Licht en Duisternis – maar per slot van rekening was Warkweep zelf ook allerminst chic. Zijn vader, een potige, arro-

gante bullebak van een ligaman die luisterde naar de naam Ulbus Pentephraxis, had hem naar Sanctaphrax gebracht.

'Je maakt het nooit in de liga's, jij schijterige kleine schorsworm', had hij gezegd. 'Misschien kunnen deze omhooggevallen weerkijkers iets van je maken. Want dat ligt ver buiten mijn capaciteiten!'

En dus had hij een subacolietpak voor zijn zoon bemachtigd. Eerst was Warkweep erg in de wolken geweest. Maar hij ontdekte al snel dat het leven in de zwevende stad even hard kon zijn als in de straten van Onderstad. Want hoewel ze onmiskenbaar schatrijk waren, werden de ligamannen algemeen misprezen door de academici van Sanctaphrax. En de acolieten en leerjongens die zich met hun geld toegang wisten te verschaffen tot de zwevende stad werden nog het meest misprezen van allemaal.

Warkweep spoedde zich door de lege straten van de majestueuze zwevende stad. Hij pauzeerde even om elk detail in zich op te nemen van de pracht die hem omgaf: de indrukwekkende torens, met hun minaretten, koepels en spitsen, die roze glommen in de gloed van de rijzende zon, de kunstig bewerkte pilaren, de standbeelden en fonteinen, de wenteltrappen en gewelfde promenades. Hij wist dat hij dit nooit, nooit vanzelfsprekend mocht vinden. Het was allemaal zo stijlvol. Zo weelderig. Zo groots.

Warkweep zuchtte. Hij voelde zich nog kleiner dan gewoonlijk. Vox' spot echode in zijn oren. 'Onderstadtuig!'

Zou deze wonderbaarlijke stad hem ooit aanvaarden? vroeg hij zich af. Of zou hij nooit meer zijn dan een schijterige, kleine stamslak?
Eén ding was zeker. Naar Onderstad kon hij nooit terug. Het lawaai, de viezigheid, de meppen en slagen van zijn vader – en de ontgoochelde blik in zijn moeders ogen voor ze stierf. Zijn leven in Onderstad had hem vrijwel helemaal verpletterd. Maar nu was, wat er ook gebeurde, Sanctaphrax zijn thuis. Zijn vader betaalde het College van de Wolk een aardige som om hem daar te houden. En hij, Warkweep, zou het respect verdienen van die verwaande professoren!
'Vat moed', fluisterde hij tegen zichzelf. 'Heb vertrouwen.'
Hij liep de hoek om van het Instituut van IJs en Sneeuw toen hij een stem hoorde van het landingsplatform voor hem.
'Verpletterd door objecten die uit de lucht vallen', zei de stem.
Warkweep zette een stap vooruit, maar verborg zich dan weer in de schaduw. Een gedrongen gnokkobold stond te praten met een collega-mandophaler op het vooruitstekende platform.
'Wat nog allemaal?' zei de gezel van de gnokkobold.
'Ik weet het', zei de gnokkobold. 'Ik ben net hierheen gekomen uit Onderstad. Ik ben blij dat ik het overleefd heb, geloof me maar. Ik was in de Bloedeik Taverne toen Moeder Paardenveer – die oude vogel die het café runt – binnenstormde met het nieuws dat de storm op volle kracht een luchtschip getroffen heeft. Helemaal

aan gruzelementen, dat luchtschip, en dodelijke stukken puin sloegen overal in Onderstad te pletter. Blijkbaar is het gigantische roerwiel dwars door het dak van de Ligakamer gegaan – en heeft er drie hoge pieten van de liga geplet.'

'Nee!' zei zijn gezel, zijn ogen wijd opengesperd van bloedige interesse.

'Ik zweer op mijn moeders leven', zei de gnokkobold. Hij stak zijn hand omhoog en telde de slachtoffers een voor een af. 'Ten eerste, de ligameester', zei hij. 'Simon of Simeon en nog iets. Dan hoe-heet-hij-ook-alweer Armbouwer, die Touw- en Lijmfiguur. En ten slotte...' Hij fronste bedachtzaam. 'Ah, ja. Kapitein van een van de patrouilleboten van de liga. Pentephraxis. Ulbus Pentephraxis.'

Warkweep had het gevoel dat zijn hart zelf door het volle gewicht van het roerwiel getroffen was. Zijn vader, dood! Rouwen om het verlies van zo'n onaangename vader kon hij niet, maar toch moest hij naar lucht happen, toen de vreselijke gevolgen van het nieuws hem troffen.

Wanneer een ligaman stierf, nam de liga alles. Het was goed mogelijk dat op dit ogenblik zijn vaders vroegere collega's het familiehuis beroofden van alles wat ze maar konden meepakken, als vraatzuchtige witte raven. En wie zou hen tegenhouden? Zeker niet zijn opgeschoten enige zoon in Sanctaphrax.

'Sanctaphrax!' gromde Warkweep met zijn hoofd in zijn handen. Wie zou zijn kosten betalen? Het College van de Wolk zou hem weer op de straten van Onderstad werpen zodra het geld op was. Hij was eraan, geruïneerd – alleen nog goed genoeg om aan de raven te voeren.

De reis van de Stenen Tuinen had langer geduurd dan nodig en de zon was al lang op toen de sleurtrol eindelijk Onderstad bereikte. Om te beginnen was Twijg, hoewel hij geen enkel been gebroken had, erg verzwakt door de storm en dus langzaam. Hij moest meermalen halt houden om wat uit te rusten toen de professor hem begeleidde naar de handkar. En toen ze er uiteindelijk arriveerden, eiste de sleurtrol dat ze opnieuw onderhandelden over hun afspraak omdat er nu *twee* personen terugkeerden uit de Stenen Tuinen, in plaats van de *ene* die hij erheen gebracht had.
'Meer wegen, meer betalen!' drong de sleurtrol aan, en weigerde zich te verroeren zolang de professor niet toegaf.
Toen het bedrag overeengekomen was en ze konden vertrekken, werd het al snel duidelijk dat de sleurtrol te veel hooi op zijn vork genomen had. Op het vlakke kroop hij traag als een pad puffend en hijgend verder, en op de heuvels floot hij zo hevig dat de professor zich afvroeg of ze ooit hun bestemming zouden bereiken.
Twijg daarentegen had niets gemerkt van wat er gebeurde. Behalve dat ene woord had hij niets gezegd. Afwezig en passief liet hij zich door de professor in de handkar hijsen. En naarmate de trip vorderde, was de lichtgevende gloed, die de professor tot bij Twijg gebracht had, vervaagd.

'Straks zijn we thuis', zei de Professor der Duisternis bemoedigend.

Twijg gaf geen enkel teken dat hij het gehoord had.

'Weet je nog hoe we elkaar voor het eerst ontmoet hebben?' zei de professor, in een poging om Twijgs geheugen aan het werk te zetten. 'Toen je naar mijn studeerkamer kwam in de top van de oude Toren der Regenproevers...' Hij gniffelde.

'Mijn hemel, Twijg', voegde hij eraan toe. 'Toen heb jij Sanctaphrax uit de nood geholpen. Nu zal Sanctaphrax jou helpen. Dat zweer ik.'

Hij staarde in Twijgs bezorgde gezicht en trilde van hulpeloos medelijden.

'O, Twijg', vervolgde hij. 'Wat in 's hemelsnaam heeft je ertoe gedreven om in de open hemel te gaan varen? Wist je niet welke gevaren je te wachten stonden?' Hij greep hem bij zijn schouders. 'Wat is er gebeurd?'

Maar Twijg zweeg. In het hoofd van de jonge luchtpiratenkapitein woelde duidelijk een grote chaos. Als hij niet snel zijn aandacht kreeg, was het gevaar niet denkbeeldig dat hij zijn geestesvermogens helemaal verloor.

De professor keek rond en merkte dankbaar dat ze de buitenwijken van Onderstad bereikt hadden. Vijf minuten later liet de sleurtrol de grepen van de handkar zakken.

'We zijn er', pufte hij en vouwde dubbel, snakkend naar adem.

De professor klauterde uit de handkar en keek omhoog naar de zwevende stad boven hem. Een van de hangende manden bevond zich pal boven zijn hoofd. Hij

bracht zijn handen in een kommetje naar zijn mond.
'Is daarboven iemand?' riep hij.

Warkweep stond nog steeds in de winderige schaduwen en staarde naar de brede, geplaveide laan. Zijn hart was zwaar, zijn ogen besloegen. Zijn blik schoot van het ene prachtige gebouw naar het andere, elk afzonderlijk ontworpen naar de behoeften van de school of het college dat het onderdak bood.
'En dit zal ik nooit meer terugzien', treurde Warkweep, met tranen in zijn ogen. 'Binnenkort loop ik te bedelen in de straten van Onderstad.'
Precies op dat ogenblik ontstond beroering aan het eind van het platform. De Professor der Duisternis stapte uit de mand, die geland was op het landingsvlak. Hij had iemand bij zich – op blote voeten, mager, met geklitte haren en verscheurde kleren. Warkweep vergat een ogenblik lang zijn ellende. Wie was dat? vroeg hij zich af. En was dat niet de Professor der Duisternis bij hem?

Toen de gnokkobold zijn mand opnieuw liet zakken en uit het zicht verdween, de professor en de vreemdeling achterlatend, kwam Warkweep uit de schaduw.

'Jij daar, kerel!'

'Wie, ik, heer?' stamelde Warkweep en liet zijn bundel rollen vallen.

De Professor der Duisternis bekeek hem van top tot teen.

'Ja, jij', zei hij. 'Help me even om Tw... eh, mijn vriend hier naar de School van Licht en Duisternis te brengen en, eh...'

'Natuurlijk, heer. Dadelijk, heer', zei Warkweep, en trok de jonge man op zijn rug.

'Ik veronderstel dat je je mond kunt houden', zei de professor, die voorop liep. 'Ik wil niet dat een troep roddelende academici mijn vriend komt storen.'

'J... ja', zei Warkweep zacht.

De professor keek hem vermoeid aan. 'Hoe heet je, kerel?' vroeg hij.

'Warkweep, zo u belieft', luidde het antwoord. 'Junior subacoliet van Sanctaphrax.'

'Junior subacoliet van Sanctaphrax', herhaalde de professor, terwijl zijn ogen zich vernauwden. 'Een Onderstedeling, zo te zien. Rijke vader in de liga's, durf ik te wedden.'

Ze hadden bijna de ingang van de school bereikt.

Warkweep knikte. 'Ja, heer. Mijn vader is...' Hij corrigeerde zichzelf. '*Was* een ligaman, heer.'

'Heel goed, heel goed', zei de professor verstrooid.

Ze kwamen bij de beslagen deur van de School van

Licht en Duisternis – geen moment te vroeg voor Warkweep.
'Dank je, beste kerel', zei de professor terwijl hij zich met de strompelende figuur naar binnen haastte. De grote deur sloeg dicht met een klap.
Warkweep stond alleen in de laan, eenzaam en verloren. Wat nu? Hij draaide zich om en keerde terug op zijn stappen. Hoeveel tijd had hij? Een dag? Een week? Vermoedelijk niet meer dan dat, en dan lag hij eruit, en zou hij met zijn weinige bezittingen onder zijn arm moeten afdalen in de mand, terug naar Onderstad.
'Wel, Warkweep', zei hij in zichzelf. 'Tot dan zoek ik het donkerste en stoffigste hoekje van de Grote Bibliotheek, en wie weet?' Hij glimlachte dapper. 'Misschien vergeten ze mij ook, net als al die schorsrollen!'

HOOFDSTUK ZES

BINNEN EN BUITEN

De gigantische maaltijdgong galmde mechanisch vanuit de Eettoren. Ineens zwiepten alle deuren van de scholen en colleges van Sanctaphrax open en een indrukwekkend gedrang van pratende professoren, leerjongens en acolieten stroomde er hongerig heen. Met zijn hoofd naar beneden en met bonzend hart sloot Warkweep zich bij hen aan. Hij sloop de gonzende eetzaal binnen, nam een koperen kom en schotel van de rekken en mengde zich onder de bruisende massa hongerigen.

Tien dagen waren voorbijgegaan sinds de Professor der Duisternis zijn hulp ingeroepen had. In die dagen had Warkweep zich steeds verborgen gehouden, opgekruld in een stoffige hoek van de Grote Bibliotheek met zijn dierbare schorsrollen, verloren in de fantastische verhalen en legenden die ze bevatten. Niemand had hem gestoord en hij had zich alleen uit zijn schuilplaats gewaagd om iets eetbaars te zoeken – een stukje taart van een toiletpoetser, een tilderworst die een verstrooide leerjongen had laten vallen.

Maar nu was het minstens een dag geleden dat hij nog iets gegeten had. Toen hij de maaltijdgong hoorde slaan, was de honger sterker dan hijzelf. Hij was zo uitgehongerd dat hij bereid was het risico te lopen betrapt te worden door leerlingen in het College van de Wolk en uit Sanctaphrax verbannen te worden voor een hete kom heerlijke, kruidige tilderstoofpot.

Aan de lange, hoge tafels werden de senior professoren bediend. In de galerijen langs de muren verdrongen lawaaierige academici en leerjongens elkaar boven een grote, gemeenschappelijke stoofpot. In de 'put' eronder verdrongen acolieten elkaar rond de stoofpijpen die als een slang benedenwaarts kronkelden vanuit een gigantische centrale ketel. Toen hij zich een weg zocht door het schreeuwerige gedrang, ving Warkweep onwillekeurig flarden van gesprekken op.

'Het Departement van Psycho-Klimatologische Studies bevestigde dat het zonder enige twijfel een geestesstorm was, enkele nachten geleden', zei een leerjongen. 'En we worden de na-effecten nog steeds gewaar.'

Zijn collega knikte. 'Ik weet het', zei hij. 'Ik begin me af te vragen of de hemelen ooit weer helder worden.'

In de aanhoudende duisternis die gevolgd was op de fatale nacht, werd nog meer gevaarlijk weer de stad in geblazen van voorbij het Klif. Regen – de stemmingenzifters in zowel het Loftusobservatorium als in de dakkamer van het Departement der Psycho-Klimatologische Studies sloegen diep indigo uit – had een uitbarsting van gemeenschappelijk verdriet veroorzaakt in de hele streek.

Een dikke en vettige mist had de bewoners van enkele noordelijke districten van Onderstad tijdelijk doofstom gemaakt. En de vorige nacht leidden de zware regenbuien tot explosies van vreselijk geweld onder de klontertroggen in de laadsteigers.

De plotselinge verandering in het karakter van het weer bracht het tot hiertoe onbetekenende Departement van Psycho-Klimatologische Studies in het centrum van de belangstelling. De deken, een dikke pennenlikker met de naam Lud Squeemix, zat nu vol eigenbelang aan de hoogste van de lange tafels. Hij slurpte luidruchtig de stoofpot op tussen zijn tanden, en pauzeerde alleen om luid te boeren.

'Ik overweeg een plaats in het Departement', zei een derde leerjongen. 'Daar moet je tegenwoordig zijn voor actie.' Hij keek steels om zich heen. 'Ik heb gehoord dat de windrakers en wolkenkijkers een bondgenootschap gesmeed hebben.'

'*Pfff!* Dat helpt hen geen ene moer', snoof zijn gezel. 'Ze hebben hun tijd gehad.'

Overal in de eetzaal klonken de conversaties hetzelfde. Listen en tegenlisten waren legio. En alsof dat niet voldoende was, deden andere geruchten de ronde die zelfs de allerkoppigste academicus niet kon negeren.

Boven in de galerij van het College van Regen wendde een senior leerjongen zich tot zijn buur. 'En *ik* heb gehoord dat hij iets van plan is', zei hij. 'Iets verdachts!'

Warkweeps oren spitsten zich.

'Iets verdachts', zei zijn gezel. 'Wat, de Allerhoogste Academicus?'

'Jawel, hem bedoel ik', antwoordde de eerste senior leerjongen. 'Volgens mijn bronnen in de School van het Licht en de Duisternis houdt hij er iemand verborgen. Ze zeggen dat hij hem gevonden heeft in de Stenen Tuinen, en ik geloof het. Hij ziet eruit als een vagebond, en zegt geen woord – maar hij bevriest je bloed met één ijzige blik.'

'Een volslagen krankzinnige, zo te horen', riep een leerjongen-wolkenkijker in een hogere galerij naar beneden. 'Hij jankt!'

'Jankt?' zeiden de leerjongen-regenproevers in koor.

'Zoals een woudwolf', ging de wolkenkijker verder. 'Elke nacht. Natuurlijk hoor je het niet in jullie faculteit, maar het weergalmt rond het College van de Wolk. Erg griezelig.'

Warkweep fronste. Ook hij had het vreemde, nachtelijke gehuil gehoord vanuit zijn schuilplaats in de bibliotheek. Maar hij had nooit het verband gelegd tussen dat gehuil en de starende figuur die hij op die winderige morgen ontmoet had samen met de Professor der Duisternis.

Terwijl hij langzaam schuifelde naar de stoofpotpijpen, vertoefden zijn gedachten bij de vreemdeling.

Het gerucht ging dat het vreemde individu niemand minder was dan Twijg, de jonge luchtpiratenkapitein die pas enkele weken geleden als een held ingehaald was in Sanctaphrax. Er werd verteld dat hij gedaan had wat nooit iemand ooit gedurfd had: hij was vertrokken naar de open hemel. En daar moet er hem iets overkomen zijn, beweerden de verhalen. Iets onaards, onverklaarbaars; iets waarvan hij zowel stom als gek geworden was. Het was vreemd dat, volgens de praatjes, de Allerhoogste Academicus hem benoemd had tot Subprofessor van het Licht.

De menigte schuifelde naar de pijpen. Achter War-

kweep verwensten twee subleerjongen-windrakers hun lot.
'Windgraderen, windgraderen en nog een windgraderen', klaagde een van beiden. 'En de professor is een echte tiran!'
'Van het allerergste soort', luidde het antwoord.
Warkweep zuchtte. Jullie toekomst is tenminste veilig, dacht hij bitter. In tegenstelling tot de mijne. Hij rilde en de koperen schaal gleed uit zijn handen en kletterde op de grond.
De regenproevers en wolkenkijkers rond hem keken spottend naar de schriele jongen met de warrige haren.
'Maar anderzijds zijn wij dan weer geen subacolieten', bemerkte een van de windrakers gniffelend.
'Onderstedeling!' sprak de ander verwijtend.
'Lieve hemel!' bulderde een stem van de hoogste van alle lange tafels, en alle hoofden keken op. Het was Lud Squeemix en hij stikte bijna in zijn stoofschotel.
'Wie had dat kunnen denken?' proestte hij.
Verrast liet hij een schenkkan vallen.
'Mijn woord erop', riep iemand anders uit. 'Hij is het!'
Elk oog keek naar de hoogste lange tafel. Daar, waar de meest vooraanstaande academici hun maal genoten, was te zien hoe de Professor der Duisternis het mysterieuze individu met de wilde blik naar een lege plaats begeleidde. De leerjongens vergaten de junior subacoliet in hun midden.
'Ik kan niet geloven dat het Twijg is', hoorde Warkweep een van hen zeggen. 'Ik bedoel, kijk naar hem!'
'Hij lijkt wel gek', ging een ander akkoord.

'En dit moet de nieuwe Subprofessor van het Licht voorstellen', zei een derde. 'Ik zou niet graag *zijn* leerjongen zijn.'

'Ja', lachte de eerste leerjongen-regenproever. 'Wis en waarachtig een gebrek aan een paar regendruppels uit een douche.' En ze barstten allen in lachen uit.

Allen, behalve Warkweep. Terwijl de leerjongens te stom waren om iets meer te zien dan zijn uiterlijke verschijning, keek Warkweep nauwkeurig toe. Er was iets aan de hand met de jonge subprofessor – een trotse intelligentie straalde in die heldere, starende ogen. Misschien was Twijg helemaal niet van zijn zinnen beroofd, dacht Warkweep met een plotselinge schok. Misschien had hij zijn blik gewoon naar binnen gericht.

Eindelijk had hij de stoofpotpijp bereikt. Hij trok aan de hendel en zorgde ervoor dat geen druppel van de stomende pot naast zijn bord viel. Hij greep een homp eikenbrood uit de mand onder de pijpen, al doorweekt van de stoofpot die de anderen gemorst hadden, en baande zich een weg naar de massa lage stoelen, die als

paddestoelen uit de grond schoten onder de galerieën. Als hij opkeek, zag hij Twijg duidelijk zitten.
De pas benoemde subprofessor staarde voor zich uit, zich niet bewust van zijn omgeving. Nu en dan, aangespoord door de porrende elleboog van de Professor der Duisternis, begon hij als een vogel van zijn voedsel te pikken. Heel eventjes maar – en nooit lang genoeg om echt iets te eten.
Warkweep bleef kijken naar de prikkelbare jongeman – nauwelijks een paar jaar ouder dan hij zelf was – en vroeg zich af welke gruwelen Twijg meegemaakt had op de *Klifdanser* voor hij de volle lading van de storm kreeg. Want als een voorbijgaande regenwolk ertoe leidde dat klontertroggen elkaar aanvielen, wat moet het dan geweest zijn voor de luchtpiratenkapitein, die meemaakte hoe zijn schip verwoest werd?
Precies op dat ogenblik trok een zwarte regenwolk door de lucht en hulde de eetzaal in complete duisternis. De Professor der Duisternis – voor wie de plotselinge duisternis van bijzonder belang was – haalde een lichtmeter uit de plooien van zijn mouw. Hij concentreerde zich zo hevig dat hij niet zag hoe zijn jonge subprofessor opstond en de houten trap afdaalde.
'Merkwaardig', mompelde Warkweep.
Een zware hand landde op zijn schouder en sloeg hem bijna van zijn stoel. 'Wel, wel, wel', klonk een vertrouwde, spottende stem. 'Als dat ons favoriete kleine Onderstedeling niet is!'
'Vox!' snakte Warkweep naar adem, starend in het arrogante gezicht van de grote wolkenkijkerleerjongen.

'Ik heb vernomen dat hier iemand zijn kosten niet betaalt', zei hij. '*Tut, tut*. Dat gaat zomaar niet.'
Warkweep rilde. 'Alsjeblieft', smeekte hij. 'Het is dat mijn vader, hij...'
'Spaar dat maar voor de Professor van het Wolkenkijken, schorsworm!' Vox' stem was hard, zijn greep rond Warkweeps schouders als een schroef.
Buiten begon een ellendige, stormachtige regen te kletteren. Warkweeps ogen vulden zich met woede om de onrechtvaardigheid van alles. Het was toch niet zijn schuld dat zijn vader gedood was!
'Professor van het Wolkenkijken?' zei hij. 'Professor van het Wolkenkijken?' Zijn stem steeg tot een gebrul. 'Geef dit maar aan je Professor van het Wolkenkijken in plaats van geld!' En hij gooide de stomende kom hutspot in het gezicht van de grote leerjongen.
'*Aaaargh!*' gilde Vox en viel in een groep windzifters. Kommen hutspot vlogen overal in het rond.

Warkweep sprong overeind en liep bukkend en duikend naar de deur, stompte een paar verontwaardigde laatkomers onderuit en schoot de eetzaal uit. Buiten was het nog donkerder dan binnen, en zonder het geluid van de eetzaal veel onheilspellender. Boven zijn hoofd wervelden en draaiden paarsgerande zwarte wolken als borrelend houtpek. De wind was erg zwavelrijk. En ook al kon hij niet weten dat de stemmingenzifters oranje gloeiden, Warkweep voelde een vreemd tumult van emoties binnen in hem: woede, verrukking en een zenuwprikkelende angst – net zo'n kolkende chaos als het weer om hem heen.

Tsjik-tsjak-tsjieek. Karmozijnrode bliksemstralen flitsten door de hemel en de donder die erop volgde bulderde over de hele zwevende stad, die trilde tot in haar diepste kern.

Warkweeps hoofd tolde toen hij zich begaf naar zijn schuilplaats in de Grote Bibliotheek. Hij bleef in de schaduw en haastte zich stil langs de vette tegels. Om de hoek hield hij halt. Hij keek voor en achter zich. De kust was vrij. De plek was helemaal verlaten, van de wachttoren rechts tot aan de landingsplaats ver weg links.

Toen hij opnieuw vertrok, lichtte de hemel een tweede maal op, en Warkweep zag een beweging vanuit zijn ooghoek.

Hij draaide zich om en staarde in het gedempte licht. Daar was de jonge subprofessor. Hij stond op de balustrade van het landingsplatform, zijn benen gespreid, hoofd omhoog, armen uitgestrekt en palmen naar boven gericht. Om hem heen kraakten en splinterden de bliksemflitsen.

'Twijg!' brulde Warkweep. Hij wist niet of het zijn eigen innerlijke verwarring of het weer was die hem ertoe aanzette de naam van de subprofessor te roepen. Ging hij echt springen?

'Stop! Stop!'

Zijn dringende kreten werden overstemd door een tweede donderslag. Twijg wankelde op de balustrade en klapwiekte met zijn armen.

'NEE!' gilde Warkweep. Hij stoof vooruit, zijn hart bonsde in zijn keel, en hij greep de zoom van Twijgs jas.

'*Auw!*' huilde hij, want de hamelhoornvacht veranderde onmiddellijk in lange naalden, die zijn huid doorboorden. Op de toppen van zijn vingers welden druppels bloed op.

De bliksem knetterde opnieuw. De donder roffelde. En terwijl de wind steeds harder waaide, begon een lichte, fonkelende regen neer te storten. Over heel Sanctaphrax veranderde de gemoedsgesteldheid in verrukking. Kreten van blijdschap weerklonken vanuit de eetzaal. Warkweep, gegrepen door een plotseling gevoel van bedwelmende kracht, greep Twijgs arm en trok hem van de balustrade. Twijg viel op de grond.

'Vergeef me, professor', fluisterde Warkweep. 'Ik dacht dat u ging springen.'
Twijg klauterde overeind. 'Zei je iets?' vroeg hij.
Warkweeps mond zakte open. 'Zei *jij* iets?' zei hij. 'Ze vertelden dat je stom was...'
Twijg fronste en raakte zijn lip aan. 'Het is waar', fluisterde hij bedachtzaam. Hij keek in het rond, alsof hij nu pas zag waar hij was. 'Maar... wat doe ik hier?' sprak hij. 'En wie ben jij?'
'Warkweep, professor', luidde het antwoord. 'Junior subacoliet, als het u belieft.'
'O, het belieft me in elk geval', zei Twijg, geamuseerd door de formaliteit van de jongen. Toen fronste hij. 'Zei jij... *professor*?'
'Ja,' zei Warkweep, 'hoewel subprofessor accurater geweest zou zijn. U bent de nieuwe Subprofessor van het Licht – althans als de geruchten waar zijn.'
Een verbijsterde blik verscheen op zijn gelaat. 'Dit zal het werk van de Professor der Duisternis geweest zijn', zei hij.
'Hij was het die u naar Sanctaphrax bracht', zei Warkweep. 'Uit de Stenen Tuinen, wordt beweerd. Hij...'
'De Stenen Tuinen', zei Twijg zacht. 'Dus was het toch geen verbeelding.' Hij zag er verloren en in de war uit toen hij zich tot Warkweep richtte. 'En niettemin...' Hij fronste geconcentreerd de wenkbrauwen. 'O, waarom herinner ik me niets...?' Hij krabde zich in het haar. 'Het lijkt wel alsof ik me in een droom bevond. Ik herinner me mijn bemanning, de reis, hoe we de maalstroom binnenvoeren, en daarna... Niets meer!' Hij

pauzeerde. 'Tot een moment geleden, toen je klaarblijkelijk verhinderde dat ik me te pletter stortte.' Hij glimlachte. 'Bedankt. Hoe heette je ook alweer?'

'Warkweep,' zei Warkweep, 'en ik weet niet wat me bezielde. Ik mocht u helemaal niet gered hebben.' Hij staarde ontroostbaar naar de grond. 'Ik moest samen met u gesprongen zijn. Ik heb geen enkele reden om te leven!'

'Kom, kom', zei de jonge professor vriendelijk. Hij plaatste een hand op Warkweeps schouder. 'Dat kun je niet menen.'

'Toch wel', zei Warkweep met hangend hoofd. 'Ik ben een Onderstedeling. Mijn vader is dood en ik heb geen premies om mijn leerlingschap te betalen. Wanneer ze me vinden, gooien ze me Sanctaphrax uit. Waar moet ik nog voor leven?'

Twijg keek de jonge acoliet strak aan. 'Je hebt me gered', zei hij eenvoudigweg. 'Ik ben van mening dat ik bij jou in het krijt sta. Je zei dat ik een Subprofessor van het Licht ben?' Warkweep knikte.

'In dat geval stel ik je hierbij aan als mijn leerjongen, Warkwiep.'

'War*kweep*', zei Warkweep opgewonden. 'Meent u dat echt?'

'Natuurlijk', zei Twijg glimlachend. 'Ik zal een slimme leerjongen nodig hebben die wat op me past nu ik eindelijk ontwaakt ben. Ik heb heel wat werk voor de boeg.'

'Ik zal op u passen, professor', zei Warkweep. 'U zult het wel merken.'

HOOFDSTUK ZEVEN

DE KAART VAN DE VALLENDE STER

Warkweep stapte de Grote Bibliotheek uit en borstelde het stof uit zijn fijne, nieuwe gewaad. Het kostbare, zware materiaal verraadde elk vlekje en het bonten garneersel leek ietwat extravagant – maar de kleren pasten hem wonderbaarlijk. Hij drukte de oude schorsrollen tegen zijn borst en haastte zich naar de School van Licht en Duisternis.

Maar toen hij een smalle straat insloeg naar de Toren der Windrakers, bleef hij staan. Daar stond Vox, zijn gezicht vol woudzalf, en versperde hem de weg.

'Eindelijk alleen', snauwde de leerjongen.

Nog twee wolkenkijkers verschenen achter Warkweep. Hij zat in de val.

'Ik geloof dat jij en ik nog een en ander te regelen hebben, schorsworm', zei Vox, en hij haalde een venijnig uitziende knuppel uit de mouwen van zijn kleed. Hij zwaaide ermee in de lucht en verkocht Warkweep een afschampende slag tegen de zijkant van zijn hoofd. De jongen zakte onderuit.

'Vox!' snakte hij naar adem. 'Grote, vette bullebak... *Unnkhh!*'

'Waar is die zogenaamde professor van jou nu, Onderstedeling, eh?' grijnsde Vox. 'Waar is je moedige kapitein Twijg, redder van Sanctaphrax?'

'Hier ben ik', zei Twijg, greep Vox' opgetilde arm en draaide hem stevig achter zijn rug om.

'*Aaargh!*' gilde de leerjongen, en hij liet de knuppel vallen. Twijg gaf hem een stomp. 'Ik denk dat mijn gewaardeerde leerjongen, Warkweep, wat hulp kan gebruiken', zei hij.

'J... Ja, heer', stamelde Vox en hij maakte zich klein tegenover de jonge professor.

'En klop meteen maar zijn gewaad af terwijl je toch bezig bent.'

Vox hielp Warkweep onhandig overeind en stofte hem helemaal af.

'Verdwijn nu', zei Twijg. 'En als je nog eens mijn leerjongen lastigvalt, bied ik je een enkeltje per mand naar Onderstad. Ben ik duidelijk genoeg?'

Vox knikte schaapachtig en smeerde 'm. Zijn vrienden waren al lang gevlucht.

'Dank u, professor', hijgde Warkweep.
Twijg glimlachte. 'Hoeveel keer moet ik het nog herhalen?' vroeg hij. 'Noem me Twijg.'
'Ja, prof... Twijg', zei Warkweep.
'En Warkweep.'
'Ja, Twijg?'
'Je hebt dit laten vallen.' De jonge professor gaf hem de gekreukte schorsrollen. 'En zorg ervoor dat je mooie nieuwe kleren niet helemaal onder het schorsstof komen te zitten.'
'Nee, Twijg', zei Warkweep blij, en volgde de professor naar de School van Licht en Duisternis.

Twijgs studeerkamer bevond zich in de top van de westelijke toren van de School van Licht en Duisternis. De kamer was klein, maar heel gezellig en aangenaam dankzij de zachte stoelen en gloeiende kachel. Aan de muren hingen planken waarop talloze in leder ingebonden boeken prijkten, stapels papieren samengehouden met linten en ingewikkelde, naar het licht gerichte wetenschappelijke toestellen. Een donzig laagje stof bedekte alles.
Twijg keek toe hoe zijn jonge leerling met zijn neus in een schorsrol dook en begerig zat te lezen bij de paarse gloed van de open kachel. Het moet fikhout zijn dat hij verbrandt, dacht Twijg, en hij werd meegevoerd naar zijn kinderjaren bij de woudtrollen, waar hij op het tildertapijt voor het vuur luisterde naar de verhalen van Spelda – zijn stiefmoeder – die hem haar verhalen vertelde over het Diepe Woud.

De fikhoutblokken verspreidden heel wat warmte, maar omdat ze zweefden als ze verbrand werden, hadden ze de neiging weg te vliegen als de kachel open bleef. Nu en dan keek Warkweep op en porde een gloeiend blok hout dat dreigde te ontsnappen terug in het vuur.

'Wat ben je aan het lezen?' Twijg verborg de verveling in zijn stem niet. Het was de jonge leerling al lang duidelijk geworden dat Sanctaphrax, en vooral de stoffige omgeving van de School van Licht en Duisternis, de jonge luchtpiratenkapitein verstikten.

'Een oude schorsrol, professor', zei Warkweep. 'Gevonden in de Grote Bibliotheek – het is fascinerend...'

'Noem me Twijg', zei hij ongeduldig maar daarna, vriendelijker: 'Ik benijd je, Warkweep.'

'Mij, Twijg? Maar waarom?'

'Jij kunt een schorsrol opnemen en weggevoerd worden naar de goden weten waar. Ik heb gekeken hoe je daar nu al urenlang zit, turend in een stuk schorshout, dat half weggevreten is door wormen en motten. Jij bent een geboren academicus, Warkweep. Terwijl ik...' Hij wachtte. 'Ik ben een luchtpiraat!'

Twijg kroop overeind, stapte door de stoffige studeerkamer en zwaaide het raam open. IJzige regen spatte in zijn opgerichte gezicht en droop langs zijn nek omlaag.

'Daar moet ik zijn', zei hij, wijzend voorbij Sanctaphrax. 'Daar boven. De hemelen bevaren als kapitein van een luchtschip. Zoals mijn vader en zijn vader voor hem. Het zit in het bloed, Warkweep – en ik mis het zo vreselijk.'

Warkweep legde de schorsrol neer en ving een ontsnappend blok fikhout met de vuurtang.

'O, Warkweep', vervolgde Twijg, nog steeds starend in de eindeloze uitgestrektheid van de hemel. 'Jij hebt nooit de wind horen zingen in de tuigage of de wereld onder je gezien als een opengevouwen kaart, of gevoeld hoe de lucht door je haren strijkt terwijl je door de lucht vaart. Anders had je geweten hoe ellendig het voelt om hier opgesloten te zitten in deze muffe studeerkamer. Ik voel me als een vogel wiens vleugels geknipt zijn.'

'Ik ben dol op Sanctaphrax', zei Warkweep. 'Ik ben dol op haar toren, haar wandelpaden, de Grote Bibliotheek – *en* deze muffe studeerkamer. Maar zonder jou was ik hier niet geweest.' Hij sloeg zijn ogen neer, plotseling beschaamd. 'En ik zou je overal heen volgen, zelfs...' Hij wees naar het open raam. 'Zelfs daar, in de open hemel.'

Twijg kromp in elkaar. 'Anderen volgden me al daarheen', antwoordde hij zacht.

'Je bemanning?' zei Warkweep.

'Mijn bemanning', fluisterde Twijg droevig. Hij zag ze meteen voor zijn ogen, de gevarieerde maar loyale groep die hij om zich heen verzameld had: de plathoofdkobold, de slachter, de eikelf, de waterzwerver, de Steenpiloot, de gabberbeer en de bebrilde kwartiermeester. Ze hadden geloofd in hem, hem gevolgd naar de open hemel – en waren daar omgekomen. 'Ik weet niet hoe, maar ik heb ze allemaal gedood, Warkweep. Zie je hoe gevaarlijk het is om mij te vertrouwen?'

'Weet je zeker dat ze dood zijn?' vroeg Warkweep.
'Natuurlijk zijn ze dood', zei Twijg geïrriteerd. 'Hoe zouden ze het overleefd kunnen hebben?'
'*Jij* hebt het overleefd', sprak Warkweep. Twijg viel stil. 'Ik bedoel, heb je gezien wat er met hen gebeurd is?'
'Gezien?' herhaalde Twijg. 'Ik kan het me niet herinneren!'
'Herinner je je *iets* van die noodlottige tocht door de open hemel?' drong hij aan.
Twijg liet zijn hoofd zakken. 'Nee', gaf hij nors toe.
'Hoe weet je dan dat ze dood zijn?' hield Warkweep vol. 'Met hoeveel waren jullie aan boord toen jullie de zeilen hesen?'
'Acht, mezelf meegerekend', zei Twijg. 'Maar...'
'De Professor der Duisternis zei dat hij acht vallende sterren heeft zien vliegen door de lucht', flapte Warkweep eruit.

Twijg fronste. 'Warkweep, wat zeg je daar?'
'Ik heb te veel gezegd. Warkweep struikelde over zijn woorden. 'De professor zei dat ik niet met jou mocht praten over je vroegere leven. Hij zei dat het jou alleen maar van streek zou brengen...'
'Van streek brengen? Natuurlijk brengt het me van streek!' raasde Twijg. 'Had ik ook maar eventjes gedacht dat een van hen in leven was, dan had ik deze plek onmiddellijk achtergelaten op zoek naar hen, wat het ook mag kosten!'
Warkweep knikte. 'Ik denk dat het precies dat was waarvoor de professor bang was', zei Warkweep. 'Vergeet dat ik het gezegd heb, Twijg.'
'Vergeet!' Twijg wendde zich tot hem. 'Hoe kan ik dat vergeten? Acht vallende sterren, zeg je. Een voor elk bemanningslid van de *Klifdanser*. Warkweep, denk goed na, heeft de professor gezegd waar deze sterren geland zijn?'
'Wel, ik... Ik bedoel, ik denk...'
'Ik kan die vraag beantwoorden', weerklonk een stem. De Professor der Duisternis stond in de deuropening van de studeerkamer. 'Ik moest geweten hebben dat ik geen professor van jou kon maken, Twijg, mijn jongen', zei hij triest. 'Jij bent net als je vader, een geboren avonturier – en net als hij, ben je waarschijnlijk voorbestemd om voor eeuwig verloren te zijn in de open hemel.'
Twijg greep de professor bij zijn hand. 'Mijn vader?' vroeg hij. 'Weet u wat er met mijn vader gebeurd is?'
De professor schudde zijn hoofd. 'Ik weet alleen dat hij talloze weken geleden weggeblazen werd in de Grote

Storm en sindsdien hebben we niets meer van hem vernomen.' Hij keek diep in Twijgs verdrietige ogen. 'Heb je...? Daar...?'
'Ik weet het niet', zei Twijg ongelukkig. 'Ik kan het me niet herinneren.' Hij nam de hand van de professor in de zijne en drukte er zacht op. 'Professor, u moet me helpen mijn bemanning terug te vinden. Als hun kapitein heb ik hun beloofd hen nooit achter te laten, wat er ook gebeurt. Ook al is er maar de *geringste* kans dat een van hen leeft, dan nog moet ik die belofte houden.'
'Maar Twijg', zei de professor. 'Zelfs als...'
'En misschien,' onderbrak Twijg de bezwaren van de professor, 'heel misschien kan mijn bemanning me helpen om mijn geheugen terug te vinden.' Hij liet de professor los en keek in zijn ogen. 'Want wie weet wat ik vergeten ben – daar, in de open hemel. Misschien iets nuttigs? Voor u, professor. Voor Sanctaphrax.'
De professor knikte ongemakkelijk. Twijg had gelijk. Door zo ver in de open hemel te varen, had Twijg meegemaakt wat niemand voor hem meegemaakt had; wat de professor zelf zo graag eens had willen meemaken: de bron van het weer zelf binnendringen. En wat meer was, Twijg had het overleefd en was teruggekeerd om erover te vertellen. Voorlopig, natuurlijk, zat zijn geest muurvast, maar als hij losgewrikt kon worden...
'Goed dan maar', zei de professor. 'Ik zie dat je vastbesloten bent. Ga op zoek naar je verdwenen bemanning, Twijg. Je hebt mijn zegen.' Hij haalde een lederen tasje vol goudstukken uit de vouwen van zijn gewaad en legde het op Twijgs hand. 'Voor je reis', zei hij. 'Maak er

verstandig gebruik van. Volg me nu naar mijn studeerkamer en ik laat je de kaart zien die ik gemaakt heb die avond toen je naar de aarde viel. Ze toont de benaderende positie van de andere vallende sterren – als mijn berekeningen betrouwbaar zijn, althans. Een paar sterren vielen tot in het Diepe Woud, moge de hemel hen helpen. En één – de laatste – viel zo ver dat ik niet zeker weet waar die beland is.'

'Toon me die kaart!' riep Twijg opgewonden. Hij richtte zich tot zijn leerjongen. 'We gaan mijn bemanning vinden, Warkweep. We zullen weer samen zijn...' Hij pauzeerde. 'Misschien kunnen ze me vertellen waar mijn vader is.'

'Twijg', zei de professor streng. 'Ga jij maar op zoek naar die vallende sterren, als je het echt niet kunt laten. En inderdaad, ik zie dat je het niet kunt laten. Maar laat in naam van de hemelen de jongen hier, veilig in Sanctaphrax, waar hij thuishoort.'

Warkweep stapte voorwaarts, greep Twijgs arm en keek de professor aan. 'Het spijt me, professor', zei hij. 'Maar ook ik heb een belofte gedaan!'

HOOFDSTUK ACHT

De Wiegelied Herberg

'Warkweep', zei Twijg zacht. 'De mand komt eraan.' Warkweep keek op van de oude schorsrol die hij aan het bestuderen was. 'Niet te geloven', glimlachte Twijg. 'We staan op het punt te vertrekken op een moeilijke, om niet te zeggen mogelijk vergeefse reis en jij zit met je neus in een rol.'

'Sorry, Twijg', zei Warkweep. 'Maar deze rol is ongelooflijk boeiend.'

Twijg glimlachte. 'Je snakt ernaar me te vertellen wat erin staat, is het niet? Wel, vertel maar.'

'Het is *De Mythe van de Riviersprong*, prof... Ik bedoel, Twijg', zei Warkweep opgewonden.

'Wat? Dat oude verhaal', zei Twijg. 'Spelda, mijn moeder – of beter de woudtrol die me grootgebracht heeft als haar eigen kind – vertelde het me vaak toen ik nog een klein ukje was.'

Een glimlach speelde om zijn lippen en zijn ogen werden glazig. *'Eens verscheen op een fluwelen duisternis een vonk...'*, mompelde Twijg. 'O, mijn hart bonsde hard toen ze die woorden uitsprak. Van alle verhalen die ze me vertelde, was *De Mythe van de Riviersprong* mijn favoriet.'

'De vonk verbleekte. En de wind ademde. En de regen huilde...', las Warkweep.

Twijg knikte. *'En de zon glimlachte. En de eerste minuut van alle minuten gleed voorbij'*, zeiden ze in koor.

'Jij kent het helemaal uit je hoofd!' zei Warkweep verrukt.

'*De Mythe van de Riviersprong* wordt in elke uithoek van het Klif verteld', zei Twijg. 'Ik hoorde het verhaal in de spelonken van de kijvende grotfeeksen, ik hoorde het aan boord van de *Stormenjager* – verschillende versies, maar wezenlijk gelijk. Wat jij daar hebt, is de klassieke mythe.'

'Ze maakt bepaalde dingen zinvol', zei Warkweep.

Twijg rukte aan de punten van de sjaal om zijn nek. 'Soms gaat de waarheid verscholen in de oude verhalen', zei hij ernstig.

'Geloof je dan', zei Warkweep, 'dat er ergens een plek is waar het allemaal begonnen is?'

'Dat *de Moederstorm het hoogste punt trof van dat onvruchtbare, vooruitstekende rotsenland en het met leven bezaaide*?' zei Twijg. 'Waarom niet? Ik heb zoveel vreemde dingen gezien in het Diepe Woud, in het Schemerwoud...' Hij viel stil.

'Wat is er, Twijg?' vroeg Warkweep bezorgd.

Twijg staarde in de lege hemel voorbij het Klif. 'Daar is iets', fluisterde hij. 'Ik weet het zeker. Iets wat ik me niet kan herinneren.' Zijn stem klonk steeds nadrukkelijker. 'Iets dat ik me *moet* herinneren...'

'Twijg', zei Warkweep, en wees met zijn hoofd. 'De mandtrekker is er.'

Zonder nog iets te zeggen klommen Twijg en Warkweep in de mand. Warkweep bibberde duizelig. De mandtrekker, een gnokkobold, maakte het touw los en begon hen voorzichtig omlaag te takelen, weg van de zwevende stad. 'Wat een weertje de laatste tijd', zei hij en keek hen schuin aan. 'Maar dat hoef ik jullie ongetwijfeld niet te vertellen.'

De gnokkobold hengelde naar informatie. Net als alle Onderstedelingen verlangde hij wanhopig naar meer uitleg over het verraderlijke weer dat de laatste tijd bleef toewaaien van voorbij het Klif. Twijg zei niets, en Warkweep volgde zijn voorbeeld. Terwijl de mand zakte, trokken Twijg en Warkweep hun gewaad uit en rolden het op, zodat ze incognito konden reizen. De geuren van Onderstad werden steeds sterker naarmate ze lager kwamen. Prikkelende geuren. Vertrouwde geuren.

Geroosterde pijnboompittenkoffie, verbrande tilderolie en de ziekmakende, zoete geur die zovelen gebruikten om de stank te verdrijven van ongezuiverd rioolwater. En lawaai. Het gekletter van ijzerhouthielen op straatkeien, het gekscheren en schertsen, het eindeloze gedreun van koortsachtige activiteit.

De gnokkobold liet de mand zakken in het kwartier der ambachtslui – een zich in alle richtingen verbreidend ratjetoe van ijzerhandelaars, leerbewerkers en glasblazers.

Twijg stapte uit de mand en wees naar een steegje links van hem.

'Deze kant op, Warkweep', zei hij. 'We moeten methodisch te werk gaan, laat ons dus beginnen met een bezoek aan alle kroegen in het oosten van Onderstad.'

'Maar ik heb geen dorst', zei Warkweep angstig.

'Ik ook niet, Warkweep. Maar daar is veel volk dat wel dorst heeft: handelaars, slavendrijvers, koopmannen en luchtvaarders. En wanneer zij drinken, Warkweep, praten ze ook. En wanneer zij praten, luisteren wij. En misschien, heel misschien horen we ook iets. Blijf bij me,' vertelde Twijg hem, 'en hou je ogen en oren goed open.'

'Ik ben een goede luisteraar', glimlachte Warkweep en hij volgde Twijg in de massa.

Warkweep raakte al snel de tel kwijt van de kroegen, tavernes en drankholen die ze bezochten – de Lopende Tilder, het Roestige Anker, de Haak en Oog – de namen liepen in elkaar over. Maar aan het eind van de eerste dag hadden ze nog niets gehoord! Moe en met pijnlijke voeten volgde Warkweep Twijg naar de Roodeik. De avond was al lang gevallen en de olielampen verlichtten de straten. Warkweep keek wazig in het rond. 'Welke moeten we...' Hij onderdrukte een geeuw. '... nu proberen?'

Twijg glimlachte. 'Geen enkele meer deze avond', zei hij. 'We gaan op zoek naar een plek om te overnachten en zoeken morgen verder.'

Warkweep keek onzeker in het rond. 'Wil je hier overnachten, in Onderstad?' vroeg hij.

'We zijn op zoek naar mijn vermiste bemanning, Warkweep', bracht Twijg hem in herinnering. 'We kunnen niet naar Sanctaphrax ijlen telkens als we het koud krijgen of doorweekt of vermoeid zijn, is het niet?'

Warkweep schudde zijn hoofd. 'Nee', zei hij een beetje schuldig. 'Dat zal wel niet.'

Ze vonden overnachting in een kleine, donkere kamer boven de Roodeik. Het was eenvoudig, maar voldoende. Tegen de muur lagen twee matrassen van stro, en een grote kruik fris water in de hoek schonk hun de gelegenheid om hun mond te spoelen en de geur van muffe rook weg te spoelen.

'Goedenacht, Warkweep', zei Twijg.

'Ga op zoek naar je wortels, kapitein', fluisterde een stem.

'Wat zei je daar, Warkweep?' vroeg Twijg. Maar er kwam geen antwoord. Warkweep was in een diepe, droomloze slaap gezonken.

Ze ontwaakten pas laat de volgende ochtend, en na een hartig ontbijt vertrokken ze opnieuw. En zo ging het maar door. Drie dagen lang – van 's middags tot 's nachts – sjokten ze door het oostelijke kwartier van Onderstad, en overnachtten in de kroeg waar ze beland waren toen de klok twaalf sloeg. Op de vierde dag kwamen ze bij een taverne – de Wiegelied Herberg – in een bijzonder ruw deel van Onderstad bij de laadsteigers.

'De Wiegeliedboom deelt je wortels', zei een zachte, sissende stem dicht bij Twijgs oor.

Twijg draaide zich naar Warkweep. 'Wat weet jij van wiegeliedbomen?'

'Ik?' vroeg Warkweep verwonderd. 'Helemaal niets, Twijg.'

Warkweep keek op naar het uithangbord van een kroeg. Erop stond een boom afgebeeld uit het Diepe Woud met een brede, knobbelige bast en waaiervormige takken. Aan de takken van de boom had de kunstenaar er zelf een cocon van een schutvogel bij getekend.

'Kom, schiet op', zei Twijg terwijl hij een stap voorwaarts zette. 'We...'

CRASH!

Een zware, houten bank vloog door het raam naast de deur. Twijg en Warkweep doken weg. Precies op tijd, want kort daarop ramde een zwaar vat door het glas van de deur zelf. Het miste hun hoofd op een haartje,

sloeg te pletter op de grond met een zware *krak*, en stroomde zijn inhoud uit.
'Zoals ik zei, Spikkel, ongelukken kunnen gebeuren', hoorden ze een woedende stem schreeuwen.
'Ja', zei een tweede stem dreigend. 'Troggen kunnen beschadigd raken. Vaten kunnen breken.' En deze bedreigingen werden begeleid door het geluid van versplinterend hout.
'En gezichten kunnen verbouwd worden', siste een derde. 'Als je snapt wat ik bedoel.'
'Ja, ja', hoorden ze een vierde stem – een hoog en bang stemmetje.
Twijg en Warkweep gingen overeind zitten en tuurden behoedzaam door de gebroken deur. Drie forse hamerhoofdkobolds stonden rond de ongelukkige kroegbaas, een tengere figuur met kuifhaar en een gespikkelde huid. Hij trilde van top tot teen. 'Het zijn moeilijke tijden', stamelde hij. 'De ontvangsten dalen. Ik heb gewoon... het geld niet.'
Met ogen die brandden van verontwaardiging keek Twijg Warkweep aan. 'Ah, wat heb ik er het land aan als machtigen afgeven op zwakkeren.'
Warkweep legde zijn hand op zijn arm. 'Ze zijn met te veel', fluisterde hij. 'Je raakt gewond...'
Maar Twijg duwde de hand weg. 'Misschien had ik je beter in elkaar kunnen laten timmeren door die leerjongen-wolkenkijker.'
Warkweep werd rood van schaamte.
'Rustig maar, Warkweep. Blijf jij maar hier als je dat wilt', zei Twijg. 'Maar ik ga erop af.'

Hij klauterde overeind en duwde de gebroken deur open.
De scharnieren kraakten. De hamerhoofden draaiden zich om.
'Goedenavond', zei Twijg rustig. 'Goedenavond, Spikkel. Een beker van je lekkerste sapwijn, alsjeblieft.' Hij keek in het rond en een glimlach speelde om zijn lippen. Warkweep was hem toch naar binnen gevolgd. 'En ook een voor mijn vriend hier.'
'Ik... we gingen net sluiten', zei Spikkel.
Twijg keek naar de groep klanten die zich achteraan in de kroeg schuilhielden, te laf of te dronken om de kroegbaas te hulp te snellen. Geen van hen gaf de indruk op te stappen.
'Niet te verwonderen dat de zaken slecht gaan', zei een van de hamerhoofden nors. 'Je klanten zo wegjagen!' Hij monsterde Twijg en Warkweep van kop tot teen, en meesmuilde. Het donkergrijze ijzerhout van zijn valse tanden glom in het turkooizen schijnsel van de wiegeliedvlammen.
'Ga zitten', zei hij en wees met zijn mes naar een van de banken die nog overeind stonden.
Warkweep verzette een stap om de hamerhoofd te gehoorzamen. Twijg legde een geruststellende hand op de schouder van de jongen.
'Ga zitten!' bulderde de hamerhoofd.
'Doe alsjeblieft wat ze zeggen', zei Spikkel zwakjes. 'Ik kom dadelijk bij jullie.'
Twijg en Warkweep verroerden geen vin.
'Ben ik niet duidelijk genoeg, misschien?' gromde de

hamerhoofd tussen zijn op elkaar geklemde tanden. De andere twee draaiden zich om en kwamen op hen af, met gebalde vuisten en vuurspuwende ogen.

'Zo duidelijk als de Riviersprong!' antwoordde Twijg rustig en trok zijn zwaard met het machtige, gebogen blad. Het zwaard dat zijn vader hem geschonken had net voor hij door de Grote Storm verzwolgen werd. Het flitste in de turkooizen gloed.

Eventjes waren de hamerhoofden verstomd van verbazing. Dan draaiden ze zich, keken elkaar aan en lachten ongelovig.

'Jij klein prutsventje', raasde de kobold die het dichtst bij hen stond naar de jonge kapitein en trok zijn eigen wapen. 'Kom op', gromde hij grijnzend, en wenkte Twijg al huppelend van de ene op de andere voet.

'Pak hem, Tabor', moedigde de hamerhoofd met het mes aan. Spikkel greep de gelegenheid te baat om weg te sluipen. 'Pak aan!' Hij verstopte zich slim in de schaduw en slingerde zijn knuppel. *'UNNKH!'*

De klap trof de hamerhoofd tegen de zijkant van zijn hoofd en velde hem als een boom. Zijn zwaard slingerde de lucht in en landde voor Warkweeps voeten. Warkweep aarzelde en bukte zich toen om het op te rapen.

Het zware mes voelde vreemd aan in zijn hand. Zijn vader had het hem wel geleerd, maar Warkweep had de kunst der zelfverdediging nooit onder de knie gekregen. Hij draaide zich angstig naar de tweede hamerhoofd. 'Pas op je tellen', zei hij zo dreigend mogelijk. 'Dwing me niet dit te gebruiken.' Maar zijn stem klonk hoog en weinig overtuigend.

Achter hem sneed de sikkel van de derde hamerhoofd door de lucht. Twijg sprong met opgericht zwaard zijn jonge leerjongen te hulp. De sikkel sloeg zo hard tegen zijn zwaard dat zijn hele arm ervan trilde. Maar hij gaf geen krimp.

'Hoe lelijker ze zijn, hoe mooier de overwinning', mompelde Twijg. Hij viel eenmaal, tweemaal wild uit naar de twee hamerhoofdkobolds.

De sikkel siste opnieuw door de lucht, maar deze keer laag en zijdelings. Twijg deinsde terug. De wrede top van het mes miste zijn maag, maar raakte de sluiting van de hamelhoornjas. Warkweep draaide zich om en haalde woedend uit naar Twijgs aanvaller.

'Aaiii!' jankte de klontertrog, toen het scherpe mes in de duim van zijn gevechtshand sneed.

'Goed zo!' riep Twijg bemoedigend. Hij richtte zijn arm

op en stootte zijn zwaard voorwaarts. Het trof doel en de sikkel van de hamerhoofd kletterde op de grond. Warkweep schopte het naar de andere kant van het vertrek. Twijg drukte zijn zwaard tegen de nek van de hamerhoofd.

'Ga nu', zei hij koud, 'of ik snij je keel door.'

De twee hamerhoofden keken elkaar aan. 'Weg hier!' bulderde een van hen, en ze draaiden zich beiden om en sloegen op de vlucht, zonder om te kijken naar hun gesneuvelde kameraad.

'Hemeltjelief', murmelde Warkweep. Hij overhandigde het mes van de hamerhoofd aan Twijg.

Twijg glimlachte. 'Hou het maar', zei hij. 'Je hebt het verdiend. Excellent werk, Warkweep', zei hij. 'Ik wist niet dat je dat in je had.'

Warkweep boog bescheiden zijn hoofd en stopte het mes in zijn riem. Hij wist het zelf ook niet.

'Ze staan niet echt bekend om hun loyaliteit tegenover elkaar, die hamerhoofdkobolds', gniffelde Spikkel, terwijl hij zijn knuppel terug aan de muur hing. 'Maar des te gevaarlijker', zei hij. 'Dank voor jullie hulp, heren.' Hij zette een van de gevallen banken overeind. 'Ga zitten. Ik bied je een drank aan uit een van mijn lekkerste vaten – en van het huis, dat spreekt vanzelf.'

Twijg en Warkweep gingen zitten. Het zweet gutste van Warkweeps gezicht en zijn handen trilden. Voor het eerst keek hij rond in de kroeg.

De andere drinkers, drinkend en slurpend in de schaduwrijke hoeken, leken niets van het gevecht gemerkt te hebben. Sommigen zaten onder de rijen zeshoekige tonnen die tegen de verste muur geplaatst waren als honingraten; anderen hurkten op de lage banken bij de drinkbakken. In de hoek gloeide het afgedekte vuur turkoois en verspreidde het melancholische gezang van de brandende houtblokken.

'Dat klinkt als wiegeliedhout', merkte Warkweep zenuwachtig op. Hij zat nog steeds te trillen.

'We *zijn* in de Wiegelied Herberg', zei Twijg en glimlachte. 'Dit neemt me terug naar het Diepe Woud toen ik een jongen was. Spelda – de woudtrolmoeder waarover ik het al had – legde steeds een wiegeliedblok in het vuur als het bedtijd was. De klagende gezangen hielpen me in slaap.'

'Ik vind ze akelig klinken', rilde Warkweep.

Spikkel zette drie goedgevulde bekers met een gouden vloeistof op tafel. Hij ging bij hen zitten.

'Op jullie gezondheid', zei hij en alle drie brachten ze de sprankelende sapwijn aan hun mond. *'Aaaah!'* zuchtte Spikkel likkebaardend. 'Pure nectar.'

'Hij is heerlijk', zei Twijg. 'Eh, Warkweep?'

Warkweep huiverde toen de scherpe drank zijn keel verbrandde en zijn neus vulde met bijtende geuren. Hij zette de beker op tafel en veegde de tranen uit zijn ogen. 'Heel lekker', raspte hij. Hij keek Spikkel aan. 'Maar vrees je niet dat die misdadigers terugkomen?'

Spikkel grinnikte. 'Hamerhoofden zijn grote lafaards', zei hij. *'Door schade en schande,* enzovoort. Zodra het nieuws zich verspreidt dat de Wiegelied Herberg geen makkie is, laten ze me wel met rust – althans voorlopig. En dat dank ik allemaal aan jullie twee!'

'Oi, Spikkel', klonk een knorrige stem vanuit de verste hoek. 'Nog meer houtbier, nu!'

'Ik kom!' riep Spikkel terug. Hij stond op en veegde zijn handen schoon aan zijn schort. 'Rust roest', zei hij. 'Roep me maar als je me nodig hebt.'

Spikkel haastte zich weg. Twijg keek Warkweep aan, die een tweede slok van zijn sapwijn waagde. 'Neem gerust je tijd', zei hij. 'Ik kan net zo goed wat rondkijken nu we hier toch zijn. Wat praten met enkele mensen uit de buurt. Misschien weet iemand iets.'

Warkweep plaatste zijn beker voor de laatste maal op tafel, knikte begerig en sprong overeind. 'Goed idee', zei hij. 'Ik ga met je mee.' Hij had geen zin om alleen achtergelaten te worden in deze ruwe, donkere plaats met die vreemde, treurige muziek.

Er bevonden zich in totaal twaalf individuen in de kroeg. Troggen, trollen en kobolds: stevige drinkers met leerachtige gezichten en lege, starende ogen.

'Goedenavond, vrienden. Willen jullie iets drinken?' vroeg Twijg, en sloeg op de schouder van een kleine figuur die over een drinkbak hing. 'Vreemd weertje de laatste tijd, hè?'

Het schepsel draaide zich om en maakte zichzelf bekend als een sleurtrol. Hij concentreerde zich op Twijgs gezicht. 'Wat wil je?' grauwde hij.

Twijg stak zijn handen op.

'Iets te drinken, meer niet', zei hij. 'En wat conversatie! Spikkel! Vul mijn vriend zijn drinkbak even, wil je? Hij ziet er dorstig uit.'

Verschillende paren ogen draaiden zich om en staarden hem leeg aan.

'Dank je, heer', zei de sleurtrol. Twijg had zijn aandacht.

'Zoals ik al zei, vreemd weertje – merkwaardige regenbuien, hagelstenen zo groot als een koboldvuist, van alles dat uit de lucht komt vallen. Ik heb zelfs gehoord dat er vallende sterren neergekomen zijn in Onderstad.'

De sleurtrol haalde zijn schouders op. 'Niets van gemerkt', zei hij. 'Ben pas van een luchtschip gekomen op de Grote Krijsvogel Markt. We brachten slaven mee.' Hij bromde. 'Nooit meer! Het lawaai was vreselijk – roepen en klagen, de hele reis lang. Ik krijg het niet meer uit mijn hoofd. Ben recht naar hier gelopen om het te vergeten.' Hij begroef zijn gezicht in de boordevolle drankbak en Twijg ging verder.

'Kap'tein?' weerklonk een korzelige, vragende stem rechts van hem.

Twijg draaide zich om. Warkweep tuurde in de schaduwen, op zoek naar wie gesproken had.

'Kap'tein, ben jij het?' Een zware stoel schoof achteruit op de houten vloer en een gedrongen individu klauterde overeind, wrijvend in zijn ogen alsof hij net ontwaakt was. Twijg staarde naar de naderende figuur. Het was een slachter uit het Diepe Woud: wilde haren en een bloedrode huid, die dieppaars was in de schaduwrijke duisternis. Op zijn chagrijnige gezicht verscheen een glimlach. 'Kap'tein Twijg, jij bent het, is het niet?' zei hij. 'Zeg me dat jij het bent.'

'Tarp?' vroeg Twijg. 'Ben jij het, Tarp? Tarp Hameltroep? Lid van de bemanning van de *Klifdanser*?' schreeuwde Twijg. 'Ja, ik ben het! Ik ben het, je kapitein!'

De twee vielen elkaar in de armen.

'O, kap'tein', zei Tarp, terwijl tranen opwelden in zijn ogen. 'Ik vreesde dat ik deze dag nooit zou beleven.'

Twijg maakte zich los uit de omarming en greep de slachters armen. 'Maar je *beleeft* hem, Tarp! Je bent in leven. Je bent echt in leven!' riep hij opgewonden. 'En nu heb ik je gevonden.' Hij wendde zich tot Warkweep.

'Kijk, Warkweep', zei hij. 'We hebben een van mijn...' Hij viel stil. Zijn leerjongen keek alsof hij een spook gezien had. Hij stond stokstijf, met open mond en met ogen die bijna uit hun kassen vielen. Ook Spikkel naast hem leek met verstomming geslagen.

'Warkweep, wat scheelt er in hemelsnaam?' vroeg Twijg.

'J... jullie t... twee gloeien', klonk het stamelende antwoord.

'Als twee tilderolielantaarns', zei Spikkel hen vol ontzag aanstarend.

Twijg keek naar Tarp. Het was waar. Een helder licht scheen fel van de top van de slachters bloedrode haar tot de tippen van zijn gepunte leren laarzen. Hij bekeek zijn eigen lichaam. Borst, armen, handen, bewegende vingers – alle gloeiden ze.

De stamgasten in de kroeg zaten allemaal tegen elkaar te mompelen. Ze bewogen hun vingers, ze schudden hun hoofden. De sleurtrol naast Warkweep bevingerde de amuletten rond zijn nek. 'Geesten', siste hij. 'Eerst geesten in de laadsteigers. En nu geesten hier. Het is onnatuurlijk, ik zweer het je.'

Een paar grauwgnomen stonden op. 'Ik blijf hier niet langer', zei een van hen angstig en stoof naar de deur.

'Ik ook niet', zei zijn gezel. Hij richtte zich tot Spikkel toen hij hem passeerde. 'Het gaat er al vreemd genoeg aan toe in Onderstad zonder dat geesten opduiken in de Wiegelied Herberg!'

'Ja', mompelde de sleurtrol, die zich achter hen repte. 'Geesten, dat gaat me te ver.'

'Maar... maar ze gingen net weg', probeerde Spikkel. 'Is het niet?' voegde hij eraan toe, terwijl hij hen alle drie de deur uitwerkte. 'Niets persoonlijks', mompelde hij tegen Twijg. 'Maar je brengt mijn klanten van streek. En zaken gaan voor, begrijp je.' Hij duwde ze beleefd maar beslist naar buiten.

Toen de deur met een klap achter hen dichtviel, richtte Twijg zich tot de anderen. 'Stank voor dank!' grinnikte hij. 'Maar wat dan nog? Je *leeft*, Tarp! Dat is het enige wat telt!'

'Ik ben blij je te zien, kap'tein, maar...' Tarp fronste. 'We zagen er inderdaad wat vreemd uit, met die gloed en zo. 'Wie zou er niet bang van worden?' Hij fronste. 'Toen ik in Onderstad terechtkwam, gloeide ik', zei hij, 'maar die gloed trok snel weg. Tot nu', voegde hij er onzeker aan toe, 'toen we elkaar ontmoetten.'

'Zo verging het me ook', zei Twijg. 'Maar nu we weer samen zijn, gloeien we opnieuw. Er moet daar iets gebeurd zijn', zei hij met lage, ruisende stem. 'Iets dat ons nu nog met elkaar verbindt.' Hij greep Tarp bij zijn arm. 'Herinner *jij* je nog wat er gebeurd is? Met de rest van de bemanning? Met mijn schip? En mijn vader? Weet jij of we Wolk Wolf gevonden hebben...?'

Maar de slachter schudde droef zijn grote, bloedrode hoofd. 'Kon ik me maar iets herinneren, kap'tein', zei hij. 'Maar ik kan me verdraaid niets meer voor de geest halen van nadat we in de maalstroom terechtgekomen zijn.'

Twijg glimlachte en kneep vriendelijk in zijn arm. 'Geeft niet', zei hij. 'Ik heb jou gevonden, Tarp, en dat is al een begin. Een uitstekend begin! Nu moeten we nog de anderen vinden.' Zijn gezicht betrok. 'Maar waar?'

'Geesten', zei Warkweep zacht.

'Wat zei je, Warkweep?' vroeg Twijg. 'Vertel op.'

Warkweep richtte zich tot hem. 'Ik hoorde die sleurtrol zeggen dat je een geest was.' Hij pauzeerde. 'Net als die in de laadsteigers!'

'De laadsteigers?' zei Twijg. 'Geesten in de laadsteigers? Net als wij?'

Warkweep knikte. 'Dat hoorde ik hen zeggen.'

'O, prima zo, Warkweep!' prees Twijg hem verrukt, en sloeg hem op zijn schouder. 'Daar gaan we heen. Naar de laadsteigers!'

Warkweep sloeg zijn ogen neer. 'Ik heb je toch gezegd dat ik goed kan luisteren', mompelde hij gelukkig.

HOOFDSTUK NEGEN

DE KLONTERTROGGEN

Zodra ze de kroeg verlaten hadden, was de gloed rond Twijg en Tarp Hameltroep verdwenen. De zon, hoewel laag en goudkleurig in de latemiddaghemel, straalde voldoende om hun gloed te verbergen.

En de hemel zij dank daarvoor! dacht Warkweep, toen ze vertrokken.

Ze trokken oostwaarts, door straten die ze al goed leerden kennen, en dan verder benedenwaarts naar de drassige laadsteigers bij de trage Klifwater Rivier.

'Prima werk van ons, Warkweep, Tarp levend vinden,' zei hij, 'maar wat de anderen betreft...' Hij zweeg. 'Mogen we echt hoop koesteren dat deze spoken, deze geesten, echt... tja, wie konden zijn? Goem? Spoeler? Wieknoot Vorst, misschien, of Woudvis?'

'Wel, de sleurtrol zei in elk geval *geesten*, niet *geest*,' zei Warkweep, 'dus moeten er minstens twee zijn.'

Twijg haalde uit zijn tas de rol papier te voorschijn die de Professor der Duisternis hem gegeven had en opende hem. Het was een kaart van het Klif, geannoteerd met lijnen en kruisen die de trajecten en benaderende landingsplaatsen van de acht vallende sterren aangaven. Het kruis over de Stenen Tuinen was omcirkeld. Dat was waar Twijg zelf geland was. Hij nam een houtskoolstift en omcirkelde een van de vier kruisen rond Onderstad.

'Dat is één volbracht', zei hij, zich tot Warkweep wendend. 'Nog drie te vinden.' Hij glimlachte hoopvol. 'Misschien zitten ze *allemaal* in de laadsteigers.'

'Misschien', zei Tarp Hameltroep. 'Maar om eerlijk te zijn, kap'tein, weet ik niet hoeveel ik zou geven om hun kansen als ze *echt* daar beland zijn. Het is het domein van de klontertroggen, en op zijn zachtst gezegd zijn ze niet erg gastvrij tegenover indringers.'

'En dan zijn er nog al die verhalen over vechtpartijen', voegde Warkweep er huiverend aan toe.

'Moed, Warkweep', zei Twijg. 'Waarschijnlijk zijn het niet meer dan verhalen. Als we samenblijven, redden we het wel. Vertrouw me maar.'

Warkweep glimlachte dapper. Sinds ze Onderstad bereikt hadden, was hij overdonderd geweest door de vastberadenheid van Twijg. Niet één keer had de jonge kapitein overwogen er de brui aan te geven, ook al zochten ze misschien voor niets. En nu hij Tarp Hameltroep gevonden had, was de vastberadenheid van de kapitein beloond. Maar wat hun nu te wachten stond – bloeddorstige klontertroggen – zou die vastberadenheid tot het uiterste op de proef stellen.

Warkweep huiverde opnieuw.

De kosmopolitische atmosfeer van het gonzende oostelijke kwartier liep ten einde toen ze het achterland be-

reikten van de laadsteigers. De rijen huizen en winkels ruimden plaats voor een labyrint van smalle straatjes met erlangs gammele hutten en keten, elk uit zijn voegen barstend door reusachtige families klontertroggen.
'Kijk uit waar je loopt', waarschuwde Tarp Hameltroep, terwijl hij steels over zijn schouder keek. 'Blijf in het midden van de straatjes lopen. Klontertroggen wantrouwen iedereen die te dicht in de buurt van hun eigendom komt. En vermijd in elk geval oogcontact.'
In het begin hield Warkweep zich aan Tarps instructies. Maar naarmate ze verder gingen door de lawaaierige, drukke straten, begon hij zich steeds meer te ontspannen. De propvolle kroegen waren ruig, maar rustig. De markten gonsden van vriendelijke bedrijvigheid, en uit de krappe huizen weerklonken flarden van liedjes, het geluid van spelende kinderen en huilende baby's, en nu en dan een aanstekelijke lach. Zeker, het was een arme streek, maar niets in de atmosfeer vond hij bedreigend.
'Ik snap niet waar we ons zo druk om maakten', zei Warkweep, terwijl hij een verdwaalde blaasbal terugschopte naar een groep joelende kinderen.
'Wel, kan wel zijn', zei Tarp Hameltroep grimmig. 'Een eerste indruk kan verkeerd zijn. Het kan er plotseling smerig aan toe gaan...'
'*Wurrgh!*' riep Warkweep uit.
'Wat is er?' vroeg Twijg.
Warkweep draaide zich om en wees in een zwart, donker deurgat. Twijg staarde in de schaduw. De plotselinge bijtende geur van verval sneed hem de adem af.

'Beenderen', mompelde Twijg.

Warkweep kokhalsde.

'Zie je wat ik bedoel?' zei Tarp Hameltroep dreigend. 'Wees maar op je hoede.'

Warkweep keek in het rond en had plotseling een heel andere kijk op de berooide troggen. Hij bemerkte hoe lang hun gele tanden waren, hoe bloeddoorlopen hun ogen, en hij zag de zware, met spijkers beslagen knuppels die ze op hun schouder droegen en de messen in hun riem.

Warkweep, Twijg en Tarp bleven nu dichter bij elkaar dan ooit, en stapten door een donker, met afval bezaaid steegje dat naar de oever van de rivier leidde. Hier werd de alledaagse geur van verschaald woudbier en kokende slikkool verdreven door de stank van rottende vis. Boven hen kwamen dikke, zwellende wolken aandrijven en verduisterden de vroege-avondlucht.

Aan het eind kwam het steegje uit op de zich overal

verspreidende vuilnis van de laadsteigers zelf. De slinkende Klifwater Rivier klotste halfslachtig tegen de pas blootgelegde modderbanken. Een lichte, vettige motregen begon te vallen. Hoewel het licht afnam – olielampen waren aangestoken en schenen zwak vanuit de rotte pakhuizen van dakspanen die de oevers omzoomden – zagen ze nog steeds de beenderen die verspreid lagen in de modder. Veel beenderen, grote en kleine. Elk been was helemaal schoongepikt door witte raven en de gevlekte ratten die spattend en piepend vochten om het afval dat de aangekoekte rioolpijpen losten in het trage water.

'Dit bevalt me niet in het minst', zei Warkweep onbehaaglijk.

'Mij ook niet', zei Twijg hoofdschuddend. 'Jammer dat die sleurtrol niet wat specifieker was over waar de geesten gezien werden.'

Warkweep knikte. 'Ik...' Hij snakte naar adem. 'Jullie beginnen weer te gloeien', zei hij. 'Alle twee.'

Twijg bekeek zijn uitgestrekte arm en zag het zwakke, maar waarneembare schijnsel dat hij verspreidde. 'Het wordt donker, dat zal de reden zijn', zei hij.

'Dan... kunnen we ons beter verspreiden', zei Tarp gespannen.

'Verspreiden?' vroeg Twijg.

'Hoe dichter we bij elkaar zijn, hoe meer licht we verspreiden. Dat heb ik gemerkt in de Wiegelied Herberg...'

'Nee, Tarp', zei Twijg. 'Ik heb gezegd dat we samen blijven. Trouwens, zoals ik heb vastgesteld *buiten* de

Wiegelied, als het helder genoeg is, gloeien we helemaal niet.'
'Maar Twijg...', begon Warkweep.
'Warkweep!' zei Twijg scherp. 'We gaan nog wat verder. Samen!'
Stilzwijgend trokken ze verder, zich een weg banend tussen stapels dozen en hopen lege tonnen, door torenhoge bergen roestende kettingen en rottende vis, en onder de pier, die knarste van de rukkende meertouwen van de lompe sleepboten aan de tuierringen.
De motregen prikte toen een wind opstak. Warkweep huiverde bij elke stap die hij zette in de zuigende, slijmerige modder.
'Dit is hopeloos. Hier vinden we ze nooit', zei hij. 'En jullie gloeien steeds meer.'
'Laten we die weg proberen', zei Twijg vlak.
Ze keerden zich af van de rivier en gingen opnieuw door de smalle steegjes. Onder de straatlampen was de vreemde gloed nauwelijks zichtbaar. Maar naarmate ze verder stapten, dacht Warkweep een verschil te merken in de houding van de klontertroggen die ze voorbijstapten. In het begin was er niemand die op hen lette. Maar nu – tenzij het zijn inbeelding was – werden ze angstvallig vermeden: ogen werden afgewend en wie hen naderde, stak de straat over of verdween in een van de deuropeningen tot ze gepasseerd waren.
'Ik denk dat ze het gemerkt hebben', siste Warkweep.
'Kom op', zei Tarp Hameltroep. 'Laten we maken dat we hier wegkomen. We willen niet dat iedereen op ons let.'

'Het is een beetje laat om je daar zorgen over te maken', zei Twijg uit de hoek van zijn mond. 'Kijk.'

Ze waren bij de rand gekomen van wat een kruispunt leek, zoals de naaf van een gigantisch wiel met spaken, waar dozijnen kleine straatjes op elkaar uitkwamen. In het midden stond een immens houten vat, waaromheen een ziedende menigte van slempende klontertroggen op een hoopje stonden. De ordeloze scène speelde zich af in het heldere, paarse licht van fikhouttoortsen, die groteske schaduwen wierpen op de vuil grijnzende klontertroggezichten – en Tarps en Twijgs gloed volledig verhulden.

Twijg, Warkweep en Tarp werden vooruitgestuwd door klontertroggen die pas arriveerden, en bevonden zich al snel in het midden van de massa, dicht bij het grote vat. De atmosfeer van de plek sloeg ze alle drie pal in het gezicht als een smerig geurende ademstoot: heet, vochtig en vies. Warkweep kon zich er nauwelijks van weerhouden te braken.

'Vis', zei Twijg. 'Rotte vis en...' Zijn neus krulde op. 'Tripkruid.'

Al vanaf zijn jeugd had Twijg een bloedhekel gehad aan de geur van gepekeld tripkruid waarnaar de adem van woudtrollen stonk. Hier was de stank niet te harden. Bijtend. Scherp. Gistend. En hij leek te komen uit het schuimende vat.

'Tripkruidbier', gromde hij.

'Drie bekers, goed?' weerklonk een stem naast het houten vat. Een in elkaar gedoken klontertrog met een vuile doek over zijn arm wenkte hen dichterbij. Ze zochten voorzichtig een weg door de zwoegende lichamen van dronken klontertroggen die lagen te slapen in de modder.

'Ik... euh... Je hebt toevallig geen woudbier?' vroeg Twijg.

'Nee!' zei de klontertrog chagrijnig. 'Dit is een drankput. We bedienen hier geen verwaande kwasten.'

Twijg knikte. 'Geef dan maar drie bekers tripkruidbier', zei hij vriendelijk.

De klontertrog klom een houten ladder op en dompelde drie vieze bekers in het vat.

'Laten we hem maar tevreden houden', zei Twijg tegen Warkweep. 'Maar ik zou daar niet van drinken als ik jou was. Het is gegist van rot tripkruid en de ingewanden van looivissen.'

Warkweep huiverde van weerzin. De klontertrog kwam terug.

'Ziezo', zei hij en stopte de overvloeiende bekers in hun handen.

'Bedankt', zei Twijg en liet een muntstuk in de uitgestoken hand van de klontertrog glijden. 'En zeg eens...' Maar hij had zijn aandacht alweer gericht op een ordeloze bende dorstige klontertroggen die vloekend en brallend aan de kant stonden en een glas bier eisten.
Twijg gaf Warkweep een por en knikte naar de kruiken. 'Laten we eens horen of die wat meer weten.'
Er goed voor zorgend dat ze niemand aanstootten – *gemorst bier en gemorst bloed vloeien vaak samen* zoals het gezegde waarschuwend luidt – zochten ze voorzichtig een weg door de deinende massa.
De stank van het tripkruidbier werd steeds erger. Hij dampte uit de kruiken, hij hing in de lucht, hij sijpelde uit de poriën van de klontertroggen om hen heen.
Een van hen – een kolossaal individu – draaide zich om en staarde de vreemdelingen met een glazige blik geïnteresseerd aan. Zijn blik bleef rusten op de kruiken in hun handen.
'Zijn die voor mij?' riep hij uit met bulderende, brabbelende stem. 'Jullie zijn te goed!' Hij geep de kruiken, slikte lang en diep en keek hen stralend aan. 'Nectar van de klonters', donderde hij en brulde van het lachen. Hij gooide de twee lege kruiken op de grond en zette een derde aan zijn lippen. Achter hem barstte een groep blozende individuen in zingen uit. Een lachend gebrul weerklonk vanuit de drankput.
'Vertel eens, welk werk doe jij?' zei Twijg.
'Hetzelfde als de meesten hier', antwoordde de klontertrog. 'Dokwerk. Laden. Lossen...' Hij grijnsde. 'Ik zou het voor niets in de wereld willen ruilen.'

De klontertrog naast hem draaide zich om en klapte hem vriendelijk op zijn vlezige arm. 'Omdat jij niet goed wijs bent, Grom', zei hij. Hij keek Twijg aan. 'Zal ik je eens wat vertellen? Ik zou er helemaal geen bezwaar tegen hebben te moeten ruilen met een van die academische types in Sanctaphrax. Die mannen baden in weelde.'

'*Pfff*', zei de eerste en spuwde op de grond. 'Ik ben liever hier, Sleper, zoals je heel goed weet – met een kruik in mijn hand en in het gezelschap van mijn vrienden.'

'Zie je?' zei Sleper tegen Twijg en Warkweep, terwijl hij een dikke vinger tegen zijn slaap tikte. 'Niet goed wijs. De lekkerste sapwijn drinken ze daarboven in de zwevende stad – uit glazen bekers. Heb ik tenminste gehoord.'

'Zeker', zei Twijg. 'Gisteren waren we er nog – voor zaken', voegde hij eraan toe. Het leek hem niet verstandig de klontertrog te laten weten wat zijn werkelijke band met Sanctaphrax was. 'Je kunt je niet voorstellen hoeveel weelde er is.'

'O, toch wel', zei Sleper.

'Maar pas op, niet een van hen ziet er zo gelukkig uit als jullie hier', zei Twijg, terwijl hij rondkeek.

'Heb ik het niet gezegd!' riep Grom triomfantelijk. Hij dronk zijn beker uit en vouwde zijn armen.

'Sterker nog,' ging Twijg verder, 'ze lijken allemaal nogal in de war. Er circuleren namelijk berichten dat geesten opgemerkt werden in Onderstad. En dan in het bijzonder in de laadsteigers. Maar waarschijnlijk is het allemaal klinkklare onzin', zei hij. 'Je weet hoe ze zijn met hun pompeuze ideeën – dat komt ervan als je de hele tijd met je hoofd in de wolken leeft zoals zij...'

De twee klontertroggen keken elkaar aan. 'Misschien zijn die verhalen toch niet zo'n onzin.'

Twijgs ogen vernauwden zich. 'Je bedoelt toch niet...'

'Ik heb ze zelf gezien', zei Grom.

'Ik ook', zei Sleper, met een ernstig knikje. 'Twee.' Hij boog samenzweerderig voorover. 'Ze gloeien!'

Warkweeps hart begon te bonken. Hij onderzocht Twijg en Tarp Hameltroep van top tot teen op zoek naar een spoortje van de lichtgevende gloed, die hen zou verraden. Gelukkig schenen de fikhouttoortsen zo fel dat hij niets zag.

'Gloeien?' hoorde hij Twijg zeggen. 'Wat vreemd. Maar vertel me eens, waar heb je die geesten gezien?'

'Eén keer bij die rivier, waar ze gloeiden in de duisternis', luidde het antwoord. 'En één keer op de markt, laat in de nacht toen de lampen allemaal gedoofd waren.'

Grom knikte. 'En één keer om middernacht heb ik ze zien zweven in een steegje. De ene minuut waren ze daar, de volgende waren ze verdwenen.' Hij trok zijn schouders op. 'Alleen de hemel weet waar ze vandaan komen en waar ze heen gaan – maar ik krijg er de kriebels van, dat is zeker.'

Sleper lachte hartelijk en sloeg Twijg op zijn schouder. 'Maar genoeg over die geesten', zei hij. 'Ik heb een machtige dorst vanavond. Nog een kruik?'

Twijg glimlachte. 'Ik vrees van niet', zei hij. Hij richtte zich tot de anderen. 'Kom op, Tarp, Warkweep. Als we nog voor middernacht onze zaken willen afhandelen, moeten we opschieten.'

'Zoals je wilt.' De klontertrog wendde zich af. 'Te fatsoenlijk om met kerels als wij te drinken', zei Grom, en hij gaf Sleper een por.

Twijg, Tarp en Warkweep trokken zich terug. De lichte motregen veranderde in een zware plensbui. Twijg voelde een vlaag van irrationele woede binnen in hem opwellen. Hij vocht tegen het gevoel. Naast hem stonden de gezichten van Tarp en Warkweep strak en gespannen.

'Waaargh! Stomme klungel!' bulderde een woedende stem.

'Ik, stom?' donderde een tweede stem. 'Belachelijke sufferd!' Toen klonk het geluid van een gebalde vuist die hard een wang raakte.

'Het is... het is het weer', mompelde Twijg tussen zijn samengeklemde tanden, en greep Warkweep bij zijn arm.

Het volgende ogenblik barstte het hele plein in geweld los en alle klontertroggen hadden het aan de stok met elkaar. Er werd met vuisten gezwaaid. Tanden ontblootten zich. Knuppels werden getrokken. Vloeken vulden de lucht.

'Snel, Warkweep', zei Twijg, hem voor zich uit duwend. 'Weg van hier!'

Maar de klontertroggen waren overal, in de ban van de regenwoede, sneden hen de pas af en haalden blindelings uit naar wie ze maar konden raken. Ze sloegen. Boksten. Gromden en beten.

Het grote vat versplinterde en het bier stroomde eruit. Een half dozijn uitzinnige klontertroggen gooide zich op de grond en wentelde zich in de stroom tripkruidbier, terwijl ze bleven krabben en krauwen en kloppen. 'Ik snij je kop eraf.' 'Ik ruk alle ledematen uit je lijf!' 'Ik ruk je lever uit en slik hem helemaal door!'
En intussen ging het steeds harder regenen. De druppels stortten neer, zetten de smalle straten onder water en doofden een voor een de brandende fikhouttoortsen.
'Kom op, Tarp', riep Twijg, terwijl hij en Warkweep probeerden zich door het gedrang van vechtende lichamen te wurmen. 'Ik... *wurrrgh!*' gromde hij toen een bijzonder grote klontertrog hem van achteren greep en een vlezige hand op zijn mond drukte. Een andere

klontertrog had Warkweep in zijn greep. En een derde drukte Tarp tegen een muur.

Nog meer toortsen doofden uit. En dan, heel plotseling, ging ook de laatste van de brandende toortsen uit en hulde het hele gebied in duisternis.

'WAAAAH!' bulderde de klontertrog in Twijgs oor en duwde hem ruw van zich af. Twijg belandde boven op Tarp. Hun lichtgevende gloed scheen helderder dan ooit.

'Geesten!' joelde de klontertrog en deinsde achteruit – zijn woede was niet minder groot, maar hij was te bang om aan te vallen.

'Snel', fluisterde Twijg tegen de anderen. 'Laten we maken dat we hier wegkomen voor ze beseffen dat we dan toch geen geesten zijn.'

Hij greep Warkweep bij de arm en samen stormden ze weg. De klontertroggen joelden hen na, maar volgden niet. Maar er waren genoeg anderen in de straat – overal waar ze keken – die allemaal even bloeddorstig waren door de waanzin van het weer.

'Wat moeten we doen?' zei Tarp, die eerst die kant op liep, en vervolgens terugkeerde. 'We zijn verloren! Het is gedaan met ons!'

'Hierheen', siste een stem in Twijgs oor.

'Goed dan maar, hierheen!' riep hij en holde de smalle steeg in, op de voet gevolgd door de anderen. 'Samen blijven!' bulderde hij. 'En bid tot de hemel dat...'

'Aaaaaargh!' schreeuwden ze verschrikt toen de grond onder hun voeten leek weg te zakken.

Ze vielen. Lager en lager en lager. Ze tuimelden door de donkere, vochtige lucht, met hun armen en benen wijd gespreid. Boven hun hoofden hoorden ze de luide klap van een valdeur die dichtsloeg.

HOOFDSTUK TIEN

DE CISTERNE

'Goeie genade!' snakte Warkweep naar adem toen de snelle val plotseling eindigde. Iets zachts, zijigs en vreemd veerkrachtigs had zijn val gebroken. Met een schreeuw van verbazing stuitte hij terug en gromde van de pijn toen Tarp Hameltroep zwaar op hem terechtkwam. Samen belandden ze opnieuw in het veerkrachtige netwerk van vezels.

Plotseling hoorden ze een klik. Daarna een plof. En toen, met een sissende zwiep, spande zich een trekkoord. Het maasachtige materiaal omgordde hen, greep hen stevig beet en drukte de drie naar adem snakkende individuen op elkaar.

Het eerste wat Warkweep opviel, was de ongelooflijke stank, die zo krachtig was dat het leek alsof de vingers van een onzichtbare hand in zijn keel staken en hem lieten braken.

Omkneld door het dikke net, was de gloed van Twijg en Tarp gedempt, maar bij het zwakke licht dat naar binnen sijpelde, begon Warkweep langzaam de omgeving te onderscheiden.

Ze hingen hoog boven een breed, bruisend, ondergronds kanaal. Om hen heen staken pijpen uit de muren van de immense tunnel waardoorheen het kanaal vloeide. Een constante vloed van vuil water stortte zich uit de pijpen in de schuimende stroom onder hen.

'De riolen', kreunde Warkweep. 'Ik... *Au!* Dat doet pijn!' gilde hij toen Twijgs benige elleboog hard in zijn rug duwde. 'Wat ben je aan het doen?'

'Ik probeer mijn

mes te trekken', bromde Twijg. 'Maar ik kan... blijkbaar... niet... bewegen...'
'*OWWW!*' huilde Warkweep, nog harder.
Twijg staakte de strijd. 'Hopeloos', mompelde hij. 'Ik kan er niet bij.'
'Het zou je toch niet veel helpen', weerklonk Tarp Hameltroeps gedempte stem tussen hen in. Zijn gezicht werd tegen de onderkant van het net geperst. 'Het is gemaakt van woudspinzijde.'
Twijg gromde. Woudspinzijde was het materiaal dat gebruikt werd voor de zeilen voor luchtschepen – het was licht als herfstdraad maar sterk genoeg om de beukende stormen te weerstaan die aan kwamen waaien van voorbij het Klif. Zijn mes zou inderdaad niets kun-

nen uithalen tegen de dikke, gesponnen draden waaruit het net vervaardigd was.

'Dit is vreselijk, kap'tein', klaagde Tarp Hameltroep. 'Ik zou liever mijn mannetje proberen te staan tegen die gekke klontertroggen dan te moeten sterven als een groot uitgevallen tilderworst in een net.' Hij huiverde toen de stomende dampen van het voorbijstromende vuil omhoogkronkelden tot in zijn neus. Gevlekte ratten snoven de lucht op en piepten gefrustreerd naar de gloeiende bundel die boven hun kopjes bengelde.

'Iemand, of iets, heeft deze val gespannen', zei hij, 'en wij zijn erin getuimeld.'

'Hoe bedoel je, *iets*?' zei Warkweep angstig.

'Ik heb gehoord dat wurgbulten in de riolen wonen', klonk Tarps omfloerste en verstilde stem. 'Afschuwelijke beesten zijn het. Een en al klauwen en tanden. Maar slim, sluw – misschien heeft een van ze...'

'Ssst!' siste Twijg.

Diep in de verte weerklonk een hard, ratelend geluid.

'Wat is *dat*?' fluisterde Warkweep. Zijn nekharen stonden overeind van de schrik.

'Ik weet het niet', fluisterde Twijg terug.

Het geratel klonk steeds luider. Het kwam dichterbij. Twijg, die geklemd zat tegen Warkweep, kon zijn hoofd niet draaien. Tarp, onder hen, zag geen steek. Alleen Warkweep, wiens hoofd zo vastzat dat hij door de tunnel kon turen, keek de kant van het geluid op. Hij snakte naar adem.

'Zie jij iets, Warkweep?' zei Twijg ongerust. Hij wist dat er niet alleen gevlekte ratten en wurgbulten in de riolen leefden. Er waren troggen en trollen die hun ondergrondse spelonken in het Diepe Woud verlaten hadden, gelokt door de belofte van een beter leven in Onderstad, maar helaas al snel ondervonden dat het razende gewoel boven de grond te veel voor hen was. Sommigen stierven van de honger. Anderen hadden hun toevlucht gezocht in het ondergrondse rioolsysteem, waar ze een brutaal bestaan leidden.

Het geratel was nu heel dichtbij, hard en helder boven de spuitende pijpen.

Klang! Metaal geschraapt op metaal. *Klang!* De pijpen leken te trillen.

En toen zag Warkweep het: een grote, metalen haak die door de lucht zweefde, galmde tegen een uit de tunnelmuur stekende pijp en die vastgreep. De hoek was vastgemaakt aan een knoestige, houten paal waaromheen twee benige handen hun greep verstevigden en trokken.

Een schaduwrijke figuur die onhandig op een bizar vaartuig stond van aan elkaar gesjord drijfhout verscheen uit de gloed. Hij zwaaide opnieuw met zijn haak. *Klang!* De haak greep de volgende pijp en hij trok zijn schuit tegen de stroom van het kanaal in, dichter en dichter.

Warkweep hapte naar adem. 'Ik zie iets', fluisterde hij.

KLANG!

De boot was bijna op hun hoogte gekomen. Een gigantische plathoofd loerde verlekkerd omhoog naar hen.

'Twijg', piepte Warkweep. 'Het is een...'

De haak beschreef een boog door de lucht, werd teruggetrokken en sneed daarbij het net los. Als een hete vluchtrots – met de drie ongelukkige individuen erin – viel het met een zware klap op de bodem van de boot van de kobold, die de stroom precies op dat moment onder hen dreef.

Ze ploeterden verder over het stinkende kanaal tegen de vieze golven op het vlot van drijfhout, dat dook en schommelde in de deining. De kobold stond onbeweeglijk aan het roer en doemde boven hen op. In zijn benige handen lag de lange haak, die nu als een roer fungeerde en het krakkemikkige bootje verder leidde. Sneller en sneller, en...

KLANG!

De boot lag abrupt stil toen de haak van de kobold zich sloot om een uitstekende pijp. Twijg, Warkweep en Tarp worstelden in het net.

'Wat hebben we vandaag gevangen, Prutgrol?' klonk een stem boven hen.

'Prutgrol?' herhaalde Twijg.

Met een dolk in zijn hand reikte de kobold omlaag en trok aan de knop die de top van het net samenbond. Het net viel open. Twijg sprong overeind, hevig gloeiend. Met open mond liet de verbaasde kobold zijn dolk vallen.

'Vorst!' gilde hij. 'Hij gloeit! Hij gloeit net zoals wij!'
'Herken je me niet, Prutgrol?' zei Twijg en hij probeerde kalm te klinken terwijl de schuit vervaarlijk schommelde onder zijn voeten. 'Ik ben het, Twijg.'
'*Ik* herken u, *kapitein* Twijg', klonk de stem boven hen. 'Hoewel ik nooit gedacht had dat ik u ooit levend zou terugzien, en zeker niet in de riolen van Onderstad!'
Twijg keek op. Daar, in de entree van een brede, gapende pijp stond een grimmige figuur gekleed in de zware, lange jas en driekantige hoed van een luchtpiraat. Ook hij baadde in hetzelfde lichtgevende schijnsel.
'Vorst!' riep Twijg, en hij verloor bijna zijn evenwicht. 'Wieknoot Vorst!'
Maar de vroegere kwartiermeester van de *Klifdanser* had zich al omgedraaid en was verdwenen in de pijp.
'Let maar niet op hem, kapitein', zei Prutgrol, terwijl hij onhandig uit de boot klom, zijn rechterbeen achter zich aan slepend. 'Ik ben er zeker van dat hij gelukkiger is om jou te zien dan hij laat merken. Ik kon in elk geval niet gelukkiger zijn.'
'Ik evenmin dat ik jou zie', zei Twijg. 'Ik kan nauwelijks geloven wat er gebeurt.'
Hij volgde Prutgrol de ijzeren worstelgrepen op in de muur naar de ingang van de pijp, hoog boven hen. In tegenstelling tot alle andere, spuwde deze pijp geen vies water uit. Warkweep en Tarp volgden hen op de voet. En vervolgens, nadat ze een zwaar gordijn opzijgeschoven hadden, bevonden ze zich in een grote kamer.

Wieknoot Vorst stond aan één kant van het vertrek, met zijn gezicht half afgewend. 'Welkom', zei hij zacht.
Warkweep keek verbaasd om zich heen. Deze plek was een echte smokkelaarsgrot, van de vloer tot het plafond gevuld met dozen en kratten barstensvol waardevolle voorwerpen. Er bevonden zich tapijten op de grond en wandtapijten aan de muur. Er stonden meubels: twee leunstoelen, een tafel, kasten – en een klein, kunstig versierd schrijfbureau. Er waren potten en pannen, flessen en kruiken, aardewerk, eetgerei, olie- en azijnstelletjes... en de heerlijke geur van gebakken tildervleesworst.
'Dit was vroeger een watercisterne', verklaarde Vorst. 'Nu is het onze gedwongen verblijfplaats.'
Twijg knikte. 'Ik was bang dat jullie niet meer in leven waren', zei hij.
'Wel, misschien had ik beter dood geweest kunnen zijn', mompelde Vorst nauwelijks hoorbaar terwijl hij zich omdraaide en de cisterne overstak naar het fornuis, waarop een steelpannetje siste.
'Maar, Vorst...', begon Twijg.
'O, hij en ik redden het hier wel', onderbrak Prutgrol hem.
'We zijn hier nu al enkele weken. We foerageren en jatten – u zou verwonderd staan kijken als u zag wat we allemaal in onze netten vinden... hoewel we levende wezens altijd terug naar boven brengen, nadat we ze verlost hebben van de waardevolle voorwerpen die ze bij zich hebben. En daar we geen gebrek hebben aan licht...' Hij knikte naar Wieknoot Vorst zijn rug, die

over het fornuis gebogen stond. 'Zolang we maar samen blijven.'

'Het gloeien, bedoel je?' zei Twijg.

'Bij ons was het precies zo toen de kapitein me vond', zei Tarp. 'En nu zijn we al met ons vieren aan het gloeien.'

'Er moet daar iets gebeurd zijn dat aan de basis ervan ligt', zei Twijg. 'Maar ik herinner me *niets*. En jij, Prutgrol. Herinner jij je wat er gebeurd is met ons in de open hemel?'

De plathoofdkobold schudde het hoofd. 'Nee', zei hij. 'We volgden de schutvogel op zoek naar uw vader, we vlogen de maalstroom in – en daarna, niets meer.' Hij trok een grimas toen hij wees naar zijn rechterbeen. 'Ik weet alleen maar dat ik me dan op een of andere manier verwond heb.'

'En jij, Vorst?' zei Twijg. De kromgebogen figuur bleef stil. Twijg fronste. De knorrigheid van zijn vroegere kwartiermeester begon hem te irriteren. 'Vorst!' zei hij scherp.

Vorst verstijfde. 'Nee, niets', luidde het norse antwoord. Hij legde zijn spatel neer en draaide zich langzaam om. 'Ik weet alleen maar dat het me dit aandeed.' Hij nam zijn driekantige hoed af.

Warkweep hapte naar adem. Tarp Hameltroep keerde zich af. Twijg staarde hem aan met ogen wijd van afgrijzen. 'J... Je gezicht!' hijgde hij.

Het haar was weg, net als het linkeroor – en de huid aan die kant leek gesmolten als was. Een wit, blind oog lag verscholen in de gesmolten plooien. Vorst raakte met zijn hand de afgrijselijke littekens aan.

'Dit?' fronste hij. 'Zo zag ik eruit toen ik terugkeerde van de open hemel. Niet zo fraai, hè?'

'Ik... Ik had er geen benul van', zei Twijg.

Vorst trok zijn schouders op. 'Nee, natuurlijk, hoe zou je?' zei hij.

'Maar je verwijt me dat ik jullie in de maalstroom gebracht heb, juist?'

'Nee, kapitein', zei Vorst. 'Ik stemde ermee in u te vergezellen. Het was mijn keuze.' Hij pauzeerde. 'Hoewel ik beken dat ik teleurgesteld was toen ook u niet wist hoe we terug naar het Klif konden.'

'Ik weet alleen wat me verteld werd,' zei Twijg met spijt in het hart, 'namelijk dat we eruitzagen als acht vallende sterren die door de nachtelijke hemel schoten. Althans, zo heeft de Professor der Duisternis het me beschreven.'

Vorsts enige goede oog vernauwde zich. Het met littekens bedekte vlees trilde. 'De Professor der Duisternis?' vroeg hij.

Twijg knikte. 'Enkelen van ons zag hij landen in Onderstad – jij, Prutgrol en Tarp Hameltroep; misschien nog iemand. De anderen vlogen verder. Ze landden ergens in het Diepe Woud. Ik heb gezworen dat ik jullie allemaal zou vinden. En kijk, drie ervan heb ik al gevonden. Meer dan ik ooit had durven hopen.'

'Hoop', zei Vorst bitter. 'Ik heb geleerd te leven zonder hoop. Want hoop zal dit nooit genezen.' Hij liet zijn vingertoppen glijden over de vreselijke littekens.

Warkweep keerde zich af.

'Ik kon noch de starende ogen...' Vorst keek vluchtig naar Warkweep en Tarp Hameltroep, 'noch de afgewende blik verdragen van wie geschokt is door mijn uiterlijk. Dus trok ik de riolen in, om mezelf te verstoppen. En Prutgrol – het strekt hem tot eer – vergezelde me.'

'Waar hij gaat, ga ik', gromde Prutgrol loyaal.

'We letten op elkaar', zei Vorst. 'En dat is ook nodig, hier', voegde hij er onheilspellend aan toe.

'Zoals de professor – ik bedoel, Twijg – op mij let', zei Warkweep, die terugkeerde. 'Soms is het noodzakelijk, zelfs in Sanctaphrax.'

'Sanctaphrax', zei Vorst zachtjes. Zijn ogen besloegen. 'Ik koesterde ooit ook de droom een job te vinden in de zwevende stad der academici. Maar daar gaat het niet om *wat* je kent, maar om *wie* je kent.' Hij snoof bitter. 'En ik kende niemand.'

Van achter in de kamer verspreidde zich de geur van verbrand vlees. Prutgrol haastte zich naar het fornuis en nam de pan van het vuur. 'Het eten is klaar', kondigde hij aan.

'Tildervleesworsten', zei Vorst.

'Mijn favoriet', zei Twijg, die plotseling besefte hoe hongerig hij was.

Prutgrol verdeelde de worsten, sneed een homp brood af en keerde terug met vijf borden op zijn arm. Hij overhandigde ze.

'En ik heb nog een kruik excellente sapwijn die ik gespaard heb voor speciale gelegenheden', zei Vorst. 'Prutgrol, onze mooiste glazen, alsjeblieft.'

'Op de bemanning van de *Klifdanser*', zei Twijg toen elk van hen een overvol glas in de hand hield. 'Op wie we al gevonden hebben en wie we nog moeten vinden.'

Hartelijk instemmend herhaalden de anderen in koor de toast en ieder dronk van de zoete, gouden drank.
'*Aaah!*' zuchtte Tarp Hameltroep, terwijl hij zijn lippen afveegde aan de rug van zijn hand. 'Heerlijk!'
Zelfs Warkweep apprecieerde de warme, kruidige smaken van de sapwijn en even later, toen ze allemaal de druipende tildervleesworsten gretig naar binnen werkten, besefte hij ook hoe hongerig hij was.
'Verrukkelijk', stamelde hij, terwijl hij een stuk vlees en een homp brood aftrok. 'Absoluut ver-ruk-ke-lijk!'
Twijg wendde zich tot zijn misvormde kwartiermeester. 'Ik moet toegeven, Vorst, dat je je aardig gered hebt gegeven de vreselijke situatie waarin je verkeert. En jij ook, Prutgrol. Heel goed. Maar jullie kunnen niet op deze afschuwelijke plek blijven, in het bijzonder omdat jullie gewond zijn door mijn toedoen. Op een dag zal ik een nieuw schip hebben en dan wil ik jullie terug als bemanning. Maar eerst moet ik uitvissen wat er de anderen overkomen is.'
'We gaan met je mee', zei Vorst.
Prutgrol knikte enthousiast. 'Waar u gaat, gaan wij, kapitein Twijg', zei hij.
'Niet deze keer', antwoordde Twijg zacht. 'Je been heeft tijd nodig om te herstellen.'
'Dan moeten we hier blijven', zei Vorst nors. Hij knikte naar het gewelfde dak. 'Want *daarboven* is er niets voor ons.'
'Integendeel', zei Twijg. '*Sanctaphrax* is daar.'
'S... Sanctaphrax?' hakkelde Wieknoot Vorst. 'Maar...'
'Zoals je terecht opmerkte, Vorst, is het niet wat je kent,

maar wie je kent. *Ik* ken de Professor der Duisternis. En *jij* kent mij.'

Wieknoot Vorsts mond viel open.

'Ik schrijf een brief die je aan de professor in hoogsteigen persoon moet afleveren.' Hij keek rond. 'Ik veronderstel dat je daartoe de middelen hebt', zei hij.

'O, ja', zei Vorst. 'Papier en inkt van de hoogste kwaliteit, en de fijnste veren van sneeuwvogels. Opgeraapt tijdens het foerageren.'

Twijg glimlachte. 'Jullie blijven in mijn studeerkamer in de School der Licht en Duisternis tot ik terug ben', zei hij. 'De professor zal waarschijnlijk wel enkele experimenten op jullie willen uitvoeren, gezien jullie gloeiende toestand. Maar voor de rest zal iedereen jullie met rust laten. Hoe klinkt dat?'

'Dat klinkt uitstekend, kapitein', zei Wieknoot Vorst. 'Uitstekend, inderdaad.'

'Inderdaad', herhaalde Prutgrol.

'Ja, Prutgrol', zei Twijg. 'Jij werkte ooit in Sanctaphrax als bewaker, dus neem ik aan dat je de stad op je duim kent. Neem de verborgen steegjes en geheime doorgangen naar de Professor der Duisternis. Laten we proberen te verhinderen dat die roddelzuchtige tongen aan het praten slaan.'

Hij richtte zich tot de slachter. 'Tarp,' zei hij, 'jij moet met hen mee.'

'Ik?' riep Tarp uit. 'Hen vergezellen naar Sanctaphrax?' Hij schudde ongelovig zijn hoofd. 'Maar ik wil met *jou* mee, kap'tein. Ik ben fit. Ik ben sterk. U hebt iemand als ik nodig op zo'n gevaarlijke onderneming.'

'Het spijt me, maar alleen Warkweep kan met me mee.'
'Maar waarom, kap'tein?'
'Denk eens na, Tarp', zei Twijg rustig. 'Hoe ver zouden we komen, gloeiend als tilderlampen? Als het donker is en we zijn samen, beginnen we te gloeien – en de angst van anderen zal onze zoektocht niet vooruithelpen.'
'Maar we kunnen ons toch vermommen' drong Tarp aan. 'We kunnen de zware, van een kap voorziene jassen dragen om het licht te verbergen en...'
'En er zo nog verdachter dan ooit uitzien!', zei Twijg. 'Nee, ik moet het redden zonder jou. Samen zullen we falen – en daar kan geen sprake van zijn.'
De slachter knikte begrijpend. 'U hebt gelijk, kap'tein Twijg', zei hij. 'Ik had er zelf aan moeten denken.'
'Dank je, Tarp', zei Twijg dankbaar. Hij keek Prutgrol en Vorst aan. 'Allemaal akkoord? Dan wachten jullie drie op mijn terugkeer in Sanctaphrax, terwijl Warkweep en ik op zoek gaan naar de rest van mijn vermiste bemanning.'
Hij fronste met gespeeld ongeduld. 'Waar blijven pen en papier?'

HOOFDSTUK ELF

DE WESTELIJKE KADES

Twee weken later stonden Warkweep en Twijg op de westelijke kades. Hun vorige slaapplaats werd geteisterd door wreedaardige stofvliegen en, nadat ze zo ongeveer halfdood gebeten waren, hadden ze besloten om voor zonsondergang de smerige slaapplaats te verlaten. De eerste dieprode zonnestralen kietelden de horizon. Twijg gaapte, rekte zich uit en wreef in zijn ogen.

'Moge deze nieuwe dag de informatie schenken die we vragen', zei hij en zuchtte. 'Waarom is ons vierde bemanningslid zo moeilijk te pakken?' vroeg hij zich hardop af.

'Mm-hmm', mompelde Warkweep. Hij zat op de pier aan Twijgs voeten, zijn benen bengelend over de reling. Zijn neus was als altijd begraven in een van de kostbare rollen die hij bewaarde in de over zijn schouder geworpen tas.

Twijg keek rond. Anders dan de verwaarloosde oostelijke steigers, waar alleen de eenvoudigste sleepboten aanmeerden, waren de westelijke kades goed onderhouden. Hier legden de schepen van de ligamannen aan, en langs de kust erachter stonden hun gebouwen – stevige constructies met façades die meer dan louter functioneel waren. Op elk gebouw prijkte het wapenschild van de liga die het herbergde: de gekruiste sikkel en beitel van de Liga der Greppelaars en Beitelaars, de gevlekte rat en het gevlochten touw van de Lijmmorsers en Touwpesters, de ketel en tangen van de Mengers en Vormers...

En achter deze gebouwen bevond zich de pompeuze Ligakamer, waar de Hoge Raad van de Handelaarliga van Onderstad zetelde. De Ligakamer was sowieso al het indrukwekkendste gebouw in de laadsteigers, maar nu leek het opvallender dan ooit, omringd door een ingenieus netwerk van steigers. Twijg knikte naar het gebouw.

'Ze zijn blijkbaar het dak aan het herstellen', zei hij.

'Mm-hmm', mompelde Warkweep opnieuw. Hij likte aan zijn vinger en begon, zonder op te kijken, de volgende schorsrol te lezen.

Twijg draaide zich om en staarde naar de rivier, die lusteloos langs dreef. De rijzende zon weerkaatste modderige, rode klodders op het gerimpelde oppervlak.

Het probleem was dat hun zoektocht naar het vierde bemanningslid in het district der ligamannen al even weinig opgeleverd had als hun speurtochten in de rest van Onderstad. De drukke straten, de lawaaierige markten, het fabriekskwartier, de noordelijke hoogtes – Twijg en Warkweep hadden ze alle doorzocht. Maar hoeveel kroegen ze ook bezochten, hoeveel figuren ze ook spraken, hoeveel inlichtingen ze ook inwonnen, ze hadden hoegenaamd niets ontdekt over een vallende ster of de plotselinge verschijning van iemand die zich vreemd gedroeg.

'Misschien moeten we onze zoektocht in Onderstad staken en naar het Diepe Woud trekken', zei Twijg.

'Mm-hmm', zei Warkweep met gefronste wenkbrauwen.

'Warkweep!' zei Twijg. 'Heb je ook maar één woord gehoord van wat ik gezegd heb?'

Warkweep keek op, met een verbaasde blik op zijn gezicht en ogen die blonken van opwinding.

'Nog steeds de ijverige academicus, eh?' zei Twijg. 'Al sinds we hier zijn, ben je verloren in die schorsrollen.'

'O, maar het is... ze zijn... laat me dit even voorlezen', zei hij. 'Dit is absoluut fascinerend!'

'Als het echt niet anders kan', zei Twijg met tegenzin.

'Hier staat nog meer over *De Mythe van Riviersprong*', zei Warkweep enthousiast. 'Over de Moederstorm...'

Twijg schrok op, want in een vluchtige flits schoot een herinnering aan de fatale reis in de open hemel hem voor de geest.

'De Moederstorm', mompelde hij, maar nog terwijl hij de woorden uitsprak, was de herinnering alweer verdwenen. Hij keek op. 'Vooruit dan maar', zei hij. 'Lees maar wat er staat.'

Warkweep knikte en vond de plek met zijn vinger. *'Want terwijl ik dit schrijf, is de overtuiging algemeen gangbaar dat de Moederstorm niet eenmaal het Klif getroffen heeft, maar vele malen, bij elke keer vernietigend en herscheppend'*, las hij voor. *'Ik...'*

'Ik?' vroeg Twijg. 'Wie heeft die woorden geschreven?'

Warkweep wierp een blik naar boven. 'Dit is een transcriptie van de originele schorsgeschriften die dateren uit de Tijd van de Verlichting in het Oude Diepe Woud', legde Warkweep uit. 'Deze versie', ging hij verder, terwijl hij de rol liefdevol streelde, 'is honderden jaren geleden neergeschreven door een lage scribent.'

Twijg glimlachte. Het enthousiasme van de jonge kerel was aanstekelijk.

'De Tijd der Verlichting!' zei Warkweep. 'O, dat moet een heerlijke tijd geweest zijn. Een glorieus tijdperk van vrijheid en wetenschap – lang voor er nog maar gedroomd werd van onze prachtige zwevende stad Sanctaphrax. Het Diepe Woud ontstond uit duisternis onder het visionaire leiderschap van Boldok de Wijze. Hoe graag had ik hem niet gekend! Hij schafte de slavernij af. Hij verenigde de duizenden stammen onder het voorname blazoen van de Drietand en de Slang. Hij voorspelde zelfs de uitvinding van het geschreven woord...'

'Goed, goed, Warkweep', zei Twijg. 'Allemaal heel interessant. Maar leidt dit ergens heen?'

'Geduld, Twijg', zei Warkweep. 'Alles wordt spoedig duidelijk. De Tijd der Verlichting doofde abrupt als een kaars uit, Boldok de Wijze zijn Unie van Duizend

Stammen viel uit elkaar, en de hele streek vergleed in de barbarij en chaos die tot op vandaag blijft duren in het Diepe Woud.' Hij richtte zijn aandacht weer op de schorsrol. 'Luister,' zei hij, 'dit is wat de scribent schrijft.'

Ondanks zichzelf bleef Twijg stil en luisterde aandachtig naar wat Warkweep voorlas uit de gekrulde, gele rol.

'Boldok de Wijze werd oud en moe. Waanzin regeerde over de marktpleinen en diepe beemden. Stammen keerden zich tegen stammen, broeders tegen broeders, vaders tegen zonen, want de Hemel was vertoornd en beroofde al wie onder haar leefde van zijn zinnen.

En daarom kwamen de vertegenwoordigers van de Duizend Stammen samen bij Riviersprong en zeiden: "Boldok, u ziet verder in de Open Hemel dan de grootste onder ons, vertel ons wat we moeten doen, want, in onze waanzin, verslinden we elkaar en de hemel maakt onze harten zwart."

En Boldok stond op uit zijn ziekbed en zei: "Zie, de Moederstorm keert terug. Haar waanzin wordt onze waanzin. Bereid uzelf voor, want de tijd is kort..."'

Warkweep pauzeerde. 'Hier ontbreekt een stukje tekst', legde hij uit. 'Woudkevers hebben de oorspronkelijke schors weggevreten.' Hij keek opnieuw omlaag. 'Het gaat verder als volgt.'

'*... De Moederstorm, zij die het Klif eerst met leven begiftigde, zal terugkomen om te oogsten wat ze zelf gezaaid heeft, en de wereld zal opnieuw in duisternis gehuld zijn*', zei hij, elk woord benadrukkend. 'Snap je, Twijg? Boldok de Wijze beschreef *De Mythe van Riviersprong* en voorspelde de terugkeer van de Moederstorm – een voorspelling die helemaal uitkwam, want het Diepe Woud werd inderdaad opnieuw in duisternis gehuld. En nu gebeurt het opnieuw.'

Twijg wendde zich af en staarde in de open hemel, waar de Moederstorm hem in haar vreselijke klauwen gehouden had.

'De beschreven waanzin is opnieuw onder ons', zei Warkweep somber. 'Ze wordt door de stormen van voorbij het Klif onze richting uit geblazen. De boze misten en hartverscheurende regens – het vreselijke geweld. Wat stond er ook alweer?' Hij zocht het stukje tekst. '... *in onze waanzin verslinden we elkaar.* Begrijp je het niet, Twijg? Het is helemaal geen mythe. De Moederstorm keert terug.'

'De Moederstorm keert terug', herhaalde Twijg zacht. De woorden klonken hem vertrouwd in de oren. Maar hoe? Waarom? Gefrustreerd schudde hij zijn hoofd. Er was overduidelijk iets belangrijks gebeurd toen ze vastzaten in de maalstroom, ver weg in de open hemel. Waarom kon hij zich niet herinneren wat het was? En zou hij het zich ooit nog herinneren?

Hij keek naar zijn ongeruste leerjongen. 'Kom, Warkweep', zei hij. 'Ik denk dat we zulke zaken het beste kunnen overlaten aan de academici van Sanctaphrax. Wat onszelf betreft, het wordt tijd dat we onze zoektocht opgeven – of althans uitstellen – naar het vierde lid van de *Klifdanser,* en op stap gaan naar het Diepe Woud. Laten we naar de aanplakpalen gaan en op zoek gaan naar een plaats op een luchtschip.'

Met tegenzin rolde Warkweep zijn teksten op, stopte ze in de tas en kwam overeind. Samen vertrokken ze naar de centrale inschepingspier. Daar zouden ze de aanplakpaal vinden.

De aanplakpaal was een hoge, knoestige houten zuil waarop luchtschipkapiteins met lege kooien advertenties nagelden, die geschreven waren op stukjes glimmend doek. Het was de makkelijkste weg voor wie geen eigen transportmiddelen had om van het ene deel van het Klif naar het andere te reizen.

Toen Twijg en Warkweep het einde van de inschepingspier bereikten, trilde de zon boven de horizon, paars en majestueus. Voor hen uit prijkte de paal, afgetekend tegen de lucht. Door de talloze eraan genagelde fladderende roze stukjes doek leek het een merkwaardige boom waarvan de stam bloesemde.

'Ik hoop alleen maar dat we iets geschikts vinden', mompelde Twijg terwijl hij ernaartoe liep.

Warkweep vergezelde hem. 'Wat denk je van deze?' vroeg hij een ogenblik later, en las een stukje doek voor. '*Ligaschip van Raggers en Ronners. Vertrek naar Diepe Woud deze middag*. Ze hebben een dubbele kooi over. En de prijs lijkt me redelijk.'

Maar Twijg schudde zijn hoofd. 'Nee', zei hij, 'dat is

niet helemaal...' Zijn stem waaide weg toen hij zich oprichtte en advertentie na advertentie las.
'En deze hier?' zei Warkweep. 'Een sleepmeester die naar de ijzerhoutbossen van de schorstrollen vertrekt later op de morgen en nog twee paar extra handen nodig heeft.'
Maar Twijg luisterde niet naar hem en bleef de lijst vaartuigen en hun bestemmingen bestuderen. De *Stormvinder*, bestemming: de kampen van de slachters.
Een stem in zijn hoofd zei: *'Nee.'*
De *Wolkeneter*, bestemming: de Grote Hamelhoornbeurs.
'Nee.'
De *Loggergriet*, bestemming: de Koboldgebieden.
'Nee.'
Hij liep de lijst steeds verder af. *Nee, nee, nee,* tot...
'Ja, dit luchtschip moet je nemen', zei de stem, zacht maar duidelijk.
'Natuurlijk!' riep Twijg uit. 'Warkweep, deze moeten we hebben. Deze is goed. Luister.'

Twee vrije plaatsen aan boord van de Luchtkaper,
vijf goudstukken elk.
Bestemming: de Grote Krijsvogel Slavenmarkt

Twijg keek op. 'Bestaat er een betere plaats om onze zoektocht te hervatten?'
Warkweep knikte onzeker. Zijn vader, Ulbus Pentephraxis, had hem vreselijke verhalen verteld over de

Grote Krijsvogel Slavenmarkt. 'Wordt het niet wat gevaarlijk?' vroeg hij voorzichtig.
Twijg haalde de schouders op. 'Onderstad kan ook gevaarlijk zijn. We moeten een plaats vinden waar alle schepselen uit het hele Diepe Woud samenkomen.'
'Ja, maar...', zei Warkweep. 'Ik bedoel, kunnen we niet naar die Grote Hamelhoornbeurs die je vermeldde? Of, kijk hier, dit schip gaat naar de Houtplekken van de woudtrollen. Kunnen we daar niet heen?'
'Warkweep,' zei Twijg, 'er is in het Diepe Woud geen andere plek dan de Grote Krijsvogel Slavenmarkt. De bezoekers ervan reizen er uit alle hoeken heen. Dit is de vanzelfsprekende plaats om onze zoektocht te beginnen.' Hij keek nog eens naar de aankondiging en glimlachte. 'Donderslag Vulpoen', zei hij. 'Dat is pas een naam om mee te toveren.'
Warkweep huiverde. 'Hij klinkt verschrikkelijk', zei hij. 'Is een Vulpoen niet zo'n kwaadaardige vogel met een getande snavel?'
'Ja zeker', zei Twijg.
'En Donderslag!' zei Warkweep. 'Wat voor een monster draagt er nu de naam van een bloeddorstige roofvogel *en* het meest verschrikkelijke en onvoorspelbare weerelement?'
Twijg snoof. 'Een ijdel en dwaas iemand', zei hij. '*Naam wild, kapitein mild,* zoals mijn vader altijd zei. Dezen die de meest barbaarse namen kiezen, zijn zonder uitzondering dezen die ze het minst waard zijn.' Zijn ogen werden vochtig. 'Terwijl kapiteins met meer moed en durf zichzelf minder opzichtige namen geven.'

'Zoals Wolk Wolf', zei Warkweep stil.
'Ja,' zei Twijg, 'zoals mijn vader, Wolk Wolf, de dapperste en moedigste luchtpiratenkapitein van hen allemaal. Hij keek opnieuw naar de aankondiging. 'Mijn hemel!' riep hij.
'Wat?' zei Warkweep geschrokken.
'De tijd van vertrek!' zei Twijg. 'De *Luchtkaper* hijst de zeilen binnen minder dan een kwartier!'

'Dit is hopeloos!' schreeuwde Twijg. 'Waar is ze?'
Tien minuten waren voorbijgegaan sinds hij de aankondiging in zijn zak gestopt had – tien minuten van over de kade rennen, de pier op- en aflopen, de namen van de luchtschepen lezend. Een oude sleurtrol had ze verzekerd dat het luchtschip dat ze zochten bij de tweede pier lag, maar nu waren ze hier en ondanks twee keer kijken hadden ze nog steeds niets gevonden.
'Hij zal toch niet vroeger vertrokken zijn?' vroeg Twijg buiten adem.
'Als de twee lege plaatsen al gevuld waren, is dat best mogelijk', antwoordde Warkweep, heimelijk hopend dat dat inderdaad het geval was.
'Maar dat *kan niet*', zei Twijg. Hij pauzeerde en speurde de steigers af.
Er lagen zoveel schepen hier – elegante ligaschepen, robuuste sleepboten, gestroomlijnde patrouilleschepen, en hier en daar een luchtpiratenschip – maar de *Luchtkaper* was nergens te vinden.
'Misschien kunnen we beter terugkeren naar de aanplakpaal en...'

'Nee', zei Twijg. 'Daar is geen tijd voor.' Hij riep naar een groep dokwerkers die met hun rug naar hen gekeerd diep in gesprek waren. 'Excuus', schreeuwde hij. 'Weten *jullie* waar een schip met de naam *Luchtkaper* ligt?'

Zonder zich nog maar om te draaien, riep een van hen terug. 'Pier negentien. Onderaan rechts.'

Warkweep keek Twijg aan. 'Maar daar komen we net vandaan', zei hij.

'Kan me niet schelen', zei Twijg. 'Dit is misschien onze laatste kans.' Hij greep Warkweeps arm beet en sleepte hem mee. 'Kom op, Warkweep', riep hij. 'Lopen!'

Ze stormden langs de kadepromenade. Met Warkweep vlak achter zich aan baande Twijg zich blindelings een weg door groepjes kibbelende handelaars, op hun kop gezette kratten vis en kisten fruit. 'Sorry', riep hij. Ze liepen steeds verder, voorbij pier na pier, die hoog boven de Klifwater Rivier uitstaken, hangend tussen hemel en aarde. Pier nummer acht, negen en tien flitsten voorbij.

'Sneller, Warkweep', riep Twijg buiten adem, terwijl de stem in zijn hoofd hem voortdreef.

Twaalf... Dertien... Warkweeps hart bonsde hevig, zijn longen brandden, maar hij dwong zichzelf te blijven lopen. Zeventien... Achttien...

'Pier negentien!' riep Twijg uit. Hij remde af, sprong vijf treden ineens naar beneden en belandde hard op het houten platform. 'En kijk!' schreeuwde hij. 'Hoe in hemelsnaam hebben we het kunnen missen?'

Warkweep keek op en volgde Twijgs wijzende vinger

naar een prachtig luchtschip dat aangemeerd lag aan het uiteinde van de linkerpier.

'De *Luchtkaper*!' zei Twijg. 'We hebben het gevonden, maar... O, nee!' hapte hij naar adem.

Het grootzeil was gehesen, de dregankers waren opgehaald en een kleine figuur boog zich over de tuierring en maakte de meertouwen los. Het luchtschip stond op het punt te vertrekken.

'STOP!' bulderde Twijg, verdubbelde zijn snelheid en stormde halsoverkop over de pier. Hoewel hij het niet kon verklaren, vertelde iets hem dat hij aan boord *moest* zijn van de *Luchtkaper*. Geen enkel ander schip was goed. 'WACHT OP ONS!'

Maar het bemanningslid – een grauwgnoom – lette niet op hem.

'*STOP!*' schreeuwde Twijg nogmaals.

Hij hoorde de grauwgnoom boos mompelen terwijl hij verwoed rukte aan het vastzittende touw en daarna opgelucht zuchten toen hij het uiteindelijk loskreeg. Bijna daar...

De grauwgnoom slingerde het touw op het dek en sprong, in één beweging, zelf aan boord. Eerst kwellend langzaam, begon het luchtschip opwaarts te zweven, weg van de kade.

'NEE!' bulderde Twijg.

De kloof tussen pier en schip werd steeds breder.

'Volg je me, Warkweep?' riep hij.

'Ik volg je', luidde het antwoord.

'Springen maar!' gilde Twijg en beiden gooiden zich, toen ze het uiteinde van de pier bereikt hadden, naar

het vertrekkende luchtschip. Samen vlogen ze door de lucht, met uitgestrekte armen, vastbesloten toch nog op het schip te komen.

'Unkhh', gromde Warkweep toen zijn handen de veiligheidsreling vastgrepen en zijn lichaam tegen de romp sloeg. Een ogenblik later landde Twijg naast hem.

Naar adem snakkend klemden ze zich wanhopig vast. Ze moesten eerst op adem komen voordat ze zichzelf aan boord zouden kunnen hijsen. Maar dat was van geen belang. Wat telde was dat ze het gehaald hadden, net op het nippertje.

'Goed zo', fluisterde een stem in zijn oor.

'We zijn onderweg, Warkweep', mompelde Twijg. 'Naar het Diepe Woud en de Grote Krijsvogel Slavenmarkt.'

'Twijg, ik... ik...'

'Warkweep?' zei Twijg en draaide zijn hoofd opzij. 'Wat is er?'

'Mijn handen... helemaal glibberig', prevelde Warkweep en Twijg moest hulpeloos toekijken hoe zijn leerjongen wanhopig probeerde zichzelf op te trekken. 'Ik kan... kan me niet houden... *aaaaargh!*' Hij viel. Los van de *Luchtkaper*, uit de lucht en omlaag naar de rimpelige modder onder hen...

HOOFDSTUK TWAALF

DONDERSLAG VULPOEN

Twijg hees zichzelf op, zwaaide zijn benen over de veiligheidsbalustrade en rolde op het dek. Onmiddellijk sprong hij overeind en staarde de diepte in.

'Warkweep!' brulde hij. Hij was ervan overtuigd dat hij geen splash gehoord had. En hoewel hij ingespannen tuurde naar de modderige rivierbedding onder hen, bespeurde hij geen teken van zijn leerjongen.

'Warkweep!' riep hij nogmaals. 'Waar ben je?'

'Hier', klonk het zwakjes.

Twijgs hart sprong op. 'Waar?'

'Aan de romptuigage', zei Warkweep. 'Maar ik weet niet of ik me nog veel langer kan houden.'

'Dat kun je zeker!' moedigde Twijg hem aan. 'Je moet, Warkweep.'

Ver beneden hen week de Klifwater Rivier nu voor het Slik.

'Het... het lukt niet', jammerde Warkweep. 'Ik vind geen steun en mijn armen... zo zwak...'

Twijg keek wanhopig om zich heen op zoek naar hulp, maar de *Luchtkaper* was vreemd genoeg verlaten. De

grauwgnoom was verdwenen, en er was niemand anders te zien behalve een gedrongen en ietwat flamboyante figuur aan het roer.
'Help!' bulderde Twijg. 'Help! Er is iemand overboord gevallen!'
Verloren in de mechanica van het luchtvaren, leek de roerganger zich niet bewust van het drama dat zich afspeelde achter hem. Het luchtschip steeg steeds hoger.
'Er moet hier toch iemand zijn!' gromde Twijg. 'HELP ME!'
'Wat, wat, wat?' weerklonk een nerveuze, opgewonden stem naast hem. Het was de grauwgnoom, die terug was. Een zichtbaar oude gnokkobold met o-benen en witte bakkebaarden stond naast hem.
Twijg gromde. Beiden leken niet tot veel in staat.
'Mijn vriend is gevallen', legde hij haastig uit. 'Hij hangt aan de romptuigage. Haal een touw en een haak. Snel!'
De twee bemanningsleden knikten en verdwenen. Een ogenblik later waren ze al terug. Twijg knoopte een eind van het touw vast aan de kikker van het achterdek en gooide de rest over de zijkant. Met een haak onder zijn arm liet hij zichzelf langs het touw zakken.
'*Whoa*', snakte hij naar adem, toen een plotselinge windvlaag hem de adem afsneed. 'Kalm blijven', beval hij zichzelf. 'Voorzichtig maar.'
Met het touw tussen zijn voeten gekronkeld liet Twijg zichzelf langzaam omlaagglijden. Gestaag zakte hij verder, langs de patrijspoorten, langs de opgewonden dregankers. Lager en lager. De romp boog zich eerst

naar hem toe en vervolgens van hem af, terwijl hij tussen hemel en aarde zweefde.

'Kijk niet naar omlaag, wat je ook doet', hoorde Twijg.

Hij draaide zich om. En daar hing Warkweep, halverwege de zijkant van het luchtschip, zich wanhopig vastklampend aan de romptuigage. Hij was erin geslaagd om één voet door de warboel van touwen te steken, maar bloed stroomde over zijn vingers van de beblaarde handpalmen.

'Hou je goed vast', riep Twijg over de luchtkloof. 'Ik probeer zo dicht mogelijk naar je toe te slingeren.'

Door constant zijn gewicht te verplaatsen bracht Twijg zichzelf in beweging – niet voor- en achterwaarts zoals hij gehoopt had, maar in een reeks steeds breder wordende cirkels. Intussen bleef het luchtschip stijgen. Ver onder hem glinsterde het bleke slik als het oppervlak van een oceaan van melk. Naarmate de cirkels breder werden, scheerde Twijg steeds dichter bij de romptuigage tot hij zich uiteindelijk, met zijn haak uitgestrekt, kon vasthaken aan een stuk touw en zichzelf tegen de romp trok.

'Ziezo', gromde hij, terwijl hij de tuigage rechts van Warkweep vastgreep. 'We halen je binnen de kortst mogelijke tijd aan boord.'

Hij keek rond en maakte het touw stevig vast rond Warkweeps middel. Terwijl hij de knoop strikte, merkte hij hoe erg de jongen zijn hand geschaafd had. Het bloed droop van zijn trillende vingertoppen.

'Hou vol, Warkweep', zei hij. 'Ik...'

De haak gleed uit zijn hand en tuimelde de diepte in. Het luchtschip bevond zich nu al te hoog om het te horen vallen of te zien neerkomen. Twijg kneep in Warkweeps schouders.

'Ik klim weer aan boord', zei hij. 'Als ik roep, laat je je los. We trekken je op.'

Warkweep knikte, maar kon niets zeggen. Zijn gezicht was lijkbleek van angst.

Twijg stormde de romptuigage op en sprong weer op het dek. De grauwgnoom en de oude gnokkobold stonden er nog steeds.

'Grijp het touw en trek zo hard jullie kunnen', beval hij. De twee bemanningsleden deden wat ze gezegd werd en Twijg hielp mee.

'Loslaten, Warkweep!' riep hij omlaag.

Het touw slingerde en werd zwaar.

'Goed', gromde Twijg naar de anderen. 'Trekken maar! Trek alsof jullie leven ervan afhangt.'

Langzaam – pijnlijk langzaam – sleurden en trokken zij, en schoven voetje voor voetje achteruit over het dek. Bengelend onder hen had Warkweep de indruk dat er helemaal niets gebeurde. Pas toen hij terugdraaide en opnieuw naar de romp keek, merkte hij dat hij inderdaad een heel stuk hoger gekomen was.

'Bijna', moedigde Twijg de anderen aan. 'Nog een klein beetje en... Ja!' riep hij uit, toen het verwarde hoofd van zijn leerjongen plotseling zichtbaar werd. Terwijl de grauwgnoom en de gnokkobold zich schrap zetten, knoopte Twijg het uiteinde van het touw vast aan de meerpaal, rende terug naar de balustrade en greep Warkweeps pols beet.

'Hebbes', gromde hij.

Warkweep tuimelde op het dek. Twijg gooide zich uitgeput naast hem.

'Wel, wel, wel, wat hebben we hier?' klonk een zoetelijke stem. 'Smerige verstekelingen, is het niet?'

Twijg keek op. Het was de gedrongen figuur die ze aan het roer hadden zien staan. Hij kwam overeind. 'We zijn geen verstekelingen', zei hij en haalde het stukje doek uit zijn zak dat aan de aanplakpaal gehangen had. 'We wensen met u mee te reizen naar de Grote Krijsvogel Slavenmarkt – ik veronderstel dat u Donderslag Vulpoen bent?'

'*Kapitein* Donderslag Vulpoen', luidde het antwoord, terwijl het kritische kleine personage trok aan de plooikragen rond zijn polsen en speelde met de punten van zijn in de was gezette snor. Een grote sleutelbos rammelde aan zijn riem. 'Inderdaad.' Zijn wenkbrauwen gingen omhoog en krulden zich zoals de klankgaten in een woudluit. 'Maar dit is tegen alle regels van het luchtzeilen', zei hij. 'Jullie weten toch wel dat niemand aan boord mag komen zonder toestemming van de kapitein? Hoe kan een potentiële passagier anders onderzocht worden alvorens te vertrekken? Ik weet niet eens hoe jullie heten.'

'Ik ben Twijg', zei Twijg en richtte zich, zonder te letten op de verwarde trilling van halve herkenning op het roze gezicht van de kapitein, tot zijn leerjongen. 'En dit hier is Warkweep.'

De kapitein snoof minachtend. 'Uitschot van het laagste knoopsgat, dat zijn jullie.' Hij draaide zich om. 'Grimslot!' bulderde hij.

De torenhoge figuur van een brogtrol in smerige vodden verscheen in de valdeur in de vloer achter hen. 'Grimslot is hier, meester', baste hij.

'Grimslot, grijp die schooiers!'

Met een afschuwelijke vastberadenheid stapte de brutale handlanger van de kapitein op Twijg en Warkweep af, zijn armen uitgestoken.

Maar Twijg verroerde geen vin.

'Wij zijn geen uitschot, *kapitein* Vulpoen', zei hij. 'Onze excuses voor ons overhaast inschepen, maar uw schip was het enige dat koers zette naar de slavenmarkt, en we wilden het absoluut niet missen. Roep uw handlanger terug.'

Grimslot strompelde dichterbij.

'We kunnen betalen', zei Twijg en reikte in zijn overhemd naar de lederen beurs die de Professor der Duisternis hem gegeven had. 'Vijf goudstukken per man was het toch, niet?'

De kapitein wachtte. Hij liet zijn blik over hen glijden. 'Misschien was ik te impulsief', zei hij glimlachend. 'Jullie zien er als academici uit. Van Sanctaphrax, ongetwijfeld. Ik ben er zeker van dat jullie er vijftien kunnen betalen.'

'Maar...', begon Twijg.

Grimslot greep Warkweep bij zijn schouders en tilde hem op. 'Goed!' riep Twijg. 'Vijftien dan maar.'

Kapitein Donderslag Vulpoen glimlachte zelfgenoegzaam toen de munten in zijn mollige hand rinkelden.

'Zet hem neer, Grimslot', zei hij.

Opgelucht haalde Warkweep adem toen hij onder zijn voeten opnieuw de geruststellende vastheid voelde van het dek. Hij keek toe hoe de kwabbige kapitein in de palm van zijn rechterhand spuugde en Twijg de hand schudde, zich omdraaide en zijn eigen hand greep en...

'*Aaa-oww!*' huilde hij en trok zijn hand terug.

De kapitein keek omlaag. 'O, kijk eens aan', zei hij toen hij Warkweeps palmen zag. 'Net twee rauwe hamelhoornsteaks! We zullen je wat moeten oplappen.' Zijn donkere ogen glinsterden. 'Zo'n fijn exemplaar als jij.'

Warkweep piepte onbehaaglijk. 'Een exemplaar?' vroeg hij zich hardop af.

'Zei ik *exemplaar*?' zei de kapitein. 'Sorry, ik bedoelde natuurlijk een zo'n fijn gebouwde kerel.' Warkweep deinsde terug toen de kapitein hem van kop tot teen monsterde. 'Heldere ogen, sterke tanden, brede schouders...' Hij glimlachte. 'En op weg naar de Grote Krijsvogel Slavenmarkt.'

Twijg knikte. 'We hebben belangrijke zaken te doen, ginds', zei hij.

Donderslag Vulpoens glimlach werd nog breder. De zon glinsterde op zijn zilveren tanden. 'Inderdaad', zei hij zacht. 'Maar wat het zwaarst is, moet het zwaarst wegen.' Hij wendde zich tot de oude gnokkobold. 'Jervis', sprak hij streng, nu met een hard gezicht. 'Laat onze gasten hun kwartier zien. En Tiesel', blafte hij de grauwgnoom toe. 'Vertel Post dat er twee extra monden te voeden zijn – en haal iets uit de medische voor-

raad voor de wonden van de kerel.' Jervis en Tiesel schoten gejaagd weg.
'En jij,' schreeuwde hij naar de brogtrol, 'ga naar beneden en leg... de lading het zwijgen op.' Hij knikte naar de grote mast, die gevaarlijk heen en weer zwiepte. 'Ze worden te rusteloos.'
'Grimslot gaat', bromde de brogtrol en sjokte weg.
Vulpoen trok zijn oog theatraal naar de lucht op en veegde met een klamme hand zijn voorhoofd af. 'De slechtste bemanning die ik ooit onder mijn bevel gehad heb', klaagde hij. 'Desalniettemin', zei hij, nu weer een en al charme en voorkomendheid, 'zullen we ervoor zorgen dat jullie genieten van een prettige reis.'
Het schip kantelde steeds heviger van links naar rechts totdat iedereen op het dek – ook de kapitein – zich moest vastgrijpen om niet overboord geslingerd te worden. Vulpoen grinnikte schaapachtig.
'Levende lading!' zei hij, en snoof. 'Het probleem is dat, als ze wat zenuwachtig worden, de hele boot uit balans raakt.'
'Levende lading?' informeerde Twijg, terwijl de boot gevaarlijk naar bakboord overhelde, en dan de andere kant op slingerde.
'Hamelhoorns', zei Vulpoen, en liet zijn ogen over zijn schommelende schip flikkeren. 'Om de proviandbehoeften van de slavenmarkt te bevredigen.'
Twijg knikte, maar zijn gedachten waren al elders. Op dat ogenblik weerklonk een klagend gejank. Het sneed door de lucht en een ijskoude rilling van onbehagen schoot over Warkweeps ruggengraat. Het luchtschip

ging weer recht liggen. Het gehuil hield abrupt op. En met golvend hoofdzeil zweefde de *Luchtkaper* verder.
'*Dat* is beter', zei Donderslag Vulpoen, zijn vette gezicht verwrongen in een glimlach terwijl hij zijn mollige handen in elkaar wreef. 'Ziezo, Jervis, begin er maar aan.' Hij richtte zich tot Twijg en Warkweep. 'En als er iets is dat jullie verlangen, aarzel dan niet het te vragen. Over een uurtje wordt het eten geserveerd.'

De kwartieren waren voldoende gerieflijk en de dagen passeerden in een frustrerende eentonigheid – de twee gezellen verlieten zelden hun hut. Maar het onbehagen bleef knagen aan Warkweep. Op een dag lag hij in zijn hangmat te lezen in zijn schorsrollen, maar hij kon zich niet concentreren en keek op. 'Ik vertrouw hem voor geen sikkepit', zei hij.
'Wat zeg je?' vroeg Twijg.
'Donderslag Vulpoen', zei Warkweep. 'Ik vertrouw hem niet. Noch die kolos van een lijfwacht van hem.'
Twijg draaide zich weg van de patrijspoort van de kleine hut en keek de gespannen kerel aan.
'En bovendien', vervolgde Warkweep, 'begrijp ik nog steeds niet waarom hij een lading hamelhoorns brengt naar de slavenmarkt. Dat brengt toch niets op.' Hij fronste. 'Ik denk dat ik weet wat zijn lading echt is.'
'Wat?' vroeg Twijg.
'Slaven', zei Warkweep onheilspellend.
'Onzin', zei Twijg. 'Luchtschepen uit Onderstad vervoeren geen slaven, dat weet je best.'
'Maar...'

'Onderstad is een vrije stad, Warkweep', zei Twijg. 'En op pogingen tot het knechten van zelfs haar allerlaagste inwoners staat de doodstraf. Niemand wil bewust dienen op zo'n schip.'

Warkweep haalde zijn schouders op. 'En toch vormen hamelhoorns een vreemde lading', zei hij koppig. 'Wel, we zullen het zien als we daar aankomen, niet? Maar wanneer *dat* zal zijn, weet alleen de hemel! Negen dagen varen we al. Bijna tien...'

'Het Diepe Woud is onmetelijk uitgestrekt', zei Twijg. Hij staarde opnieuw door de patrijspoort naar het nooit eindigende tapijt van groene bladeren dat zich voor hen uitstrekte. 'Eindeloos! En de grote slavenmarkt reist er constant doorheen.'

'Hoe vinden we ze dan', zei Warkweep, 'als ze voortdurend van plaats verandert?'

Twijg glimlachte. 'De Grote Krijsvogel Slavenmarkt blijft meerdere maanden, soms zelfs jaren, op een en

dezelfde plek en dan plotseling, 's nachts, breekt ze op en vertrekt op de rug van een roofgrijns naar een nieuwe locatie in een lawaaierige, rauwe kudde.'
'Maar hoe...?'
'Er bestaat niets dat niet opgespoord kan worden, Warkweep', zei Twijg. 'Het komt er eenvoudigweg op aan de tekenen correct te lezen.'
Warkweep schoof de rollen aan de kant en duwde zichzelf op zijn ellebogen overeind. 'Tekenen?' vroeg hij.
'Meen je nu werkelijk dat er in al die rollen van jou niets staat over de Grote Krijsvogel Slavenmarkt?' plaagde Twijg hem met fonkelende ogen.
Warkweep werd bloedrood. 'Tot waar ik gekomen ben, niet, nee', zei hij. 'Maar mijn vader vertelde me ooit eens over de afgrijselijke vogelschepselen die de plek runnen – en die ze hun naam gegeven hebben. Krijsvogels. Loopvogels. Gemeen. Met ogen die niet knipperen...'
'De Bloedeik Taverne in Onderstad wordt uitgebaat door zo'n vogelvrouw', zei Twijg. 'Moeder Paardenveer heet ze.' Even verscheen een dromerige uitdrukking op zijn gezicht, daarna vervolgde hij zijn verhaal. 'Je moet begrijpen dat de Grote Krijsvogel Slavenmarkt een soort gigantisch organisme is, dat zich door het Diepe Woud beweegt, op zoek naar verse weiden in het Diepe Woud om te "grazen". Maar na verloop van tijd consumeert de markt de hele omgeving en sterft het gebied waar ze zich bevond. Dan is het tijd om verder te trekken – of zelf te sterven. De uitgebrande dorpen die ze achterlaat, bieden interessante informatie

over waar de markt heen reist. Een ervaren slavenhandelaar – of een luchtschipkapitein met een scherpe blik – kan de dode bosjes als voetstappen opsporen en volgen, tot hij de grote markt zelf vindt.'

Warkweep schudde zijn hoofd. 'De hemel zij dank dat we op een luchtschip zitten', zei hij. Hij ging overeind zitten en loerde onder de windsels rond zijn handen.

Tijdens hun eerste nacht aan boord was Jervis een eeuwigheid bezig geweest met bropbeszalf op de wonden te smeren en zijn handen in een gewatteerd verband te wikkelen. Sindsdien was hij elke nacht teruggekeerd om het verband te verversen, waarbij hij amper een woord wisselde met de twee reizigers. Twijg zag de jongen zijn handen onderzoeken.

'Hoe gaat het ermee?' vroeg hij.

'Het jeukt', antwoordde Warkweep.

'Dat betekent dat ze genezen', zei Twijg. 'Zin in een wandelingetje? Je benen wat strekken op het dek?'

Warkweep schudde het hoofd. 'Ik zou liever verder lezen, als je het niet erg vindt', zei hij en nam zijn schorsrollen weer op.

'Zoals je wilt', zei Twijg. 'Maar als je die oude geschiedenis ooit beu raakt,' voegde hij er glimlachend aan toe, 'dan weet je waar je me kunt vinden.'

Zodra hij de deur in het slot hoorde vallen, legde Warkweep zijn rollen opnieuw weg, ging liggen in de hangmat met zijn omzwachtelde handen over zijn borst, en sloot zijn ogen. Hij was helemaal niet van plan te lezen. Hij wou alleen maar dat vreselijke duizelige gevoel verdrijven dat hem in zijn greep gehouden had sinds hij aan boord van de *Luchtkaper* gesprongen was. Negen dagen en negen nachten bevond hij zich nu al hier en nog steeds had hij geen luchtbenen.

De geluiden die gepaard gaan met een vlucht echoden rond de hut terwijl het schip zijn tocht vervolgde. De krakende boeg. De wapperende zeilen. Het zachte, hypnotische blazen van de wind in de touwen en de tuigage. Warkweep voelde zich soezerig worden en viel in slaap.

Hij droomde dat ze in het Diepe Woud geland waren en dat hij en Twijg alleen waren. Het bos was groen en halfdonker, zoals hij nog nooit gezien had. Overal in de lucht klonk het gieren en schetteren van onbekende, onzichtbare dieren. Er was een spoor van voetstappen, geschroeid in de grond onder hun voeten.

'Welkom', zei een stem. Warkweep keek op. In de schaduwen van twaalf massieve kneutelpijnbomen stond een grote, gekroonde figuur.

In zijn lange gewaad waren een drietand en een slang geborduurd. Zijn gevlochten baard raakte bijna de grond. Zijn ogen waren zacht, maar ook onuitsprekelijk verdrietig. Zijn hele lichaam leek te gloeien. Warkweep snakte naar adem en viel op zijn knieën.

'Boldok de Wijze', zei hij. 'O, heer, u k... kunt zich niet voorstellen w... wat een plezier... w... wat een eer...' Zijn trillende stem verstilde tot een nauwelijks hoorbaar gefluister.

'Jij ziet er verkleumd uit', zei Boldok. *'Neem mijn mantel'*, vervolgde hij en legde hem om Warkweeps schouders.

'Maar...', protesteerde Warkweep.

'Neem hem maar', zei Boldok. *'Hij is nu van jou.'*

Hij draaide zich om en verdween in de schaduwen.

'Maar, heer!' riep Warkweep hem na. 'Ik kan onmogelijk... Ik kan niet... Ik ben het niet waard.'

Zijn woorden werden overstemd door het hardnekkige gehamer van een specht die zijn kop sloeg tegen de stam van een van de kneutelpijnbomen.

'Sire!' riep Warkweep opnieuw.

Bang! Bang! Bang!

Warkweeps ogen schoten open. De hut was in duisternis gehuld. Hij keek blind om zich heen.

Bang! Bang! Bang! BANG!

'Ja?' riep Warkweep.

De deur van de hut ging open en het gehavende silhouet van Jervis tekende zich af tegen het licht in de hoek. 'Ik kom je wonden verzorgen', zei hij.

'O, ja', zei Warkweep. 'Ik wist niet dat het al zo laat was.'

Jervis sloot de deur achter zich en stapte de kamer door. Hij plaatste een klein doosje op de richel, sloot de patrijspoort en ontbrandde de lamp. Warkweep ging overeind zitten en zwaaide zijn benen over de rand van de hangmat. Jervis stond voor hem en begon het eerste

verband af te wikkelen. De bijtende geur van de bropbeszalf werd sterker.
'Ik denk dat ze bijna genezen zijn', zei Warkweep.
Met het laatste stukje verband kwam ook de korst mee. Eronder was de huid zacht en glad. Jervis bestudeerde de hand nauwgezet in het licht van de lamp en zei toen: 'Zo goed als nieuw.'
'Naderen we al de Grote Krijsvogel Slavenmarkt?' vroeg Warkweep, terwijl Jervis aan het tweede verband begon.
'Naderen nog niet echt', zei Jervis, die voor een keer reageerde. 'Maar we zijn ze op het spoor, dat is zeker. De uitkijkpost merkte bij zonsondergang een platgebrand stuk grond van een markt op. De tekenen wezen erop dat de grote markt noord-noord-west getrokken is. Daar trekken we heen.'
De linkerhand was net als de rechter genezen, merkte Jervis tot zijn grote tevredenheid op. Hij streelde met een begerige vinger over de zachte, bleke huid. Het luchtschip helde vervaarlijk naar bakboord en het maanlicht viel door de patrijspoort naar binnen en gleed over Warkweeps uitgestoken hand.
'Een gunstig teken, dat is zeker', zei Jervis. 'De maan die zilverkleurig glijdt over je handpalm. Waar ik vandaan kom, zeggen ze dat dit betekent dat je lang en welvarend zult le...' Hij zweeg, en Warkweep dacht een zweem van verdriet te bespeuren in de blik van de oude kobold. Plotseling stond hij op en verdween, met angst in zijn ogen, alsof hij bijna iets onverstandigs gezegd had.

Warkweep staarde nerveus naar de deur. Waarom leek Jervis zo bang? Wat had hij bijna gezegd dat hij blijkbaar niet mocht zeggen?

Het zachte schijnsel van de olielamp baadde de hut in een gedempt oranje. Warkweep sprong uit zijn hangmat, stapte naar de patrijspoort en trok ze opnieuw open. Warme, heerlijke wind – zwaar met een mist van het sap van pijn- en wiegeliedbomen – stroomde naar binnen. Hij snoof de lucht met diepe teugen op en stak zijn hoofd door het ronde raam.

Onder hem strekte de groene deken zich uit als een onmetelijke, fonkelende zee in het schitterende maanlicht. Warkweep had geen benul van hoe ver ze gevaren waren noch van hoe ver ze nog moesten varen. Hij wist alleen dat, als Jervis' voorspelling juist was, hij spoedig zou landen in de verstikkende duisternis onder dit bladerrijke oppervlak – in een plaats waarvan hij nooit had kunnen dromen dat hij er ooit zou zijn. Een rilling van angst en opwinding kroop over zijn rug. De droom stond hem nog helder voor de geest.

'Ik kan nauwelijks wachten om dit prachtige, rollende luchtschip te verlaten', mompelde hij in zichzelf, 'en weer vaste grond onder mijn voeten te voelen. Het is...'

Hij viel stil en tuurde door de nacht.

Voor hem uit, glinsterend in het maanlicht als een grote, gebleekte rotte plek in het weelderige groen van het bladerdak, zag hij een ruw stuk land waar alles dood was.

Warkweep huiverde. Zo'n barre woestenij had hij nog nooit gezien.

De *Luchtkaper* gleed dichterbij en Donderslag Vulpoen bulderde het bevel om 'laag in te vliegen'. Zeilen werden verlaagd, rompgewichten afgesteld en het luchtschip vertraagde tot een slakkengangetje.
Warkweep stak zijn hoofd door de patrijspoort en keek angstig omlaag. De lijn tussen het levende bos en de levenloze open plek waren ze overgevaren.
Elke boom onder hem was dood. Sommige waren verbrand, sommige uitgehold – en andere zagen eruit alsof ze simpelweg gestorven waren en stonden daar nu met skeletbladeren die vast bleven hangen aan hun takken. Hele lappen grond waren verschroeid tot naakte aarde. Er leefde niets, er groeide niets.
De *Luchtkaper* raakte nu bijna het verwonde, gebleekte bos. Wat leek het kale gebied onvoorstelbaar groot. Zo ver het oog kon kijken, strekte de vreselijke verlatenheid zich uit.
'En de Grote Krijsvogel Slavenmarkt heeft dit allemaal gedaan', fluisterde Warkweep met bibberige stem.
Toen het luchtschip de resten van een woudkolonie overvloog, beval de kapitein dat ze heel dicht moesten varen, want het was in gedecimeerde dorpen als deze – in het steenpuin en het verbrande hout – dat er sporen gevonden konden worden naar de volgende halte van de markt.
Warkweep huiverde van afschuw. Elke boom was geveld, elke put vernietigd, elk gebouw met de grond gelijkgemaakt. En wat de inwoners betrof van deze plaats – de gnokkobolds, grauwgnomen, woudtrollen, of wat dan ook – allemaal waren ze verdwenen, gevangenge-

nomen door de vogelschepselen en verkocht als slaven. Nu wezen alleen hopen puin en stapels verbrand hout erop dat hier ooit een welvarend dorp gestaan had: dat en het netwerk van paden dat zich naar alle kanten verspreidde vanuit het centrum.

Daar was het – precies in het centrum en oprijzend uit de verbrande grond als een gigantisch insect – dat een galg van verbrand hout stond, met vastgesjord aan de zwarte dwarsbalk een gebleekt skelet. Een benige vinger wees naar de maan, laag aan de horizon.

Plotseling steeg een gil op. 'Oost-noord-oost!'

'Oost-noord-oost!' hoorde Warkweep de kapitein herhalen, en de *Luchtkaper* slingerde abrupt naar bakboord over en vloog de lucht in.

Onder hem, terwijl het schip snelheid won, week het dode stuk woud terug en verdween uiteindelijk in de verte.
Warkweep rilde van ellende. Nu hij getuige geweest was van de afschrikwekkende verwoesting die hij veroorzaakte, was de Grote Krijsvogel Slavenmarkt de laatste plaats ter wereld die hij wou bezoeken.
'Dan blijf ik nog liever aan boord van de *Luchtkaper*', mompelde hij. Op dat ogenblik belandde het luchtschip in een flard stormachtige lucht en dook pijlsnel, terwijl het van links naar rechts schommelde. Warkweep gromde. Zijn maag gromde onheilspellend. 'Of toch maar niet...', murmelde hij misselijk.
BANG! BANG!

De twee zware bonzen op de deur klonken alsof iemand probeerde ze in te beuken. Warkweep deinsde achteruit en, zich de blik in Jervis' ogen herinnerend, trok zijn dolk.

'W... Wie i... is het?' vroeg hij.

De deur zwaaide open. De grote, gehavende brogtrol stond in de gang.

'O, jij bent het', zei Warkweep.

'Grimslot is het', luidde het antwoord, terwijl hij bukkend het vertrek binnenkwam. Hij droeg een dienblad met daarop een aardewerken kruik en twee drinkbekers, die dwergachtig klein leken in vergelijking met zijn reusachtige handen. Hij keek rond in de kamer. 'Waar is de andere?'

'Zijn benen even gaan strekken', zei Warkweep. Hij hield zijn dolk achter zijn rug verstopt, maar stak die niet opnieuw in het foedraal. 'Hij is zo terug.'

Grimslot knikte. 'Goed', zei hij. 'De meester zei dat dit voor jullie beiden is.' Hij stak het dienblad uit. 'Het beste woudbier goud kan kopen. Bezorgt je een prettige nachtrust, zegt hij.'

'D... dankjewel', zei Warkweep, met een wantrouwige blik op het brouwsel. Het was de eerste keer dat Donderslag Vulpoen zich bekommerd had om de kwaliteit van hun slaap. 'Zet het daar maar op de plank, dan zeg ik het wel tegen Twijg zodra hij hier is. Zoals ik al zei, hij is zo...'

Op dat ogenblik verscheen Twijg zelf in de deuropening. 'Warkweep', bracht hij buiten adem uit. 'We moeten eens praten...'

'Twijg!' onderbrak Warkweep hem. 'Precies wie ik hoopte te zien. Grimslot hier', zei hij, terwijl hij zijn handen flapperde naar de figuur in de schaduw, 'heeft ons zonet een mok gebracht van de kapiteins allerlekkerste houtbier.' Twijg knikte naar de brogtrol en glimlachte. 'Om ons een goede nachtrust te bezorgen', voegde Warkweep er gewichtig aan toe.

'Ja, dat zal wel', zei Twijg stralend.

'Moet Grimslot ervan schenken?' vroeg het lompe creatuur hoopvol.

'Nee', zei Twijg. 'Nee, ik denk dat we het beter kunnen bewaren voor wanneer ik ga slapen. Maar dankjewel voor het aanbod, Grimslot.' Hij liep door de hut en rook aan de kruik. 'Mmmm, ik kijk er al naar uit', zei hij en keek de brogtrol aan. 'De kapitein is te vriendelijk voor ons.'

Grimslot schudde nors zijn hoofd. 'O, nee', zei hij. 'De meester is niet te vriendelijk. Hij hongert Grimslot uit. Mag de vracht niet opeten – zelfs de kleintjes niet.'

Twijg bekeek de grote berg spieren die voor hem stond. 'Je ziet er niet uitgehongerd uit', zei hij. 'Wat nieuwe kleren zouden misschien geen kwaad kunnen...'

'Grimslot heeft altijd koud', klaagde de brogtrol. 'De meester verkoopt de kleren van de vracht.'

Warkweeps mond viel open. Hij richtte zich tot Twijg, die knikte en fronste. Nu moest hij vooral niets zeggen.

'Grimslot krijgt ze nooit', ging de brogtrol verder. 'Grimslot houdt van mooie kleren. Zachte, mooie kleren die Grimslot warm houden. Grimslot houdt van jouw kleren.'

Hij stak een vlezige klauw uit en streelde Twijgs hamelhoornjas.
Onmiddellijk gingen de haren overeind staan.
'*Au!*' huilde Grimslot, en greep de vinger beet waar het stekelige haar van de jas hem geprikt had. 'Niet mooi!' riep hij uit.

'Nee', zei Twijg, terwijl hij de vacht van de jas opnieuw gladstreek. 'Deze zou je helemaal niet passen. Sterker nog, ik denk dat een mooie, geborduurde jas en een hoed met een veer je veel beter zouden staan.'
'Ja, ja', zei de brogtrol opgewonden.
'Grimslot!' bulderde de stem van de kapitein vanaf het dek. 'De vracht wordt weer ongedurig. Ga kijken en los het op!'
'Grimslot is uitgehongerd', zei de brogtrol. 'Grimslot heeft het koud. Grimslot zou graag een hoed met een veer hebben. Mooi.'
'Ga nu maar', zei Twijg. 'En bedank de kapitein voor het woudbier.'
De brogtrol schuifelde de hut uit en sloot de deur. Warkweep wendde zich dadelijk tot Twijg. 'Kleren!' riep hij uit. 'Hij had het over de kleren van de vracht. En hoeveel geklede hamelhoorns ken jij?'

Zonder te antwoorden, greep Twijg de zware aardewerken kruik en goot ze leeg in de twee bekers. Toen kieperde hij ze leeg door de patrijspoort. 'Vol gemalen bast van de slaapwilg', mompelde hij. 'Warkweep, we bevinden ons in groot gevaar...' Hij plaatste de lege kruik terug op de plank. 'Ik heb een gesprek afgeluisterd tussen Tiesel, die grauwgnoom, en Post', vervolgde hij. 'Dat dode bos waar we onlangs over gevaren zijn, had een zwarte galg waaraan een geraamte hing. Dat kan maar één ding betekenen: onze volgende halt wordt de Grote Krijsvogel Slavenmarkt zelf!'

'M... Maar dat is toch goed?' zei Warkweep onzeker.

Twijg zuchtte. 'Dat zou het moeten zijn. O, Warkweep, ik vind het vreselijk dat ik je hierin betrokken heb.'

'Hoe bedoel je?' vroeg Warkweep angstig. 'Wat heb je nog meer gehoord?'

'Ik ben stom geweest. Stom en blind', luidde Twijgs antwoord. 'Ik had maar oog voor één ding: mijn bemanning terugvinden, en nu...' Hij greep zijn leerjongen bij de schouders. 'Je had al vanaf het begin gelijk, Warkweep', zei hij. 'De lading van dit schip zijn geen hamelhoorns. Het *zijn* slaven.'

Warkweep haalde diep adem. 'Ik wist het', zei hij.

Twijg zuchtte. 'Dat we nu net gebotst zijn op de meest schurkachtige luchtpiratenkapitein die ooit gevaren heeft. In het scheepsruim houdt hij vijf dozijn of meer sukkels gevangen in ketens', zei hij. 'Grauwgnomen, plathoofdkobolds, klontertroggen... Allemaal voor de markt waar ze verkocht zullen worden aan wie het hoogst biedt.'

'En wij?' zei Warkweep. 'Waarom gooide de kapitein ons niet vastgeketend in het scheepsruim bij de anderen?'

Twijg keek de andere kant op. 'Daarvoor zijn we veel te kostbaar', zei hij zachtjes. 'Hij wil niet dat we beschadigd raken – al zodra hij ons voor het eerst gezien had, wist hij wat hij met ons zou doen. Hij is heel doortrapt, dat moet ik hem nageven.' Hij richtte zich weer tot Warkweep. 'Wij worden verkocht aan de roestmoeder zelf.'

'De roestmoeder?' herhaalde Warkweep.

'De leidster van de vogelcreaturen die de markt leiden', antwoordde Twijg. 'Ze luistert naar de naam Moeder Muilklauw. En blijkbaar is ze bereid een hoge prijs – een *heel* hoge prijs – te betalen voor exemplaren zoals wij. Er wordt niet elke dag een Sanctaphrax-academicus verkocht op de slavenmarkt!'

'Dat verklaart waarom hij zo bekommerd was om ons welzijn', zei Warkweep. Hij staarde somber naar de bleke, nieuwe huid op zijn handpalmen. 'En waarom hij zo graag wou dat mijn wonden genazen.'

Twijg knikte. 'En waarom het voedsel zo lekker was', zei hij en rilde. 'Hij was ons aan het vetmesten!'

HOOFDSTUK DERTIEN

MUITERIJ

Twijg staarde door de patrijspoort terwijl de *Luchtkaper* steeds verder zweefde en tegen de wind loefde in de oost-noord-oostelijke richting die het griezelige teken hun gewezen had. Een bries stak op. De maan zonk laag in de lucht en schitterde over het woudgewelf, waarvan het groene oppervlak door de wind beroerd werd. Nergens viel er een spoor te bekennen van de slavenmarkt.

Overal om hem heen weerklonken de geluiden van het vliegende luchtschip. Het gefluister van de zeilen. Het ritmische geklop van de meertouwen. De krakende planken. De fluitende tuigage. Het piepen en ijlen van de ratvogels, diep in de buik van het schip. En nog iets anders...

Een diep, helder klinkend geluid.

'Luister', zei hij, terwijl hij zich afkeerde van de patrijspoort.

Warkweep keek op vanuit zijn hangmat. 'Wat?'

'Dat geluid.'

'Welk geluid?'

Twijg gebaarde Warkweep stil te zijn. Hij hurkte neer op de grond en legde zijn oor op de donkere, gevernis-te vloer. Over zijn gezicht trok een wolk van verdriet.
'*Dat* geluid', zei hij.
Warkweep rolde uit zijn hangmat en ging naast Twijg op de grond liggen. Toen zijn oor de houten planken raakte, werden de geluiden duidelijker. Een grommen. Een huilen. Een hopeloos janken.
'De lading?' fluisterde Warkweep.
'De lading', bevestigde Twijg. 'De grauwgnomen, de plathoofdkobolds, de klontertroggen... Het geluid van ellende en wanhoop – het geluid van slavernij. De he-mel zij dank dat we gewaarschuwd zijn en weten wat de kapitein van plan is...'
Zijn woorden werden verbrijzeld door het geschraap van naakte knokkels op de deur.
'Snel', zei Twijg. 'In je hangmat. Doe alsof je slaapt.'
Een ogenblik later lagen Twijg en Warkweep opgerold in hun hangmat, de ogen gesloten en zacht snurkend.
Het geschraap op de deur weerklonk nogmaals.
'We zijn aan het slapen, idioten', mompelde Warkweep nauwelijks hoorbaar. 'Kom toch gewoon naar binnen.'
'*Ssst!*' siste Twijg.
De deurknop piepte toen de deur langzaam omge-draaid werd. Ze ging knarsend open. Twijg rolde zich grommend op zijn andere zij en snurkte voort, maar uit de hoek van zijn oog spiedde hij in de hut.
Twee hoofden verschenen in de deuropening. Het ene hoofd was dat van Tiesel. Het andere behoorde een in-dividu toe dat Twijg nog nooit gezien had: een potige

klontertrog. Samen stonden ze doodstil in de deur, bang afwachtend of Twijg zou ontwaken. Hij verwelkomde hen met een suf gemompel, en sliep weer in.

Een klontertrog, dacht hij ongelukkig.

'Ik denk dat ze het opgedronken hebben', zei Tiesel, terwijl hij de kamer in stapte. Hij rook aan de bekers, en tuurde in de kruik. 'Ja, helemaal leeg.' Hij keek naar de twee hangmatten. 'Ze slapen als baby's', gniffelde hij. 'Goed zo, Korb. Bind jij de kleine vast. Ik neem deze voor mijn rekening.'

Ze haalden een eind touw van hun schouder en stapten naar de twee hangmatten. Warkweep rilde toen de stinkende klontertrog dichterbij kwam. Hij bibberde toen de grote, dreigende gestalte het eind van het touw om zijn voeten wond. Hij werd vastgebonden in zijn hangmat. Stijf van angst voelde hij het touw snijden toen het strak getrokken werd rond zijn enkels.

'Rustig maar', zei de grauwgnoom. 'De kapitein heeft gezegd: *geen littekens*. En je weet wat er gebeurt als je de kapitein dwarsboomt...'

De klontertrog krabde zich op het hoofd. 'Ik wil niet dat hij zich loswrikt als hij wakker wordt.'

'Maak je maar geen zorgen', stelde de grauwgnoom hem gerust, terwijl hij zijn touw rond Twijgs nek wond. 'Hij is uitgeteld tot... *Aaaaargh!*' gilde hij toen een scher-

pe elleboog hard zijn neus raakte. Een misselijkmakend geluid van versplinterd been weerklonk en het bloed gutste uit zijn neus. De grauwgnoom sloeg zijn handen voor zijn gezicht en strompelde achteruit.
Twijg schoot overeind, draaide zich om en sprong met getrokken zwaard uit de hangmat. 'Laat eerst je mes vallen', riep hij de klontertrog toe. 'En daarna je dolk.'

Verbaasd deinsde de klontertrog achteruit.
De gewonde grauwgnoom lag nog steeds op zijn knieën, met zijn handen over zijn neus. Warkweep maakte het touw rond zijn benen los, dook uit zijn hangmat en stond naast Twijg.
'Mes, Warkweep', zei Twijg, met een hoofdknik in de richting van de dolk van de hamerhoofd. Bevend verwijderde Warkweep de dolk uit zijn riem. 'En jij', sprak Twijg tot de klontertrog. 'Gebruik alleen je duim en wijsvinger.'
'Duim en wijsvinger', herhaalde de klontertrog.
Twijg keek toe. Het blad van het mes verscheen uit de schede. 'Laat het nu vallen!' beval hij.
De klontertrog keek naar zijn hand.
'Laat vallen!' schreeuwde Twijg.

'Goed, goed', zei de klontertrog. Zijn knokkels werden wit... 'Ik wou alleen...' Terwijl hij sprak, draaide hij zijn pols en het mes schoot door de lucht.

Twijg sprong opzij. Te laat! *'Aaargh!'* schreeuwde hij toen de vlijmscherpe punt van het mes zich in zijn zij boorde. Zijn zwaard kletterde op de grond.

Terwijl Twijg achteruitviel, trok de klontertrog zijn vervaarlijk uitziende dolk en deed een uitval.

'Twijg!' gilde Warkweep, en sprong op de rug van de klontertrog.

De zware dolk versplinterde de houten muren, nauwelijks enkele centimeters boven Twijgs hoofd.

'Ga van me af!' bulderde de klontertrog. Hij greep de jonge kerel vast en gooide hem aan de kant.

Warkweep vloog door de hut en belandde pardoes op de nog steeds geknielde Tiesel. De grauwgnoom verloor het bewustzijn.

De klontertrog snoof. 'Het kan me niet schelen wat de kapitein zegt', zei hij. 'Ik geef je je verdiende loon!' Hij bracht de afschrikwekkende dolk omhoog en...

BOEF! Warkweep sloeg de zware, aardewerken kruik zo hard hij kon op de schedel van de klontertrog. De klontertrog kantelde voorwaarts, landde hard op de vloer en bleef bewegingloos liggen.

'Dat is pas een slaapdrank', zei Warkweep met een trillende glimlach.
'Dankjewel, jongen', zei Twijg, die moeizaam overeind kwam. Hoewel zijn hamelhoornjas verhinderd had dat de dolk te diep penetreerde, klopte de wond. Hij strompelde naar zijn zwaard, raapte het op en draaide zich naar Warkweep.
'Kom, Warkweep. We hebben een afspraak met kapitein Vulpoen.'

Zo stil ze konden haastten Twijg en Warkweep zich door het luchtschip. Ze passeerden voorraadkamers en voorraadkasten, de galei, de slaapkajuiten. Bij elke deur en gang hielden ze halt, spiedden om zich heen en luisterden aandachtig. Maar behalve het gesnurk vanuit de bemanningskwartieren – waar Jervis en Post sliepen – was het stil.
Toen ze naar het roer zelf wilden klimmen, merkte Warkweep een smalle, zwart en goud gelakte gang in een alkoof. Vragend keek hij Twijg aan.
Twijg knikte en stapte voorwaarts. Hij klom de smalle trap op. 'Wel, wel, wel!' riep hij even later uit toen hij in de kamer stapte. 'We hebben geluk.'
Warkweep voegde zich bij hem. Hij keek rond in de sierlijke kamer met gouden ornamenten, luxueuze tapijten en ingelegd houtwerk, reusachtige spiegels en kristallen kandelaars – en het gigantische, weelderige hemelbed.
'Dit zal Vulpoens kwartier zijn', zei hij. 'Het is... prachtig!'

'Er valt zonder enige twijfel profijt te halen uit het leed van anderen', zei Twijg bitter.
Hij begon de met spiegels beklede deuren van de vele kasten te openen die de kamer omgaven, en doorzocht de protserige kleren, die elke centimeter ervan innamen. Uit de derde kast haalde hij een wel heel bijzondere, kwastige jas. De lange, gewatteerde jas was diep magenta van kleur met blauwe en gouden patronen. Veren krulden rond de kraag en de manchetten. Semiwaardevolle edelstenen, gezet in de geborduurde zomen, fonkelden bekoorlijk. Twijg trok de jas aan.

'Wat vind je ervan?' zei hij.
'Wel, het is...', begon Warkweep. Hij schudde zijn hoofd. 'Ik weet niet wat we hier doen.'

Twijg lachte. 'Je hebt gelijk, Warkweep', zei hij. 'Het is tijd om te vertrekken. Kom.' En hij schreed de kamer uit naar de trappen. Warkweep volgde hem op de voet.
Toen ze eindelijk het dek bereikt hadden, genoot Twijg met volle teugen van de tintelende, koude lucht. Een brede grijns verspreidde zich over zijn gezicht.
'Ah, Warkweep', zei hij. 'Frisse lucht. Een gunstige wind. De zuivere vreugde door de eindeloze lucht te vliegen.'
Warkweep legde een hand op Twijgs arm en wees naar de houten trap naar het roer. Afgetekend tegen de grijze hemel stonden de kapitein en de brogtrol, Grimslot.
Twijg knikte en bracht een vinger naar zijn lippen.
Stilletjes slopen ze dichterbij, gehuld in de schaduw van de maan aan bakboord. Rond het roerdek gingen ze. De trappen op. Traag. Steels. En plotseling baadde het hele luchtschip in een purperen licht.
'*Waah!*' gilde Grimslot.
Twijg en Warkweep bevroren.
'*Vuur!*' brulde de brogtrol. 'Grimslot ziet vuur!'
'Hou je mond, idioot!' riep de kapitein. 'Dit is geen vuur. Het is het seinlicht.'
'Seinlicht?' zei Grimslot onbegrijpend.
De kapitein gromde. 'O, Grimslot, er zit daar werkelijk niet veel in, is het niet?' zei hij met zijn zakdoek zwaaiend naar het hoofd van de brogtrol. 'Het seinlicht waarschuwt de bewakers van de slavenmarkt dat er slaven aan boord zijn!' Hij wreef zich in zijn roze, mollige handen. 'En wat voor een slaven hebben we. Wat zal Moeder Muilklauw tevreden over me zijn.'

'Moeder Muilklauw', gromde Grimslot. Hij herinnerde zich haar maar al te goed. Ze had hem geslagen. Ze had de arme Grimslot geslagen toen hij één keer van het schip afgedwaald was.
'Ja, de roestmoeder in hoogsteigen persoon', zei Vulpoen. 'Zij is het waar een van onze twee heren naartoe gaan.'
Hij gniffelde. 'Ik vraag me af of ze het langer uithouden dan de vorige lading.'
Twijgs ogen rustten op de opsmuk van de kleren van de kapitein: de elegant geborduurde zijden militaire overjas met het ingewikkelde patroon van dure moerasedelstenen en silkparels, de opgeblonken kniehoge laarzen, de plooikraag rond zijn hals en polsen, de donzige vulpoenveer in zijn driekantige hoek. Hij was een dandy. Een fat. Nog nooit had Twijg een luchtpiraatkapitein gezien als deze, en zijn maag keerde nu hij wist hoe hij aan die rijkdom gekomen was. 'En wanneer komen we aan op de slavenmarkt?' vroeg hij, terwijl hij uit de schaduw stapte.

Vulpoen draaide zich om, zijn gezicht vertrokken in een angstige grimas. 'Jij!' barstte hij uit. 'Wat doe jij hier? Waar zijn Tiesel en Korb?'

'Ze slapen als een roos', zei Twijg met een glimlach om zijn lippen.
'Maar dit is een schande!' bulderde de kapitein. Zijn ogen puilden uit. Zijn gezicht werd karmozijn in de purperen gloed. 'Jullie moeten...'
'Slapen?' vroeg Twijg. Hij trok zijn zwaard. 'Vastgebonden en gekneveld? Klaar voor de markt?' Hij begon om de kapitein heen te lopen.
'Ik... Jij... Het is...', stamelde Vulpoen. 'En dat is *mijn* jas die je draagt!' krijste hij. 'GRIMSLOT! PAK ZE!'
Grimslot stoof voorwaarts.
Twijg streek rustig over de jas en liet zijn vingers de edelstenen strelen. 'Zie je, Grimslot', zei hij.
Grimslot hield in. 'Mooie kleren', zei hij met blinkende ogen.
'Grimslot!' brulde Vulpoen woedend.
Maar Grimslot hoorde hem niet. Gebiologeerd door de schoonheid van de schitterende jas, kwijlde hij.
'Ze kunnen de jouwe worden', zei Twijg. 'Helemaal de jouwe.'
Langzaam haalde hij een arm uit een mouw en liet de jas van zijn schouder vallen. 'Zou je hem graag hebben, Grimslot?' vroeg hij. 'Zal ik je deze mooie jas geven? Zal ik dat doen?'
Grimslots ogen verwijdden zich verward. Hij keek naar de kapitein. Hij keek naar de jas. Zijn voorhoofd fronste. Twijg trok ook de tweede mouw uit en hield de jas in zijn linkerhand.
'Grimslot, gehoorzaam!' tierde Vulpoen. 'Doe wat je gezegd werd!'

Een glimlach verspreidde zich over Grimslots domme gelaatstrekken. Hij zette een stap vooruit. Twijg hield de jas naar hem toe. 'Neem hem', zei hij.
Grimslot stak zijn hand uit, rukte de jas uit Twijgs handen en liet zijn armen in de mouwen glijden. 'Mooie jas!' zei hij, van oor tot oor glimlachend. 'Grimslot mooi!'
Twijg wees met zijn zwaard naar Vulpoen. 'Meer was niet nodig om je te verzekeren van de loyaliteit van je bemanning', zei hij. 'En te bedenken dat je zoveel hebt.' Vol afkeer keek hij de andere kant op. 'Neem zijn sleutels af en bind hem vast, Warkweep.'
'Alsjeblieft, alsjeblieft', smeekte de kapitein. 'Nee, doe me dit niet aan, ik bid je. Ik bedoelde het niet zo. Echt niet... Het is allemaal een misverstand... *Alsjeblieft!*'
Twijg grimaste. 'En knevel hem, Warkweep!' zei hij. 'Ik wil het laffe gejammer van dit schepsel niet meer horen!'
Terwijl Warkweep de vroegere kapitein van de *Luchtkaper* vastbond en knevelde, nam Twijg het roer in handen en bracht de telescoop naar zijn oog. Een eind verderop en iets naar stuurboord leek een stuk van het eindeloze Diepe Woud te schitteren in een olieachtige, gele gloed.
Hij stelde de lens scherp. 'We hebben het gevonden, Warkweep', sprak hij. 'We hebben de Grote Krijsvogel Slavenmarkt gevonden.'
Met vaardige vingers verhoogde Twijg het hoofdzeil lichtjes, paste het lijzeil aan en verlaagde de bakboordrompgewichten. Het grote luchtschip beschreef een

zachte bocht tot de flauwe, maar steeds sterker wordende, gele gloed pal voor hen uit lag. Hij verhoogde het bakboordrompgewicht, verlaagde het stuurboordrompgewicht en draaide het roerwiel een ietsje naar stuurboord. De *Luchtkaper* lag op koers.

Warkweep voegde zich bij Twijg aan het roer en beiden werden, terwijl de slavenmarkt steeds dichterbij dreef, overmand door de geluiden, de geuren, de zichten die naar hen toe gleden vanuit de vreemde agglomeratie van leven die zich uitstrekte over een gigantisch stuk woud. Want terwijl de plaatsen die de markt achter

zich liet dood waren, was dit – deze rauwe, scherpe ziedende massa activiteit – levendiger dan welke andere plek ook die ze ooit bezocht hadden.

Duizenden aroma's vulden de lucht: het parfum van pijnboomrook en poolwezels, van mottenballen en houtbier, en van geroosterd hamelhoornvlees aan het spit. Maar hieronder – alleen waarneembaar wanneer de wind de aangename geuren wegblies – hing de alomtegenwoordige stank van verrotting, van verval: van dood.

Warkweep rilde onopzettelijk.

Twijg keerde zich naar hem. 'Je bent terecht ongerust', zei hij. 'Want ondanks alle glitter en pracht, is de Grote Krijsvogel Slavenmarkt een verschrikkelijke plaats. Ze slokt de onvoorzichtigen, de dwazen op.' Hij legde een geruststellende hand op Warkweeps schouder. 'Maar ons niet, Warkweep', zei hij. 'Wij zullen niet aan deze plaats ten prooi vallen.'

'Duizend passen en sluiten', riep de uitkijk vanuit het schutnest.

Twijg paste de rompgewichten aan en verplaatste alle zeilhendels een fractie. Het luchtschip gleed omlaag door de lucht.

'Vijfhonderd passen!' riep de uitkijk. 'Landingssteiger aan bakboord.'

Warkweep tuurde in de verte. Voor hen uit zag hij een luchtpier, die vanaf de top van een bladloze boom uitstak. Helemaal op het eind van de pier, en dus het dichtst bij hen, stond een van de vogelcreaturen: een benig individu met donzige veren en een bek en klauwen die glinsterden in het paarse licht van de vlam waarmee hij zwaaide om hen naar binnen te leiden.

Warkweep slikte.

'Een krijsvogel', mompelde hij zachtjes.

Twijg verhoogde de nevenrompgewichten en verlaagde het achterstevengewicht. Het luchtschip vertraagde en dook. Hij liet de zeilen zakken, een na een: de vluchtrots zou de rest wel doen.

'Honderd passen!'

Alsof hij reageerde op de schreeuw van de uitkijk, verschenen Jervis en een slungelig figuur met een opvallende verwrongen ruggengraat – Post, de kok, veronderstelde Warkweep – op het dek. Ze staarden in het rond, hun ogen wijd opengesperd, hun monden open. Het luchtschip meerde aan.

Het waren de passagiers die het schip bestuurden. Grimslot stond zich poesmooi te maken in een militaire overjas. En de kapitein lag vastgebonden op de grond...

'Wat in hemelsnaam...?' mompelde Jervis.

Precies op dat ogenblik knalde de loopplank op de achtersteven. Twijg en de anderen draaiden zich om en zagen een dozijn of meer angstaanjagende krijsvogels over de plank naar hen toe marcheren.

'Wat hebben jullie te verkopen?' vroeg hun leider, een dik vogelschepsel met veelkleurige parels in haar vaalbruine, donzige veren, toen ze de brug bereikt had.

'Niet veel, vrees ik', antwoordde Twijg. 'Een vergissing in Onderstad. Uiteindelijk vervoerden we hamelhoorns in plaats van slaven.'

De krijsvogel kneep haar koude, blinkende ogen tot spleetjes en hield haar hoofd schuin. 'Je wilt me toch niet vertellen dat je alleen vrije burgers aan boord hebt?' krijste ze verontwaardigd.

'Behalve één', zei Twijg. Hij stampte kapitein Vulpoen in zijn rug en glimlachte naar de krijsvogel. 'Een prima exemplaar', zei hij. 'Heeft banden met de academici, heb ik me laten vertellen.'

'Werkelijk?' zei de krijsvogel, terwijl haar nekveren overeind gingen staan. Ze richtte zich tot haar onderbevelhebber. 'Dit kan de roestmoeder interesseren.'

'Net wat ik ook dacht.'
'Hoeveel vraag je?' vroeg de krijsvogel.
Twijgs hoofd tolde. 'Honderdvijftig', zei hij, zomaar een getal uit de lucht plukkend.
De ogen van de krijsvogel werden nauwer. 'Rondels of dokkels?' vroeg ze.
'R... rondels', stamelde Twijg. De krijsvogel mompelde afkeurend 'ts ts' en keerde zich af. 'Ik bedoel dokkels. Honderdvijftig dokkels.' Hij glimlachte. 'Ik ben ervan overtuigd dat Moeder Muilklauw er niet aan zal kunnen weerstaan haar klauwen op hem te leggen.'
De krijsvogel aarzelde even. Toen draaide ze zich opnieuw om en staarde Twijg aan met één geel oog. 'De prijs is nog steeds hoog', zei ze. 'Maar... akkoord!'
De op het dek verzamelde bemanning van de *Luchtkaper* juichte toen de krijsvogel de bundel voor haar voeten greep. Kapitein Vulpoen had hen allemaal behandeld als slaven. Er werd geen traan gestort voor de hebzuchtige tiran toen die – kronkelend als een bastslak – op de gevederde schouders getild werd van zijn overweldigers en meegevoerd werd.
'Mffl bwfll blmmf!'
De gedempte kreten van de kapitein gingen verloren in de knevel.

'Hetzelfde voor jou!' riep Jervis hem na. 'Opgeruimd staat netjes!' Hij richtte zich tot Twijg. 'Wat moet er nu met ons gebeuren?'

'Met jullie?' zei Twijg. 'Jullie zijn allemaal vrij. Je kunt gaan waar je wilt, doen wat je wilt. Om te beginnen terug naar Onderstad, en daarna, wie weet?'

'Alsjeblieft, jonge meester, neem ons mee terug', smeekte Jervis. Hij stak zijn knoestige handen uit en greep Twijg vast. 'We hebben een kapitein nodig om het schip te besturen.'

'Nee, ik...', mompelde Twijg. 'Dat is niet mogelijk. We..., wel, Warkweep en ik moeten hier een zaak afhandelen...'

Warkweep leunde voorover, bracht zijn handen omhoog en fluisterde in Twijgs oor. 'De vracht, Twijg. Vergeet de vracht niet.'

'Maak je maar geen zorgen, Warkweep. Die ben ik niet vergeten', zei Twijg. Hij richtte zijn hoofd op en sprak de bonte bemanning voor hem aan. 'Toen ik zei: "Jullie zijn allemaal vrij" meende ik dat ook. *Allen* aan boord van de *Luchtkaper* – van de eerste tot de laatste – zijn vrij.'

'Bedoel je...?' begon Jervis. 'De... de slaven?'

'Ja zeker, oudje', zei Twijg. 'Degenen die met jullie hulp gevangengenomen en verscheept zijn naar deze ellendige plek zijn net zo vrij als jullie zelf. En ik ben er zeker van dat sommigen van hen ervaring hebben met luchtvaren.' Hij richtte zich tot zijn leerjongen. 'Kom, Warkweep. Laten we Vulpoens gevangenen gaan bevrijden.'

Warkweep volgde Twijg tot in de diepe, donkere ingewanden van het luchtschip. Ongewild voelde hij een warme gloed van trots binnen in zich opwellen. Twijg kon net zo goed de *Luchtkaper* verlaten hebben en de slaven aan hun lot overgelaten hebben. Maar nee. Zelfs nu nog, hoewel ze op zoek waren naar zijn bemanning, spaarde de jonge kapitein tijd om anderen te helpen. Warkweep herinnerde zich zijn droom, en huiverde van schaamte. Als iemand het recht had de mantel van Boldok de Wijze te dragen, dan was het wel de jonge kapitein, en niet hijzelf.

Terwijl ze de laatste trap afliepen – laarzen die weerklonken op de naakte planken, de klamme en smerige lucht, lichtstraaltjes die door gebroken rompplanken de duisternis doorboorden – steeg een gehuil op van de geketende gevangenen. Rillend herkende Warkweep het geluid dat hij eerder al gehoord had.

'Is daar iemand?' riepen ze. 'Water! Water! Iets te eten.' 'Korb! Korb, ben jij daar?' 'Heb medelijden met ons, ik smeek je!'

Twijg schudde zijn hoofd. Hij had er het raden naar wanneer deze arme schepsels voor het laatst gegeten of gedronken hadden.

De monsterlijke onrechtvaardigheid bracht Twijgs bloed aan het koken. Hij haastte zich naar de deur, nam de sleutelring van Warkweep, koos de grootste sleutel en duwde die in het sleutelgat. De sleutel schraapte in het slot als een woedende ratvogel. Binnen werd het muisstil.

'*Pfwooah!*' snakte Warkweep naar adem toen Twijg de deur openduwde en een stroom weerzinwekkende lucht hen pal in het gezicht trof.

'Verberg je afkeer', fluisterde Twijg tegen Warkweep. 'Het is niet de schuld van de gevangenen dat hun situatie zo afschuwelijk is.' Hij stapte naar binnen. 'De schuldige voor deze vreselijke plek is de hebzucht die tot hun gevangenneming leidde.'

Onmiddellijk begon een rauw geweeklaag. 'Waar is Korb?' 'Waar is ons voedsel en water?' 'Wat gebeurt er?' 'Waarom varen we niet meer?'
Twijg bekeek de ellendige troep plathoofdkobolds, klontertroggen en woudtrollen, en maande met zijn hand tot stilte.
'Vrienden, jullie beproeving is voorbij!' riep hij. 'De *Luchtkaper* keert terug naar Onderstad. En jullie varen mee, om jullie te herenigen met jullie families!'
De gevangenen keken elkaar verward aan.
'Jullie gaan naar huis!' verkondigde Twijg. Hij bracht de sleutelbos boven zijn hoofd en schudde ermee. 'Als vrije burgers! Jullie, en de bemanning die die tiran knechtte. Op dit luchtschip zal nooit meer één slaaf zijn!'
Een ogenblik lang heerste absolute stilte. Toen slaakte een plathoofdkobold een machtige kreet, en de hele groep barstte los in uitroepen en kreten van uitbundige vreugde. Het luchtschip beefde en kantelde toen de trollen, troggen en kobolds – met rammelende kettingen – een vreugdedans inzetten.
Twijg wachtte even tot het lawaai wat bedaard was en vervolgde toen: 'Goed, ik heb enkele vrijwilligers nodig om dit schip te bemannen. Wie van jullie heeft ervaring met luchtvaren?'
Een half dozijn armen ging de lucht in.
'We hebben ons deel gedaan, Warkweep', zei Twijg met een glimlach. 'Ze kunnen veilig terug naar Onderstad. Wij moeten onze speurtocht voortzetten op de slavenmarkt.' Hij richtte zich opnieuw tot de gevangenen.

'Jullie worden allemaal losgemaakt', zei hij. 'Wees geduldig. Jullie beurt komt.'

Twijg verdeelde de sleutels tussen hem en Warkweep. Een voor een pasten ze de sleutel, maakten de boeien los en bevrijdden de gevangenen. Ze schoten het donkere, vuile hol uit naar het dek om te proeven van de frisse lucht en naar de sterren te kijken. Er werd gelachen en handen werden geschud; er werd bedankt en tranen werden gelaten. Uiteindelijk staarde Warkweep, terwijl hij het zweet van zijn voorhoofd wiste, in het duister in de verste hoek van het ruim.

Nog maar twee geketende gevangenen bleven over. Een jonge, magere gnokkobold met een ooglapje en, aan de andere kant van de grotachtige ruimte, een kleine figuur, opgerold in een versleten jas.

Warkweep naderde het bundeltje. Het liet een zachte zucht horen toen hij de sleutel in het slot stak van de boei rond zijn been. Het mechanisme klikte niet open. Hij probeerde nog eens, maar tevergeefs.

'Ik krijg deze niet open', riep Warkweep door de kamer. 'De sleutel, denk ik – of het roestige slot. Of zoiets.'

'Laat me eens proberen met mijn sleutel', riep Twijg terug. 'Ik kom straks terug', zei hij tot de gnokkobold en stapte over de met vuil stro bedekte vloer naar de andere kant. 'Ah, ja, het lukt wel, denk ik.' Hij fronste. 'Warkweep?' vroeg hij. 'Wat scheelt er?'

Warkweep schudde zijn hoofd. 'Ik kan mijn ogen niet geloven!' hapte hij naar adem. 'Kijk, Twijg, kijk!'

'Wat, Warkweep?' zei Twijg. 'Vertel me...'

Maar Warkweep luisterde niet. 'Het is het noodlot, Twijg. Het is het noodlot!' brabbelde hij opgewonden terwijl hij zonder te knipperen staarde naar de arm van de kapitein. 'Het noodlot zelf moet ons naar deze plek geleid hebben!'

'Warkweep', zei Twijg scherp. 'Wat bazel je allemaal?'

En toen zag hij het. Zijn hand, zijn arm – ze gloeiden. Zijn hele lichaam verspreidde dezelfde gloed die hem vroeger al verlicht had. Toen hij Tarp Hameltroep gevonden had, en Prutgrol en Wieknoot Vorst...

Hij draaide zich om en inspecteerde het bundeltje vodden aan zijn voeten, terwijl hij met zijn arm zijn gevoelige ogen beschermde tegen het plotselinge licht. 'Dit kan niet. Of toch? Spoeler?' zei hij. 'Ben jij dat?'

De eikelf deinsde terug. Hij verlaagde zijn arm – een arm die ook gloeide. 'Kapitein Twijg?' fluisterde hij. 'Kapitein Twijg!'

'Spoeler!' riep Twijg. Hij omhelsde de eikelf zacht, en tilde hem in zijn opwinding op. 'Je *bent* het!' Hij richtte zich tot Warkweep, uitzinnig van vreugde. 'Het is Spoeler!' riep hij uit. 'Het vierde vermiste lid van mijn bemanning. O, Spoeler', zei hij, terwijl hij zijn greep rond de eikelf loste en hem diep in de ogen keek. 'Ik hoopte... maar ik had nooit gedroomd... Maar zeg me, hoe ben je in deze vreselijke ellende beland?'

De eikelf keek naar de grond. Zijn voorhoofd fronste. 'Ik… ik weet het niet echt, kapitein. Het is allemaal vaag', fluisterde hij.

'We waren aan boord van de *Klifdanser*', herinnerde Twijg hem vriendelijk. 'Vastgemaakt aan de schutvogel. We vertrokken naar de open hemel, op zoek naar mijn vader, Wolk Wolf.'

'Ja, ja', zei Spoeler. 'Dat herinner ik me allemaal nog.' Hij rilde. 'En ik herinner me ook dat ik de maalstroom zag vanuit het schutnest, die steeds dichterbij dreef...'

'Ja?' zei Twijg gretig.

'En daarna, niets meer', zei Spoeler. 'Het volgende dat ik me herinner, is dat ik in de goot lig in de vismarkt van Onderstad.'

Twijg verborg zijn teleurstelling.

'Een grauwgnoom vond me', vervolgde Spoeler zijn verhaal. 'Hij bood me een plaats aan om te overnachten; hij gaf me iets te drinken. Woudbier...'

Zijn gezicht betrok. 'En daarna... en daarna, *dit*!' jankte hij, en snikken van ellende schokten door zijn hele lichaam.

'Rustig maar, Spoeler', zei Twijg zacht. 'Je bent veilig nu. We hebben je gevonden – alleen de hemel weet hoe. En nu brengt dit luchtschip je terug naar Onderstad.'

'Maar wat heb ik in Onderstad te zoeken?' jankte de eikelf.

'Je moet naar mijn studeerkamer in Sanctaphrax gaan', zei Twijg. 'De anderen wachten me daar op: Tarp, Prutgrol, Vorst. Ze zullen verrukt zijn als ze je zien. Wacht daar samen met hen. Warkweep en ik keren terug zodra we ontdekt hebben wat er gebeurd is met de overige vermiste bemanningsleden.' Hij nam de benige handen van de eikelf in de zijne. 'En nu moeten we verder, Spoeler. Je kunt niet met ons mee. Ook de anderen konden niet mee. De gloed die we scheppen als we samen zijn, maakt ons te verdacht.'

Spoeler rukte zich met een verbazende kracht los. 'Nee', zei hij vastberaden. 'Nee, kapitein. Ik kan geen minuut langer doorbrengen op dit smerige schip.' Er klonk een wanhopige vastberadenheid door in zijn stem.

'Maar Spoeler', zei Twijg. 'Ik heb je toch uitgelegd...'

'Ik kan nuttig voor je zijn', drong Spoeler aan. 'Op de lange tocht hierheen heb ik heel wat informatie verzameld – belangrijke informatie – over de slavenmarkt.'

'Maar Spoeler...', begon Twijg opnieuw.

'Trouwens', ging Spoeler verder. 'Ik ben een eikelf. Ik observeer. Ik registreer. Mijn zintuigen zijn sterk. En zoals alle andere eikelven kan ik aanwijzingen lezen in het gedrag van anderen. Ik zal in staat zijn te achterhalen hoe de slavenmarkt werkt.'

Twijg schudde zijn hoofd.

'En wat het gloeien betreft', ging Spoeler in één ademteug verder. 'Blijkbaar is er van alles te vinden op de glimmarkt. *Van alles!* Ook schepsels die gloeien: de glimperd wanneer zijn vacht nat wordt, de fritten wanneer ze bang zijn, de lummelhoorn wanneer hij aangevallen wordt... Niemand zal op ons letten.'

Twijg keek naar Warkweep, die de schouders ophaalde.

'Als je ook maar één van de ongeschreven wetten van deze plaats overtreedt, is het gedaan met jullie', zei Spoeler, terwijl hij een vinger over zijn hals haalde. 'Geloof me, kapitein, zonder mijn hulp hou je het geen tien minuten vol op de Grote Krijsvogel Slavenmarkt.'

'Daar heeft hij gelijk in', zei Twijg.

Warkweep knikte hevig. 'Absoluut gelijk!' zei hij. De gedachte in handen te vallen van de koele krijsvogels met hun blinkende ogen vervulde hem met afgrijzen.

'Goed dan maar. We gaan met zijn drieën verder', zei Twijg.

'Volgens mij is het voorbestemd', zei Warkweep. Hij sloeg de ogen neer, plotseling ernstig. 'Ik heb iets gelezen in de schorsrollen enkele nachten geleden, iets belangrijks als je het mij vraagt. Iets dat Boldok de Wijze zei tot zijn volgelingen toen ze samenkwamen bij de Rivierspong in afwachting van de Moederstorm. *"We zijn allemaal poppen, wachtend tot aan onze draden getrokken wordt. Onze levens zijn niets meer dan het werk van een onzichtbare hand die de touwtjes vasthoudt."*'

Twijg glimlachte. 'En je gelooft dat iemand of iets aan *onze* draadjes getrokken heeft, niet?'

'Ik vertel je alleen maar wat ik gelezen heb', zei Warkweep.

'Ik weet het', zei Twijg. 'En misschien hebben jij en jouw Boldok de Wijze gelijk. Want hier zijn we dan –

we hebben het vierde lid gevonden van mijn bemanning. En dat is meer dan ik ooit voor mogelijk gehouden had. Als dit het werk is van een onzichtbare hand, Warkweep mijn vriend, dan hoop ik dat zijn greep stevig is, want ik heb het gevoel dat de grootste moeilijkheden ons daar nog te wachten staan.'

'Op de slavenmarkt', zei Warkweep met een rilling.

'De slavenmarkt!' zei Spoeler somber. 'En ik zal jullie gids zijn.'

'Goed, wel, dat is dan beslist', klonk een vermoeide stem vanuit de tegenoverliggende hoek van het dompige hol. Het was de gnokkobold, nog steeds geketend en helemaal vergeten. 'Kan iemand *mij* dan nu losmaken?'

HOOFDSTUK VEERTIEN

OP DE GROTE KRIJSVOGEL SLAVENMARKT

Nadat ze zich uitgemonsterd hadden met een volledig uitgeruste militaire overjas en nieuwe valschermzwevers uit de voorraadkamer van het luchtpiratenschip, namen Twijg, Warkweep en Spoeler afscheid van het bonte gezelschap en de bemanning van de *Luchtkaper*. De zon verscheen toen ze samen de loopplank afliepen en Warkweep zag tot zijn opluchting dat, nu ze uit dat donkere hol waren, Twijg noch Spoeler gloeide.

Twijg spiedde door het compacte gebladerte naar de slavenmarkt. Alles was verlicht door de olieachtige, gele gloed van de lampen, en door de gaten in de bladeren kon je net de buitengewone architectuur onderscheiden van deze in het woud verborgen stad. Hij zag betegelde huisjes en overhuifde platformen die hingen aan de stammen van massieve bomen; torenachtige constructies en vreemde bollen geweven van woudwilg- en waterwilgtwijgen hingen aan hun takken, terwijl houten voetpaden, die zich van boom tot boom slingerden en aan elkaar geregen waren met rokende lolielampen, een netwerk van paden vormden. Het lawaai vormde een ware, ononderbroken kakofonie; de stank was weerzinwekkend.

'Dit is de plaats', fluisterde een stem in Twijgs hoofd. *'Laat Spoeler jullie gids zijn.'*

Twijg richtte zich tot de eikelf. 'Spoeler,' zei hij, 'denk je echt dat je ons veilig door deze vreselijke plek kunt gidsen?'

Spoeler knikte. 'Ik zal mijn best doen', zei hij. 'Allereerst moeten we zorgen voor enkele witte kokardes. Kom, laten we gaan. En moge de hemel ons beschermen.'

Twijgs hart sprong over toen hij Spoeler volgde over het schommelende houten pad. Hij had er niet bij stilgestaan hoe hoog ze zich bevonden, want de *Luchtkaper*, hoewel aangemeerd, lag nog steeds meer dan vijftig passen boven de woudbodem.

'De hele markt is opgericht', zei Spoeler. Ze hadden de andere kant bereikt en stapten nu door het buitenste oppervlak van bladeren. 'Alles is vastgemaakt of opgehangen aan de grote bomen.'

Twijg staarde met open mond voor zich uit. 'Het is nog vreemder dan ik me ooit had kunnen voorstellen', zei hij.

'En groot', zei Spoeler. 'Iemand zoeken in deze massa...' Zijn stem zweefde weg en hij sloeg met zijn handen naar de zich verdringende paden, die kraakten en gromden onder het gewicht van de menigte die over hen heen liep.

'Het lukt ons wel', zei Twijg. 'Op de een of andere manier, niet, Warkweep?' Er kwam geen antwoord. Twijg draaide zich om.

'Warkweep?' riep hij. 'Waar ben je?'

'Wuurgh!' klonk een nauwelijks hoorbaar gegrom van waar ze gekomen waren.

'Warkweep!' schreeuwde Twijg. Hij holde terug door de gordijnen van gebladerte en langs de aanlegsteiger. En daar zag hij zijn leerjongen, op handen en voeten in het midden van de schommelende loopplank. Hij hield zijn ogen stevig gesloten en trilde als een espenblad, niet in staat te bewegen.

'Niet bang zijn!' riep Twijg. 'Ik kom je halen.'

'NEE!' jankte Warkweep. 'Ik kan niet staan. Ik ga vallen. Ik weet dat ik ga vallen.'

De in Onderstad geboren en getogen jonge kerel was nooit dol op hoogtes geweest. Leven in de zwevende stad Sanctaphrax was precies zo aangenaam geweest omdat de stad zo groot was – hoewel hij ook toen al de hogere voetpaden meed en altijd zijn ogen sloot in de manden. Ook luchtvaren had hem eerst vrees aangejaagd, maar ook nu weer was het schip groot. Trouwens, als ze op het dek waren, had hij nooit naar omlaag gekeken. Maar dit – tussen hemel en aarde schommelen op een dunne loopplank – was bijna net zo angstaanjagend als bengelen aan dat touw van de *Luchtkaper*. Sterker nog, het was erger. Aan boord klauteren van dat luchtschip was al bij al snel gebeurd. Hij hoefde zich alleen vast te houden. Maar hier ging dat looppad eindeloos voort.

Hoe zou hij dat ooit overleven?

'Kruip', instrueerde Twijg hem. 'Grijp de zijkanten van de plank en kruip vooruit.'

Warkweeps hoofd tolde. Hij haalde hijgend, met korte teugjes adem. 'Dat kan ik niet', mompelde hij. 'Dat gaat gewoon niet.' Hoewel hij zijn ogen nog steeds stijf dichtgeknepen hield, kon hij de afstand *voelen* tussen hem en de begane grond.

'Toch wel!' zei Twijg. 'Je kunt daar niet blijven! Trouwens, als je valt, wat dan met je kostbare schorsrollen?'

Warkweep kreunde. Hij tastte naar de zijkanten van de planken en schoof vooruit op zijn knieën. Zijn tenen sleepten over het ruwe oppervlak van de plank.

'Goed zo!' moedigde Twijg hem aan. 'Nog een beetje verder.'

Met trillende armen en op elkaar geklemde tanden bewoog Warkweep zich opnieuw vooruit. En nog wat verder. Bewegen zonder denken. Plotseling grepen handen zijn jas en hij voelde hoe hij voortgetrokken werd. Zijn benen werden pudding en hij viel met een harde plof – het wandelpad schudde. Hij opende zijn ogen. Twijg stond over hem heen gebogen.

'Leuke plek om te ontdekken dat je hoogtevrees hebt, Warkweep', zei hij. 'De hele markt is opgehangen in de bomen.'
'Gun me wat tijd... Ik red het wel', zei Warkweep dapper en hij kwam moeizaam overeind. Hij volgde Twijg over de aanlegsteiger. 'Het was die loopplank. Geen balustrade.' Hij rilde. 'Niets om je aan vast te houden...'
Plotseling sneed een oorverdovende gil door de lucht, gevolgd door een stortvloed van vloeken. Twijg, Warkweep en Spoeler holden over het houten pad en keken de diepte in. Warkweep slikte zijn angst in.
Het geluid bereikte hen vanaf een klein platform met een rood en wit gestreept dak onder hen. Een kobold met o-benen sprong in het rond en zwaaide met zijn vuist naar de lucht onder hem. Naast hem hing een fel brandend fornuis met kettingen aan een tak.
'Vervloekt zij de open hemel dat je je zo vrij gekronkeld hebt!' gilde hij. 'Je hebt me geruïneerd! Geruïneerd, hoor je me?'
Warkweep tuurde omlaag. Daar was iets – nu was het stil – dat van tak tot tak sprong tot op de grond. Hij keek naar Twijg. 'Wat is het?' vroeg hij.
Twijg haalde de schouders op.
'Een woudvarken, vermoedelijk', zei Spoeler. Hij knikte naar de kobold, die nog steeds woedend op en neer sprong op het platform. 'Er zijn honderden verkopers zoals deze op de slavenmarkt, die van de hand in de tand leven...'
Plotseling hoorden ze een scherp gekraak, en begeleid door het geluid van versplinterend hout brak het plat-

form los van de stam waaraan het hing. De kobold schreeuwde en hield zich wanhopig vast aan het hangende fornuis. Een ogenblik lang zwaaide hij wild heen en weer. En daarna – met vingers die rookten en sisten door de intense hitte – liet hij los.

Warkweep keek vol afschuw toe, ontsteld maar niet in staat om zijn blik af te wenden, hoe het tweede schepsel het eerste volgde in zijn val.

Krijsend van angst raakte de kobold met een plof een dikke tak, en zijn lichaam – nu krachteloos en verwrongen, met gekruiste armen en benen – viel steeds dieper, en dieper en dieper...

'Mijn hemel!' riep Warkweep uit. 'Wat zijn *dat*?' Hij wees naar de grond, waar dozijnen pluizige, oranje wezentjes te voorschijn schoten, met wijd opengesperde berenklemmen van muilen.

Twijg en Spoeler tuurden omlaag. 'Tsjak-tsjaks', zeiden ze in koor.

Twijg huiverde. 'Vreselijke wezentjes. Ze jagen in een groep en verslinden hun slachtoffers, dood of levend.'

'En hier hoeven ze niet eens te jagen', zei Spoeler. 'Ze kunnen zich te pletter vreten aan de weggegooide troep van de slavenmarkt...' Het lichaam van de kobold sloeg te pletter op de grond en werd onmiddellijk aangevallen door de woeste tsjak-tsjaks. 'En aan wat dan ook wat naar beneden dondert. Per ongeluk of niet', voegde hij eraan toe.

'En als ze klaar zijn, schiet er niets meer van over', zei Twijg. 'Geen pluisje vacht noch een splinter been.'

Warkweep verbleekte. 'Ze... ze kunnen toch niet in bomen klimmen, hè?' vroeg hij bang. 'Nee, toch?'

Twijg schudde zijn hoofd. 'Nee', zei hij. 'Dat kunnen ze niet.' En uit de blik die verscheen in zijn ogen, maakte Warkweep op dat de jonge kapitein sprak uit ervaring.

'Kom', spoorde Spoeler hen aan. 'We moeten een ladinghen vinden en dadelijk onze witte kokardes kopen. Anders kunnen we gegrepen worden door een slavenhandelaar en verkocht worden.' Zijn grote, zwarte ogen spiedden in de schaduwen. 'Ik heb vernomen dat je er gewoonlijk een kunt treffen aan het eind van elke aanlegsteiger', zei hij. 'En inderdaad, kijk.' Hij wees naar een grote, smalle hut die aan een boom vastgemaakt was. 'Daar is een ladinghuisje.'

Twijg keek. Het was een van de torenachtige constructies die hij eerder opgemerkt had. 'Waar wachten we dan nog op?' zei hij.

Samen staken ze de zacht schommelende wandelweg over. Te bang om naar rechts of links te kijken, fixeerde Warkweep zijn blik op de hut. Ze naderden de deur.

Van dichtbij gezien was de hut een pareltje van Diepe-Woudarchitectuur. Opgetrokken in zweefhout was ze tegelijkertijd stevig en gewichtloos. Bovendien zorgde een kunstige kromming ervoor dat de wind er bijna

geen vat op had. Een lantaarn boven de deur verlichtte een plaat met gouden opdruk: *Ladinghen Mosveer*. Twijg bracht zijn vuist omhoog en klopte aan.
'Binnen', klonk een schorre stem.
Toen Twijg de hendel wilde optillen, hield Spoeler zijn hand tegen.
'Wacht tot zij eerst spreekt', siste hij. 'Dat is hier de gewoonte.'
Twijg knikte en opende de deur. Ze stapten de donkere kamer in. De scherpe rook van de tilderolielampen aan de muren prikkelden dadelijk hun keel en deden hun ogen tranen. Een getaande krijsvogel met metaalachtige grijs-groene veren en ivoorwitte klauwen stond voor hen, haar rug naar hen gekeerd, druk bezig gekleurde schijven te verplaatsen rond een genummerd ladingplankje.

Twijg zette een stap voorwaarts en wachtte.

'Zevenenvijftig, achtenvijftig, plus tijdstraffen', mompelde de krijsvogel in zichzelf. 'Zie je niet dat ik bezig ben?' snauwde ze.

'We willen witte kokardes kopen', antwoordde Twijg brutaal.

De krijsvogel pauzeerde. '*Kopen*, zei je? Niet smeken, lenen of ruilen?' Ze draaide zich om. 'En waarmee wil je ze betalen? We aanvaarden geen penningen noch bonnen. De prijs bedraagt twee goudstukken per persoon.'

Twijg reikte in zijn jas, opende de leren buidel en telde zes goudstukken. Hij overhandigde ze. Zonder een woord te zeggen nam de krijsvogel een van de munten en zette er haar vervaarlijk uitziende bek in. Ze keek op.

'Drie kokardes, zeg je?'

'Een voor ieder van ons', zei Twijg.

De krijsvogel knikte nukkig en richtte zich naar een gesloten deur in de verste muur, die ze opende. Er bevond zich een zwarte kluis in, die in de boom zelf gekerfd was. Ze tilde het deksel van de doos op en haalde er drie witte rozetten uit in de vorm van wouddistels.

'Hier', zei ze. 'De kokardes geven je drie dagen en drie nachten lang een vrije doorgang. Daarna rot het materiaal weg. Word je betrapt zonder kokardes, dan word je gevangengenomen en verkocht als slaven.'

'Drie dagen op deze plek is meer dan genoeg', zei Twijg.

De krijsvogel snoof onaangenaam. 'Dat zeggen ze allemaal. Maar ik waarschuw je,' zei ze, 'de dagen en nachten vloeien in elkaar over op de Grote Krijsvogel Slavenmarkt. Onze gasten klagen altijd over de ongewone haast waarmee de tijd passeert...'

'Vandaar dat we u nu moeten bedanken en afscheid nemen', zei Twijg prompt. 'We hebben heel wat te doen.'

Met deze woorden draaide hij zich om en verliet het vertrek, gevolgd door de anderen. De deur sloeg dicht.

'Kribbig schepsel', merkte Warkweep op.

'Krijsvogels staan niet echt bekend om hun minzaamheid', zei Spoeler chagrijnig. 'Maar de ladinghennen geven doorgaans blijk van meer integriteit dan de anderen.' Hij fronste. 'Maak je kokarde vast aan de voorkant van je jas, zodat je er een oogje op kunt houden. De markt loopt vol lichtvingerige individuen, en hoeden met een kokarde erop wisselen snel van eigenaar.'

Nadat ze de kokardes aangebracht hadden volgens de instructies van Spoeler, draaide de eikelf zich om en vertrok naar de slavenmarkt. De anderen volgden.

'En blijf dicht bij elkaar', raadde Spoeler hun aan. 'Zelfs als vrije burgers met een kokarde loop je het risico ontvoerd te worden door een immorele handelaar, die je opsluit tot de kokarde weggerot is en je daarna beschouwt als zijn – of haar – bezit.'

Twijgs bovenlip krulde minachtend. 'Hebben deze slavenhandelaars dan geen greintje eer?' vroeg hij.

'Eer kun je niet kopen en verkopen, kapitein', zei Spoeler. Hij glimlachte meesmuilend. 'En geld is het enige wat telt hier.'

Twijg fronste. Als een van de vermiste bemanningsleden hier beland was, hoeveel kans hadden ze dan gehad in deze meedogenloze plek?
'Er is een veiling op de slavenmarkt', zei Spoeler. 'De Grote Centrale Veiling. Misschien kunnen we daar beginnen.'
Twijg knikte. 'Kom op', zei hij moe. 'Maar laten we bij elkaar blijven – en onze ogen en oren open houden.'

Ondertussen woedde een hevige storm in Sanctaphrax. Gierende winden en krachtige hagelbuien geselden de zwevende stad. De hemel was een heksenketel van ziedende, kolkende wolken die bliksem na bliksem naar de stad slingerden. In Twijgs studeerkamer in de weelderige School van Licht en Duisternis speelde de paarse gloed van de kachel op de onrustige gezichten van drie luchtpiraten.
'Al dat wachten, daar kan ik niet tegen', klaagde Wieknoot Vorst terwijl hij ijsbeerde door de kleine kamer.
Prutgrol, die onderuitgezakt in een stoel probeerde wat vlees van tussen zijn tanden te halen met een vingernagel, keek op. 'Meer lijken die academici niet te doen', gromde hij. 'Bende leeghoofdige nietsnutten.'
'En toch', zei Vorst, die bij elke bliksemflits in elkaar kromp, 'zit ik er absoluut niet op te wachten om met zulk weer buiten te zijn. Weet je, ik zweer dat het weer nog erger wordt.'
Tarp Hameltroep rilde en stapte naar de kachel om zijn handen te warmen. 'Wie weet hoe het nu is in het Diepe Woud', zei hij. 'Ik hoop dat kapitein Twijg veilig is.'
Vorst draaide zich naar hem om, zijn verminkte vlees trilde. 'En wat als hij nooit terugkeert?' vroeg hij. 'Moeten we dan

de rest van ons leven doorbrengen in dit miezerige, kleine kamertje?'
'De kapitein is naar ons op zoek gegaan', zei Tarp. 'Het minste wat we kunnen doen is wachten op zijn komst.'
'Akkoord, maar hoe lang?' hield Vorst vol.
'Zolang als nodig is', zei Tarp vastberaden. Een salvo hagelstenen kletterde tegen het glas en overstemde hem. Tarp rilde en keek naar buiten. 'Moge de hemel je behoeden, kapitein Twijg', mompelde hij. 'Moge je succesvol zijn in je zoektocht naar de andere bemanningsleden die minder geluk hadden dan wij...'
'En moge je zo snel mogelijk terugkeren', voegde Wieknoot Vorst eraan toe.

Iets als de Grote Krijsvogel Slavenmarkt had Twijg noch Warkweep ooit meegemaakt: een zich in alle richtingen verbreidend labyrint dat zich verder uitstrekte dan welk schepsel dan ook kon wandelen in een dag en een nacht – niet dat dergelijke termen belang hadden in een plaats die uitsluitend verlicht werd door gloeiende lampen en sputterende fakkels, en waar het zonlicht nooit scheen.
Ze spoedden zich over luchtbruggen en touwladders op en af. Alle kanten op. Het leek wel alsof een gigantisch, monsterlijk beest hen opgeslokt had en ze nu verdwaald waren in zijn spelonkachtige ingewanden. Boven, onder en naast hen was er een drukte van jewelste, het leven dat door zijn aderen stroomde. De lucht was bedompt, oranjerood, en sloeg als een bonzend hart. Op het eerste gezicht leek alles chaotisch, maar bij

nadere beschouwing onthulde zich een onderliggende orde, bedoeling.

Ze passeerden de ene kleine zaak na de andere: winkels, stallen, geïmproviseerde schraagtafels, waarachter de eigenaar nooit geziene koopjes schreeuwde en probeerde hun aandacht te trekken. Een ervan stond op een platform net boven hun hoofden – een eenzame sleurtrol die haar witte kokarde gespeld had op een hoge, gevederde hoed, en glinsterende juwelen ventte.

'Kijk', hapte Warkweep naar adem. 'Het leeft!'

Twijg keek nauwkeurig toe. Inderdaad, de jongen had gelijk. Elk van de halskettingen, armbanden en broches glinsterde, niet door kostbare stenen, maar door levende vuurinsecten die vastgezet waren met stukjes draad die rond hun gloeiende buikjes gewikkeld waren.

Spoeler knikte naar hun eigen lichamen, die zachtjes gloeiden in het gedempte licht. 'Laten we ons hier uit de voeten maken, voor ze beslist ons beiden te gebruiken!' zei hij.

En dus gingen ze verder. Voorbij hangende kooien met op elkaar gegooide vogels, kratten met reptielen en insecten, en dode, uitgeholde bomen met tralies voor hun gapende holten, die dienden als kooien voor woudberen en witboordwolven; langs rijen slapende eikvleermuizen, die met leren riempjes aan hun enkels vastgebonden waren aan de takken.

Even later hield Twijg halt bij een voedselkraampje, waar een verkoper – zoals de ongelukkige kobold die hij eerder gezien had – tilderworsten en woudvarkenssteaks grilde op een hangend fornuis. Hij kocht drie

Op de Grote Krijsvogel Slavenmarkt

steaks en drie hompen eikenbrood, en deelde ze uit. Etend zetten ze hun tocht verder.
'Iets om jullie dorst te lessen?' klonk een stem kort daarop.
Twijg bleef staan. Warkweep en Spoeler bleven naast hem staan. Het schepsel dat gesproken had, was een snatertrol. Een gedrongen figuur, met een wrattige huid, neerhangende roze oren en, het bizarst van alles, uitpuilende groene oogballen die slingerden aan het uiteinde van lange oogstengels, die haar lange, slurpende tong vochtig en schoon hield. Ze keek op van haar stomende ketel.
'Ik heb de fijnste kruidenthees van de hele slavenmarkt', vertelde ze hun, terwijl haar ogen heen en weer gingen op de rubberen stengels. 'Jij', zei ze, terwijl haar blik zich richtte tot Warkweep, 'voor jou zou ik een aftreksel aanraden van harige herik en eikappel. Het verstout wie schuchter van aard is. En is uitstekend tegen hoogtevrees.' Ze glimlachte naar Spoeler, en haar tong slurpte met veel lawaai over haar starende oogballen. 'Voor jou, woudkomfer, denk ik. Een algemeen opkikkertje.' Ze glimlachte en slurpte nogmaals. 'Iets wat jij zo te zien goed kunt gebruiken.'
Ze richtte zich tot Twijg. Haar gezicht trok van verbazing en haar ogen sprongen in en uit op hun stengels.
'Wat?' zei Twijg, ietwat op zijn hoede. 'Weet je niet wat *ik* zou moeten drinken?'
'O, ik weet het maar al te goed', zei de snatertrol zacht. Haar ogen staarden pal in de zijne. 'Kartelkruid', zei ze.

'Kartelkruid', herhaalde Twijg. Hij keek de anderen aan en lachte. 'Klinkt heerlijk.'
'De naam komt je blijkbaar bekend voor', zei ze. 'En toch is kartelkruid een van de zeldzaamste kruiden in het hele Diepe Woud.' Haar stem zakte tot een stil gefluister. 'Het groeit in purperen bosjes tussen de schedels en beenderen aan de voet van de vleesetende bloedeik. Het plukken is een nachtmerrie', voegde ze eraan toe. 'Zoals je je ongetwijfeld kunt voorstellen.'
Twijg knikte. Hij had ervaring uit de eerste hand met deze monsterlijke boom, zoals de snatertrol leek te weten.
'Jij bent een zoeker, een speurder', vervolgde de snatertrol, zonder adem te halen. Haar rubberen voorhoofd rimpelde geconcentreerd. 'Zoekend naar anderen...'
'Misschien', zei Twijg.
'Maar je zoekt nog iemand van wie je het niet beseft', zei de snatertrol en glimlachte. 'En kartelkruid zal je daarbij helpen.'
'Is dat zo?' zei Twijg.
De snatertrol knikte. Ze sprenkelde een lepeltje van het paarse poeder in een houten mok, goot er warm water uit de ketel op en draaide het rond met een houten lepel. 'Hier', zei ze. 'Neem maar. Verwacht niet onmid-

dellijk resultaat, maar na verloop van tijd zul je vinden wie je zoekt.' Ze wachtte. 'Jezelf.'

'Mezelf vinden?' zei Twijg ontgoocheld. 'Maar *ik* ben niet verloren.'

De snatertrol, die nu bezig was met de drankjes voor Warkweep en Spoeler, keek niet op. 'Weet je dat zeker?' zei ze zacht. 'Heb je niet *iets* verloren?'

Twijg viel stil. Dit vreemde schepsel had gelijk, uiteraard. Hij *had* iets verloren. De herinnering aan wat gebeurd was aan boord van de *Klifdanser*, midden in de maalstroom. *Dat* had hij verloren.

Wat *was* er toen met hem gebeurd?

Twijg bracht de beker naar zijn lippen en dronk de zoete, geurige thee in één slok leeg. De anderen volgden zijn voorbeeld en nadat ze betaald hadden voor hun drankjes, vertrokken ze opnieuw door de gigantische driedimensionale doolhof, die zich slingerde tussen de bomen.

'Vertel eens, hoe gaat het met dat schuchtere hart van je, Warkweep?' vroeg Twijg lachend toen ze even later een hangbrug overstaken.

Warkweep glimlachte. 'Geloof het of niet, Twijg, maar ik denk dat de thee geholpen heeft.' Hij bleef staan, nam de leuning van touw vast en keek naar beneden. 'Mijn hoogtevrees is zo goed als verdwenen.'

Twijg knikte. Snatertrollen stonden bekend om hun kennis van kruiden en wortels. 'En jij, Spoeler?' zei hij tot de eikelf, die wat voor hen uit stapte.

'Me nooit beter gevoeld, kapitein', luidde het antwoord vrolijk.

Warkweep richtte zich tot Twijg terwijl ze verder stapten. 'En jij?' zei hij. 'Heeft de kartelkruidthee je al geholpen jezelf te vinden?'

Twijg schudde zijn hoofd. 'Nog niet, Warkweep', zei hij. 'Nog niet...'

Om hen heen werd de lucht steeds verstikkender en het lawaai luider. Janken. Huilen. Kwebbelen en krijsen. Zwepen die slaan en kettingen die ratelen. Het hopeloze kermen van een groep zwervers, spookgestaltes en lagere trollen, geketend aan tuierringen. Triomfantelijk gebrul. Verslagen geween. En om deze hele vreselijke kakofonie te orchestreren, de rauwe zwermen vluchtloze vogelschepsels die de slavenmarkt bewonen: de krijsvogels.

Ze kwamen in alle vormen en maten, van de forse patrouilleleiders tot de schriele, kleine verklikkers en

spionnen. Allen waren ze vrouwelijk – de weinige ellendige mannelijke krijsvogels die er waren, werden opgesloten en als slaven behandeld.

Ook de kleur van de veren van de krijsvogels varieerde. De meeste bewakers waren bruin; de ladinghennen metaalachtig leigrijs. Maar er waren ook anderen. Gevlekte en gestreepte, kale en harige. Sommige waren woudnootbruin, andere ijzerhoutgrijs en nog andere sneeuwvogelwit. En weer andere hadden heldere kleuren.

Groter dan de anderen en getooid met een zekere nobelheid, waren de roetzusters, zoals die met echte macht genoemd werden, die alleen verantwoording moesten afleggen aan Moeder Muilklauw zelf. Ondanks de duidelijke praalzucht van hun kledij – de protserige schorten, de opzichtige kapsels, de gouden

ringen door hun snavels – werden de roetzusters erg gevreesd. Ze waren niet alleen koud en meedogenloos, maar ook bijzonder onvoorspelbaar.

Twijg keek op om een van hen te zien, die arrogant over een drukke hogere wandelweg schreed, met zwaaiende vleugels, snavel in de lucht, en willekeurig zwaaiend met haar leren vlegel. Twijg keek vol afkeer de andere kant op.

'Deze hele vervloekte plek moet met de grond gelijkgemaakt worden', zei hij woedend. 'Uitgeroeid. Platgebrand.'

Warkweeps gelaatsuitdrukking betrok. 'Ik ben er zeker van dat dat ooit zal gebeuren', zei hij. 'Maar niet voordat degenen achter de slavenmarkt beslissen dat ze geen huisdieren, dienaren en vaste arbeiders meer nodig hebben. In het Diepe Woud. In Onderstad. En ja, ook in Sanctaphrax.'

Twijg draaide zich naar zijn leerjongen. 'Warkweep, bedoel je dat het eigenlijk *onze* schuld is dat deze plaats bestaat?'

Warkweep haalde de schouders op. 'Misschien', zei hij. 'Wij vragen, zij leveren. En zoals Boldok de Wijze zei...'

'Opgelet!' klonk een koor van schrille stemmen. 'Maak plaats! Maak plaats!'

Twijg draaide zich en zag een half dozijn geelbruine krijsvogelwachten, met getrokken vlegels en stokken, marcheren over de wandelweg parallel aan die van hen. Ze hadden zich in drie paren gesplitst. Elk paar sleurde een tegenspartelende gevangene met zich mee, die er stevig van langs kreeg.

'We hadden het niet opgemerkt!' kreunde een van hen.

'We kunnen het uitleggen!' protesteerde een ander.

'Wat is er aan de hand?' vroeg Warkweep angstig aan Spoeler. 'Wat hebben ze verkeerd gedaan?'

Spoeler knikte in hun richting. 'Geen kokardes, zie je?' zei hij. 'Ze zijn weggerot. En nu moeten ze ervoor boeten.'

'Ik zou niet in hun schoenen willen staan', zei Twijg rillend.

'Ik ook niet', beaamde Warkweep, en bekeek ongerust zijn eigen kokarde. Gelukkig, die was nog mooi vers. 'Laten we opschieten en zo snel mogelijk die vervloekte veiling vinden.'

Twijg speurde in het rond. 'Gelijk heb je, Warkweep', zei hij. 'Gelijk heb je.'

Ze kwamen voorbij een deel van de slavenmarkt waar de exotischere exemplaren uit het Diepe Woud gehouden werden. Er waren hoestende fromps en piepende quarms achter de tralies van uitgeholde bomen, en mesflitsen, aan hun benen vastgebonden en ondersteboven gehangen aan haken, die krijsten van woede. Een rotzuiger, opgesloten in een veel te kleine kooi, scheidde een groene gal af aan het uiteinde van zijn buisvormige mondstuk, dat sissend neerkwam en spiralen stinkende damp verspreidde; een gemuilkorfde stankpad zat gehurkt in de mist van zijn eigen kwalijke adem.

'Dit... dit is weerzinwekkend', zei Warkweep, zijn stem gedempt door de hand die hij voor zijn mond hield.

'Maar niet minder geliefd', zuchtte Twijg vermoeid.

Hij had al gemerkt dat de plek wemelde van bijzonder begerige kopers. Het lawaai van hun kibbelen werd oorverdovend luid, druk in de weer als ze waren om deals af te sluiten die hun later heel wat zouden kunnen opbrengen.

'Kom,' zei hij, er flink de pas in zettend, 'laten we die veiling gaan zoeken. Ik wil geen minuut langer dan strikt noodzakelijk is doorbrengen op deze smerige, parasitaire plek.'

Een uur later – net toen ze op het punt stonden er de brui aan te geven – zagen ze haar: de Grote Centrale Veiling.

De veiling vond plaats op een breed, verhoogd platform en bestond uit een lang, raamloos gebouw, een verhoogd podium en een lessenaar. De plek werd ver-

licht door zware hangende glazen ballen, met in elk ervan een vuurinsect dat rondvliegend in zijn kleine gevangenis, op zoek naar een uitweg, scheen als een kaarsvlam. Ze verlichtten de veiling zo fel dat Twijgs en Spoelers flauwe gloed helemaal wegstierf.

'Vijfentwintig? Hoor ik vijfentwintig?' De veilingmeesteres – een grote, edele krijsvogel met roze en paarse pluimen – sloeg haar hamer neer en keek de menigte vorsend aan. 'Ik vraag vijfentwintig voor dit trio plathoofdkobolds. In de fleur van hun leven. Ideale lijfwachten of huursoldaten. Vijfentwintig? Dank je. Dertig? Hoor ik dertig?'

Twijg staarde met zwaar, bonzend hart naar het tafereel. Zou een van de vermiste bemanningsleden zich hier bevinden? De drie haveloze, aan elkaar geketende plathoofden stonden somber op de rand van het podium. Vier getaande krijsvogelbewakers stonden bij hen, met getrokken vlegels en stokken, klaar om elk wangedrag zwaar te bestraffen. De veilingmeesteres stond achter de lessenaar rechts van hen.

'Veertig', zei ze. 'Hoor ik veertig?' Ze knikte. 'Vijfenveertig?'

Onder haar, op een houtblok, zat een gedrongen, blauwgrijze ladinghen met een klembord in haar klauwen. Tussen het likken aan het eind van haar potlood door noteerde ze het stijgende bedrag.

Warkweep gaf Twijg een por. 'Herken je iemand?' zei hij.

Twijg schudde het hoofd. 'Nee', zei hij. Hij tuurde in de zwarte schaduwen achter het podium, waar een hele verzameling Diepe-Woudschepselen op elkaar gepragd stonden, wachtend tot het hun beurt was om onder de hamer te komen. Er waren klontertroggen, grauwgnomen, een gnokkobold met een baby aan haar borst, een slungelige sleurtrol en een paar vreemde, pezige trollen met samengeklit haar, afkomstig van de diepste diepten van het Diepe Woud, waar Twijg zich nooit gewaagd had.

'Niemand', zei hij ontgoocheld.

'Eenmaal', riep de veilingmeesteres uit. 'Andermaal... Verkocht!' verkondigde ze, en de rozenhouthamer denderde neer op de lessenaar. 'Verkocht aan de plathoofd met de karmozijnrode wambuis.'

Twijg snoof. Plathoofden die plathoofden kochten! Wat een plek was dit waar vrije burgers en slaven alleen te onderscheiden waren aan de hand van een kokarde? Hij richtte zich tot Warkweep en Spoeler. 'Kom', zei hij. 'Het was een goede poging, maar we verknoeien hier duidelijk onze tijd. Laten we gaan.'

Warkweep draaide zich om en wilde vertrekken. Hij was al even ontgoocheld als de anderen. Sterker nog, hoe langer hij op deze slavenmarkt bleef, hoe onrustiger hij werd. Als het aan hem lag, vertrok hij meteen.

'Lot negen', schreeuwde de veilingmeesteres. 'Een waterzwerver!'

Twijg schrok. Een waterzwerver? Die had hij niet gezien. Hij draaide zich om en staarde opnieuw naar het podium. En daar stond inderdaad – zich verstoppend achter de rug van enkele klontertroggen – een tenger, geschubd creatuur met uitstaande oren en een priemende tong, als van een reptiel. Een van de geelbruine krijsvogels gaf hem een venijnige por in de rug. De waterzwerver gromde en strompelde doodmoe naar de rand van het podium.

'Ik dacht dat we vertrokken?' vroeg Warkweep.

'Wacht', zei Twijg.

Hij staarde naar het individu voor hem, dan naar Spoeler, dan terug naar de waterzwerver – en opnieuw naar Spoeler.

'Wel?' zei hij.

'Ik... ik weet het niet zeker', antwoordde de eikelf. Zijn stem klonk opgewonden. 'Het zou *kunnen...*'

'Wat zou het kunnen?' vroeg Warkweep.

'Niet wat, maar *wie*', zei Twijg. 'Het zou Woudvis kunnen zijn.'

Toen begon de veilingmeesteres. 'Tien!' verkondigde ze. 'Wie biedt tien?'
Twijg stak zijn hand op. De veilingmeesteres loerde naar hem. Ze knikte en keek weer weg. 'Vijftien', zei ze. 'Hoor ik vijftien?'

'Vijftien', klonk een gemelijke stem.
'Twintig?' vroeg de veilingmeesteres, haar ogen weer op Twijg gericht.
Twijg keerde zich naar de figuur die tegen hem geboden had. Het was een gemeen creatuur met een metalen ooglapje, die met één oog verlekkerd keek naar de waterzwerver en onheilspellend zijn lippen likte.
Van het embleem dat zijn zware leren jas sierde, leerde Twijg dat hij een ligaman was – hoewel hij het symbool niet herkende. Hij stak opnieuw zijn hand op.
De veilingmeesteres knikte opnieuw. 'Vijfentwintig?' zei ze. 'Hoor ik vijfentwintig?'
Twijg keek opnieuw achter zich. Deze keer kruiste zijn blik die van de ligaman, die hem woedend aankeek.
'Vijfentwintig!' bulderde hij.
'Dertig!' riep Twijg.
'Vijfendertig!'
'Vijftig!'

De ligaman aarzelde een ogenblik, en daarna – toen Twijg hem aankeek – ging zijn mond open en blonken zijn gouden tanden in de gloed van de gevangen vuurinsecten. 'Je mag hem hebben', snoof hij.
'Verkocht aan het individu in de hamelhoornhuid voor vijftig', verklaarde de veilingmeesteres. 'Stap voorwaarts en betaal de ladinghen en lot negen is van jou.'
Twijg stapte het podium op. Warkweep hield zijn adem in. Was de waterzwerver het bemanningslid dat Twijg zocht of niet? Het volgende ogenblik weerklonk een kreet van verbazing.
'*Wat* wil je doen?' vroeg de ladinghen, luid en vol ongeloof. 'Je wilt er een kokarde voor kopen?'
Warkweeps hart sloeg over. Het *was* dus toch Woudvis! Hij bewoog zich dichter naar het podium, zodat hij beter kon horen wat er aan de hand was.
'Je zult merken dat het bedrag correct is', zei Twijg terwijl hij een handvol goudstukken overhandigde. 'Vijftig voor de aankoop en een extra twee voor de kokarde.'
De ladinghen keek vragend naar de veilingmeesteres.
'Als hij per se zijn geld wil verspillen aan fijne gebaartjes...', snoof ze, en haar snavel klepperde minachtend.
De ladinghen haalde de schouders op. Tweeënvijftig goudstukken waren per slot van rekening tweeënvijftig goudstukken. Ze liet het geld in de koffer vallen, tastte in haar zak en haalde een witte kokarde te voorschijn. 'Hier', zei ze.
Twijg nam ze aan en gaf ze aan de waterzwerver. Hij glimlachte. 'Voor jou, mede vrije burger', zei hij.

'D... dank je', zei de waterzwerver aarzelend.

'Hoewel je niet bent wie ik hoopte dat je was', vervolgde Twijg stilletjes.

Warkweep snakte naar adem. *Niet* wie hij hoopte? Wat bedoelde hij?

De waterzwerver fronste, en luisterde naar Twijgs gedachten. 'O, ik begrijp het', zei hij. 'Je dacht ik je vermiste bemanningslid, Woudvis, was.' Zijn waaiervormige oren fladderden. 'Het spijt me dat ik je moet teleurstellen.'

Twijg haalde de schouders op. 'Het is niet jouw schuld', zei hij. Met een wrange glimlach stak hij zijn hand uit en schudde die van de waterzwerver.

'Lot nummer tien!' brulde de veilingmeesteres boven de stijgende vloed boze stemmen in de menigte uit. Ze keek ongeduldig naar beneden. 'Willen degenen betrokken bij de vorige verkoop het podium verlaten?'

Warkweep en Spoeler hielpen de nog steeds beduusde waterzwerver het platform af. Twijg sprong achter hem het podium af. Samen verdwenen ze in de massa.

Aan de andere kant richtte Twijg zich tot de waterzwerver.

'Hoe dan ook,' zei hij, 'ik ben blij dat ik je heb kunnen helpen. Leef lang en gelukkig', zei hij formeel en draaide zich om – en keek pal in het ene oog van de woedende ligaman.

'Welk spelletje denk jij te kunnen spelen?' zei hij.

'Spelletje?' vroeg Twijg.

De ligaman greep hem bij zijn schouder en trok hem tegen zich aan. 'Je hebt me wel verstaan', spuwde hij.

'Besef je wel hoeveel tijd het me gekost heeft om een waterzwerver te vinden?' siste de ligaman in Twijgs oor. Zijn adem was warm en stonk door de rottende vleesresten tussen zijn gouden tanden. 'Zesendertig kokardes waard!' zei hij. 'Zesendertig stomme kokardes! Dit exemplaar was de eerste die ik vond. En toen kwam jij op de proppen!'

Met die woorden trok hij zijn dolk. Twijg deinsde achteruit. Het blad glinsterde. Met een schreeuw sprong de waterzwerver tussen hen in. Het mes plofte in zijn borst.

Een vreemde, serene blik verscheen op het gelaat van de waterzwerver toen hij op het houten platform viel. Het was allemaal in een flits gebeurd, maar hij had de moorddadige gedachten van de ligaman dadelijk gelezen. Zijn ogen werden troebel, zijn oren vielen stil.

Eerst verbaasd maar nu woedend, trok Twijg zijn eigen zwaard. Maar toen hij een stap voorwaarts zette, borstelde een half dozijn geelbruine krijsvogelwachten hem aan de kant en stortten zich op de ligaman.

'Hij was het!' protesteerde die. 'Laat me gaan!'

'O, we laten je gaan, wees gerust!' klonk het vrolijke antwoord. 'We laten je gaan onder de hamer van de veilingmeesteres!'

'Niet, niet een slaaf', gilde de ligaman. terwijl hij steeds wanhopiger worstelde. 'Jullie kunnen me niet als slaaf verkopen. Weten jullie niet wie ik ben...?' Zijn stem werd gesmoord door de tweede uitbarsting van spottend gelach terwijl de krijsvogels hem meesleurden.

Twijg naderde beverig de stervende waterzwerver. Hij hurkte neer. 'Het spijt me verschrikkelijk', zei hij met tranen in zijn ogen. 'Eindigen als slaaf zou veel beter geweest zijn dan... dan dit.'

De oren van de waterzwerver klapperden zwak. 'Nee', fluisterde hij. 'Niets is erger dan dat', zei hij. 'Je hebt mijn leven gered, en nu ben ik gelukkig dat ik het jouwe heb kunnen redden...' Zijn ogen schoten wijdopen door een pijnscheut die door zijn hele lichaam schoot. 'En ik kan je nog een laatste dienst bewijzen...'

Warkweep en Spoeler keken toe hoe Twijg zijn hoofd liet zakken en aandachtig luisterde.

'Je bent op zoek naar de vermiste bemanning van de *Klifdanser*', fluisterde de waterzwerver hees. 'Dat heb ik in je gedachten gelezen.'

'Inderdaad', zei Twijg.

De waterzwerver greep hem zwakjes vast. 'Een van hen die je je herinnert in je gedachten, wel... ik heb hem hier gezien... op de markt.'

'Echt?' riep Twijg uit. 'Wie is het? En waar vind ik hem?'

'Hij... hij...' Zijn stem knorde. Twijg tilde het hoofd van de waterzwerver op en legde zijn oor tegen zijn mond. 'De Tsjak-tsjak Arena', fluisterde hij en zijn lichaam sidderde. Er kwam een zucht. Een gejammer. En het licht in zijn ogen flikkerde en stierf weg.

Twijg legde de waterzwerver opnieuw neer en sloot zijn oogleden. Warkweep en Spoeler knielden naast hem neer.

'Het was jouw schuld niet', zei Warkweep.

'Maar niettemin is hij dood', zei Twijg. Hij zuchtte. 'Wat moeten we doen met het lichaam?'

'De krijsvogels zullen er zich om bekommeren', zei Spoeler. 'Kom, kapitein. Hier kun of mag je niets meer doen.'

Met een zwaar gemoed vertrokken ze opnieuw. Warkweep, die als laatste de dichtstbij hangende hangbrug overstak, keek achter zich en zag hoe de geelbruine krijsvogelwachten teruggekeerd waren. Twee van hen tilden het dode lichaam op hun gevederde schouders en alle zes gingen ze ervandoor.

Aan de overkant van de hangbrug hield Twijg halt en keek om zich heen. Meer dan ooit vond hij de Grote Krijsvogel Slavenmarkt een kwaadaardige woudschimmel, die het leven zoog uit zijn gastheer, het Diepe Woud, en al wie erin leefde. Hij wilde er zo snel mogelijk weg. Hij keek Warkweep en Spoeler aan en wist dat ze er net zo over dachten. Maar ze konden niet vertrekken. Nog niet.

'De Tsjak-tsjak Arena', zei hij tegen Spoeler. 'Zegt die naam je iets?'

De ogen van de eikelf werden groter van onmiskenbare angst. 'O, ja, kapitein', zei hij met trillende stem. 'Zeker. Ik weet alles van de Tsjak-tsjak Arena.' Hij huiverde. 'Ik wou dat het niet zo was.'

HOOFDSTUK VIJFTIEN

De Tsjak-tsjak Arena

Warkweep keek plotseling omhoog en doorbrak op die manier de stilte die volgde op de woorden van de eikelf. Hij zag lijkbleek. 'Twijg', stamelde hij. 'Het is begonnen.'

'Wat is begonnen?'

Warkweep raakte licht zijn wouddistelvormige rozet aan. 'Mijn kokarde', zei hij sip. 'Het materiaal begint te verwelken.'

'Weet je dat zeker?' zei Twijg. 'Mij lijkt hij in orde.'

Warkweep schudde boos het hoofd. 'Kijk!' zei hij. 'De randen hangen er slap bij. Ik kan niet geloven dat we hier al zo lang zijn dat dit gebeurt.'

'De ladinghen waarschuwde ons dat we de tijd in de gaten moesten houden', zei Twijg.

'Ja, maar drie dagen!' riep Warkweep opgewonden uit. 'We zijn hier toch nog geen drie dagen, dat kan niet. Het is een valstrik, een truc om zelfs van nietsvermoedende vrije burgers slaven te maken...'

'Warkweep, bedaar nu', zei Twijg. 'Je kokarde is nog niet weggerot. En hoe dan ook, wat gebeurd is, is ge-

beurd. We moeten vooruitkijken.' Hij richtte zich tot Spoeler. 'Onze tijd is bijna op', zei hij. 'De Tsjak-tsjak Arena', vroeg hij. 'Kun je ons erheen brengen?'
De eikelf knikte en keek langzaam, bedaard om zich heen. 'Als ik de tekens lees in de marktmenigte, dan lukt het me', zei hij. 'Kijk eens naar die handelaren daar. Zie je de hebzucht in hun gezichten? Volg ze en ze zullen ons leiden naar de Grote Centrale Veiling. Maar daar, die gnokkobolds. Merk je hoe ze stoppen, rondkijken, en dan weer een paar stappen zetten? Dat zijn struiners. Ze leiden ons naar de veehandelaren en verkopers van snuisterijen.'
'Ja, ja', zei Twijg ongeduldig. 'Maar wat met de Arena? Hoe weten we wie we moeten volgen?'
'Bloedlust', zei Spoeler. 'Zoek naar bloedlust in de gezichten van de massa.' Hij bleef speuren in de rondsjouwende groepen troggen en trollen, kobolds en gnomen, ligamannen en luchtpiraten. 'Daar!' zei hij uiteindelijk, wijzend naar een troep kobolds. 'Dat lijkt me een geschikte groep. Kijk naar het doel in hun stappen. Het geweld in hun bewegingen. De schittering in hun ogen.' Hij snoof de lucht op en huiverde. 'Ik kan hun bloedlust *ruiken*, afgescheiden door elke porie. O, zij zijn op weg naar de Tsjak-tsjak Arena, geen twijfel mogelijk', zei hij. 'Ik verwed er mijn leven om.'
'Dat is voldoende voor me', zei Twijg. 'Laten we hen volgen. En als de hemel het wil,

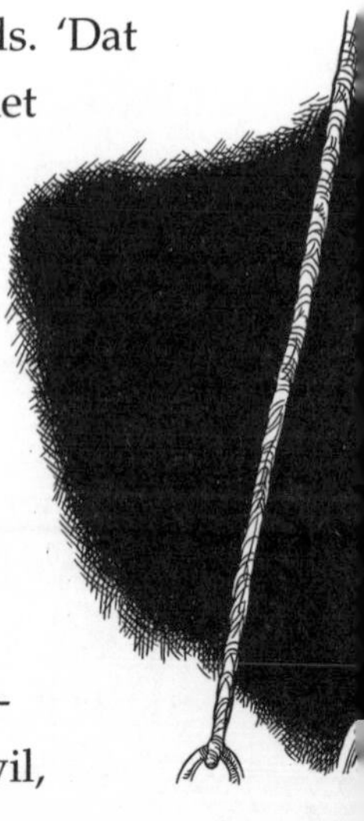

vinden we het bemanningslid dat de waterzwerver er zag. Schiet op, Warkweep. Voor we die kobolds uit het oog verliezen.'

Ze zetten de achtervolging in. De groep kobolds werd steeds wilder en, tegelijkertijd, aangetrokken door het kabaal, voegden steeds meer schepsels zich bij hen. Twijg, Warkweep en Spoeler lieten zich door de stroom meedrijven. Ze trokken voorbij een tattoostalletje, een verkoper van zwepen, een parasietdokter; voorbij een kraal met slapende roofgrijnzen, een vlucht vastgebonden vulpoenen – steeds verder vooruitgestuwd door de opgewonden menigte. Ze konden niet ontsnappen aan de voorwaartse deining, ook al hadden ze dat gewild.

'Laat me je dit vertellen over de roestmoeder', zei een gnokkobold schril. 'Ze weet beslist hoe ze een spektakel in elkaar moet boksen.'

Zijn gezel knikte hevig. 'Er gaat niets boven een gevecht tussen een gabberbeer en de tsjak-tsjaks', zei hij. 'Een echte klassieker!'

Twijg hapte naar adem. Een gabberbeer? Uitgespeeld tegen de tsjak-tsjaks!

'Was er geen gabberbeer aan boord van de *Klifdanser*?' vroeg Warkweep in Twijgs oor, terwijl hij probeerde het duwende en trekkende schorem te volgen. 'Denk je dat hij het is die de waterzwerver gezien heeft?'

'Misschien', zei Twijg. 'Ik kan niet vertrekken voor ik het weet.'

'Maar', zei Warkweep terwijl hij voortstrompelde, 'een groot, sterk schepsel als een gabberbeer weet toch wel raad met tsjak-tsjaks?'

Twijg schudde ernstig zijn hoofd. 'Ooit heb ik zelf meegemaakt wat die tsjak-tsjaks kunnen aanrichten met een gabberbeer.' Hij haalde een hangertje uit zijn jas en hield het Warkweep voor. Het was een tand. 'Dat is het enige wat overbleef van die gabberbeer', zei hij.

'Maar... *Whoooooah!*' riep Warkweep uit toen de menigte hem plotseling van alle kanten fijnkneep en zich vooruitstortte. Hij werd naar een smalle zuilengang gestuwd. DE TSJAK-TSJAK ARENA, las hij in gouden letters, terwijl hij onder de boog en op een breed platform gevoerd werd. Hij keek in het rond.

Zijn mond viel open.

'Wonderbaarlijk, is het niet?' zei Twijg.

'Ongelooflijk', antwoordde Warkweep. 'De architectuur, de constructie – de *omvang*...'

Ze bevonden zich op een heldere, open plek, omcirkeld

door gigantische bomen. Rij op rij gebogen terrassen waren opgehangen aan de takken om een enorm groot amfitheater te vormen. En centraal, ver beneden, lag een diepe, door fakkels verlichte put, met eromheen een mazenwerk.

'Doorstappen, jullie daar', klonk een geïrriteerde stem achter hen. 'Ga eens verder tot helemaal beneden.'

Warkweep herkende dadelijk de schrille stem van een krijsvogelbewaker. Zijn hoofd bonsde van angst toen hij, zonder om te kijken, deed wat hem bevolen was. Hij stapte het platform af en daalde naar de eerste rij cirkelvormige terrassen, die zich ver onder hen uitstrekte. Twijg en Spoeler volgden.

Steeds dieper daalden ze, het ene terras na het andere af. Warkweep nam alles in zich op, terwijl ze zich een weg baanden door de ontelbare groepen kwebbelende kobolds en trollen.

De Tsjak-tsjak Arena leek een reusachtige trechter die zich verhief van de houten vloer onderaan, waar de bloedige strijd zou plaatsvinden, naar het wouddak bovenaan. Een boom, nog massiever dan zijn buren, domineerde de arena. Hij stond pal tegenover het terras waar Twijg, Warkweep en Spoeler zich in stoelen gemurwd hadden – een kolossale ijzerhoutboom, waarvan de zware, schopvormige bladeren zich scherp aftekenden tegen de blondhouttreden die erachter opdoemden. Warkweep keek aandachtiger toe.

Aan de drie robuuste takken hingen meerdere constructies: vierkante platforms voor de her en der verspreide gewapende krijsvogelwachten; een klein, gedrongen gebouw naast een verhoogd podium; kammen, katrollen en windingsgereedschap; een plank die uit de hoofdstam kwam, die nergens heen leidde. Hoger in de boom stak een groot podium, waar de felgekleurde roestzusters in een rij naast de balustrade stonden. En hierboven – opgehangen aan een netwerk van zware touwen – bevond zich een opgesierde koninklijke loge. En in deze loge stond een eenzame figuur.

Het was de roestmoeder in hoogsteigen persoon: Moeder Muilklauw. Ze zag er stralend uit in haar gekuifde hoofdtooi, haar vuurinsectjuwelen en een ragfijn zilveren gewaad dat losjes over haar veelkleurig verenkleed hing. Maar deze opsmuk, hoe mooi ook, kon de kwaadaardigheid in haar blik niet verbergen. Vanuit haar loge had ze een ideaal uitzicht op elke centimeter van de arena.

Warkweep verstijfde toen hij zag hoe ze haar venijnige blik over het schouwspel liet glijden. Zijn hand schoot over zijn verwelkende kokarde. Twijg merkte het.

'Warkweep', zei hij zachtjes. 'Beheers jezelf.' Met een breed armgebaar wees hij in het rond. 'Hier zijn honderden individuen, misschien wel duizenden', zei hij. 'Ze zijn niet geïnteresseerd in ons als er zoveel geld te verdienen valt.'

Hij knikte naar de blauwgrijze ladinghennen die zich repten om weddenschappen aan te nemen van de steeds toenemende vloed toeschouwers. Warkweep liet een ogenblik zijn blik rusten op hen.

'Nee, dat zal wel niet', zei hij aarzelend. 'Niettemin...' Hij keek over de arena en rilde. 'Daar zit iemand', zei

De Tsjak-tsjak Arena

hij, wijzend naar een gedrongen constructie onder het podium.

Twijg keek toe. Hij zag vingers die zich sloten om de tralies van de gesloten deur. Een arm schepsel dat straks oog in oog stond met een gewisse dood – maar het was geen gabberbeer...

Toen spleet een fanfare van trompetten de lucht in tweeën. Een goedkeurend gejuich steeg op. Warkweep keek omhoog naar de ijzerhoutboom en zag een dozijn gestreepte krijsvogels hangen in de hoogste takken, met lange, van kwastjes voorziene hoorns aan hun snavels. De fanfare herhaalde zich. Maar deze keer werd de menigte stil. Alle ogen vielen op de koninklijke loge. Langzaam stond Moeder Muilklauw op. Haar bek klepperde luid. 'We zijn verheugd zoveel aanwezigen te mogen ontmoeten', verkondigde ze. 'We weten dat de wedstrijd vanavond jullie niet zal teleurstellen. We zien immers niet elke avond een gabberbeer in actie.'

De menigte raasde instemmend. Moeder Muilklauw verzocht met een gebaar van haar veelkleurige vleugels om stilte.

'Voor het hoofdevenement hebben we nog een kleine verrassing voor jullie. Een voorgerechtje, om het zo uit te drukken', zei ze, en haar bek klepperde geamuseerd. Ze leunde over haar loge. 'Laat de gevangene vrij', beval ze.

De krijsvogelwacht salueerde met zijn geelbruine vleugel en zette een stap vooruit om de deur van de cel onder het podium te openen. Een gezet individu verscheen in de deurgang en keek verbaasd om zich heen.

'Wat? Wat? Wat?' stamelde hij.

Warkweep staarde vol ongeloof – naar de opgesmukte jas met de moerasjuwelen en slikparels, naar de driekantige hoed met de paarse vulpoenveer, naar de gewaste snor, de gebogen wenkbrauwen, de roze, vlezige handen. 'Donderslag Vulpoen', bracht hij hijgend uit, en greep Twijgs arm. 'Dit is wat hij van plan was met ons!' fluisterde hij, zijn stem laag van afgrijzen.

'Als ik dat geweten had,' zei Twijg, 'had ik hem nooit overgeleverd aan de krijsvogels. Zelfs een slavenhandelaar verdient dit niet.'

De menigte keek stilzwijgend toe hoe de krijsvogelwacht uithaalde met zijn vlegel en de luchtpiraatkapitein voorwaarts dreef naar de plank die uitstak over de put eronder. Het gele fakkellicht scheen over zijn sidderende gelaatstrekken toen hij opkeek naar de hangende koninklijke loge. 'Waarom?' schreeuwde hij. 'Om de liefde van de hemel, waarom doet u me dit aan?'

Moeder Muilklauw krijste geïrriteerd en de zware vlegel van de krijsvogel kraakte om Vulpoens hoofd.

'We hadden beloofd jullie te vermaken met een ligaman uit Onderstad', zei Moeder Muilklauw tot de menigte.

De massa juichte enthousiast.

'Of misschien zelfs een academicus uit Sanctaphrax', zei ze.

Het gejuich van de menigte groeide nog aan.

'Helaas, door omstandigheden die buiten onze macht liggen, is dat niet mogelijk...'

De menigte jouwde en floot. Moeder Muilklauw wierp een blik op Vulpoen. 'Het enige wat ik jullie kan bieden, is dit ellendige exemplaar. Maar ik ben er zeker van dat hij een prachtige show zal opvoeren.' Haar stem werd een schor gekrijs, dat rond de arena echode. 'Ik schenk jullie Donderslag Vulpoen, de luchtpiraatkapitein.'

Een oorverdovend gebulder steeg op. Warkweep keek vol afkeer naar de bloeddorstige uitdrukking op de gezichten van de toeschouwers terwijl ze zagen hoe de onfortuinlijke Vulpoen met een scherpe spies naar de plank gedreven werd. Een dreun steeg op, en vulde algauw de hele arena. 'Neer! Neer! Neer! Neer!'

Vulpoen strompelde vooruit. Even leek zijn lichaam aan het eind van de plank te hangen, alsof onzichtbare touwen het vasthielden. Toen was er beweging, en Donderslag Vulpoen viel voorover – en tuimelde

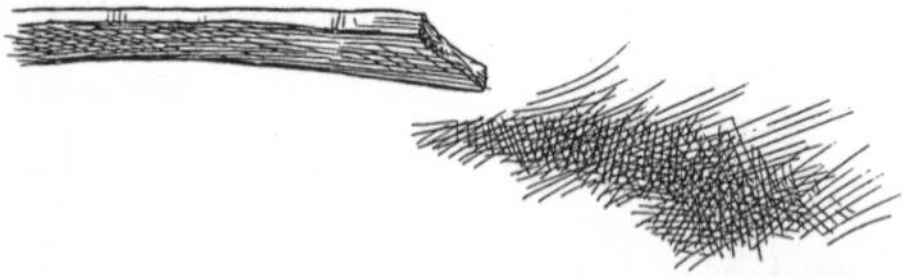

en tuimelde

naar beneden,

tot hij op een bed van zacht mos landde op de bodem van de put. De menigte brulde goedkeurend.
Een ogenblik lang bewoog de luchtpiraatkapitein niet. Maar dan kwam hij hoofdschuddend overeind en trok zijn zwaard en dolk. Hij keek rond – naar het zware gordijn van netten dat de put omsloot; naar de kleine gaten die elke tien meter uitgesneden waren en toegang verschaften tot het woud erbuiten. Ook de menigte keek rond, nauwkeurig de schaduwrijke gaten onderzoekend naar het eerste spoor van een oranje flits.
'Daar!' gilde iemand. 'Daar!'
Het was de eerste tjsak-tsjak. Hij stoof over de arenavloer, en zag er niet gevaarlijker uit dan een oranje zwabber. Tot het wezentje zijn bek opende! De menigte snakte naar adem toen een van de krachtige kaken zich opensperde en de rijen messcherpe tanden liet zien.

De komst van de eerste tsjak-tsjak had de menigte rond de arena in rep en roer gebracht. Ladinghennen en jonge totovogels schoten door de massa, terwijl ze steeds wijzigende noteringen uitschreeuwden en goudstukken wisselden (waarbij elk stuk gecontroleerd werd door er hard in te bijten) voor gokboekjes.
'Vijfentwintig op twaalf minuten!'
'Vijftig op zevenenveertig dode tsjak-tsjaks.'
'Honderd dat hij maximaal nog tien seconden heeft!'

Warkweep keerde zich misselijk af en begroef zijn gezicht in zijn handen.
Een laatste gebulder steeg op.
'JA!'
Steeds luider werd er geschreeuwd tot de terrassen zelf begonnen te trillen van het kabaal. Boven het geraas weerklonken de bazuinende hoorns. Maar de herrie nam niet af. Een van de ladinghennen trippelde naar de koninklijke loge en overhandigde de roestmoeder een boodschap.
Moeder Muilklauw kwam nogmaals overeind. Een stilte viel.
'De luchtpiraatkapitein is erin geslaagd vierenveertig tsjak-tsjaks te doden voor zijn heengaan', deelde ze mee. 'En nog eens zevenentwintig werden gewond.'
De winnaars juichten. De verliezers – die met veel meer waren – gromden.
'De wedstrijd heeft precies tien minuten geduurd en...'
Ze aarzelde. De toeschouwers klapten hun gokboekje dicht. 'Tien minuten en veertig seconden. Een vier en een nul. Veertig.'
Ook nu weer werden de schaarse vreugdekreten ruim overstemd door een algemeen gegrom van ontgoocheling. Moeder Muilklauw klepperde met haar snavel.
'Maar nu, vrienden, moeten we verder gaan', verkondigde ze. 'Tijd voor de hoofdattractie van deze avond.'
Ze knikte naar de krijsvogelwacht op het platform onder haar, die aan een groot wiel begon te draaien. De katrollen kreunden. De touwen kwamen in beweging. Hoog boven de koninklijke loge begon de onderkant

van een zware, ijzerhouten kooi langzaam te zakken vanuit het dichte, grijs-zwarte gebladerte.

'Een klassiek gevecht!' krijste de roestmoeder. 'De ultieme confrontatie! Kracht tegenover uithouding. De machtige tegenover de massa.' Ze wierp haar hoofd achteruit. 'Voor jullie vermaak en plezier... bijzonder zeldzaam... op het toppunt van zijn fysieke kracht...'

De menigte werd wild van verwachting; ze zwaaiden met hun armen en stampten met hun voeten. En naarmate de kooi lager zonk – en het wilde, woedende beest onthulde dat hard sloeg tegen de tralies van zijn hangende gevangenis – werden hun bloedlustige kreten steeds uitzinniger. Moeder Muilklauw glimlachte zelfgenoegzaam en toen de kooi pal naast de koninklijke loge hing, knikte ze nogmaals naar de krijsvogel. De katrollen stopten. Met een schok hield de kooi stil. Moeder Muilklauw stak een grote, geklauwde hand op.

'Ik schenk jullie... een GABBERBEER!' krijste ze.
Twijg hapte naar adem. Dit was niet zomaar *een* gabberbeer. Dit was Goem.
Geen twijfel mogelijk. Ook al had hij zijn gezicht niet herkend, de onmiskenbare littekens van de gespijkerde put waarin hij ooit gevallen was, blonken in zijn linkerflank.
Zachtjes klokkend stak Moeder Muilklauw haar hand uit en streelde de klauwen van de gabberbeer, die uitstaken door de tralies van de hangende kooi. 'Ik weet dat hij die tsjak-tsjaks zal laten lopen voor hun geld', zei ze met omfloerste stem.
De menigte – opgezweept door de gedachte aan de op til zijnde confrontatie – begon opnieuw te scanderen.
'Neer!' eisten ze.
'Neer! Neer! Neer!'
Warkweeps hele lichaam schudde van afgrijzen.
'We moeten snel handelen', zei Twijg met aandrang. 'Ga terug naar de roofgrijnskraal waar we voorbijgekomen zijn. Koop vier roofgrijnzen', zei hij en schonk Warkweep een handvol goudstukken. 'Koop de grootste en sterkste die je vindt. Kom dan naar de andere kant van de arena, op het pad recht onder de takken van de ijzerhoutboom.'
'Maar Twijg...', begon Warkweep.
'*Nu*, Warkweep', zei Twijg vastberaden en schoot, nog voor zijn leerjongen iets kon zeggen, door de menigte.
Warkweep staarde hem een ogenblik achterna, en richtte zich toen tot Spoeler.
'Laten we die roofgrijnzen gaan kopen', zei de eikelf.

Warkweep knikte. Hij hoopte alleen maar dat Twijg wist wat hij deed.

Terwijl in de hele arena koortsachtig gewed werd, haastte Twijg zich naar de ijzerhoutboom.

'Dertig goudstukken op 28 minuten en negen seconden.'

'Vijftig supertrio op minstens tweehonderdvijftig tsjak-tsjaks die eraan moeten geloven!'

'Vijfenzeventig goudstukken!'

'Honderd!'

Twijg negeerde de kreten van pijn en woede terwijl hij zich een weg baande door de woelende menigte en bereikte uiteindelijk de stam van de grote boom die achter het hoogste terras opdook. Daar hield hij halt, maakte de enterhaak op zijn lange overjas los en spiedde in het rond.

De sfeer in de arena was nu bijna hels te noemen en niemand – krijsvogel noch toeschouwer – had oog voor de jonge, in schaduwen gehulde luchtpiraatkapitein. Twijg nam het touw in zijn hand, slingerde de haak in de takken boven zijn hoofd en hees zich aan het strak gespannen touw omhoog.

'En nu', schreeuwde Moeder Muilklauw boven de herrie uit, 'is het ogenblik aangebroken waarop jullie allemaal gewacht hebben!' Ze knikte naar de krijsvogelwacht, die nu de kooi moest laten zakken tot in de put.

Twijg bereikte een lange, brede tak en kroop er behoedzaam langs tot hij vlak boven de koninklijke loge en de hangende kooi hing. Onder hem richtte Moeder Muilklauw haar vleugels op.

'En nu', verkondigde ze, 'laat de wedstrijd beginnen... *Whurrggh!'*

Als één liet de menigte een kreet van verwondering horen bij de aanblik van de jonge luchtpiraatkapitein die zich liet vallen in de koninklijke loge en de roestmoeder greep. Een arm sloot zich rond haar keel; een hand drukte het glinsterende blad van een mes tegen haar gevederde nek.

'Breng de kooi niet lager!' bulderde Twijg. 'Hijs ze weer tot op de hoogte van de koninklijke loge – of de roestmoeder gaat eraan!'

Met een schreeuw van verontwaardiging wachtte de krijsvogel en staarde Twijg verbaasd aan. Langzaam begon ze in tegengestelde richting te draaien. De roestzusters waren rumoerig en liepen luid krijsend en snerpend heen en weer op het podium. Andere krijsvogels – geelbruine wachters en grote slavendrijfsters met getande snavels – verzamelden zich dreigend onder de boom.

'Achteruit!' gromde Twijg. 'Zeg het ze', siste Twijg in Moeder Muilklauws gevederde oor. 'Zeg het ze nu!'

'G... ga achteruit', zei Moeder Muilklauw met afgeklemde stem.
'En zeg ze hun wapens te laten vallen!' Twijg verhoogde de druk op het mes.
'Doe wat hij zegt!' schreeuwde ze.
'Dat is beter', zei Twijg. Zonder de druk op het mes te verlichten greep hij naar de kooi en maakte de afsluiting aan de bovenkant los. Een van de gabberbeers massieve klauwen verscheen.
Plotseling leek de menigte te beseffen wat er gebeurde. Tot dan had het spektakel van de jonge kapitein die de roestmoeder bedreigde hen in de ban gehad. Maar nu zagen ze zijn bedoelingen en dat zinde hen allerminst.
'Hij laat hem vrij!' gromden ze woedend. 'Hij laat de gabberbeer vrij!'
Twijg sleepte de tegenspartelende Muilklauw naar het uiteinde van de koninklijke loge, terwijl de gabberbeer zich uit de kooi hief. Met bonzend hart keek hij toe hoe het grote, lompe schepsel een tak boven zijn hoofd greep voor steun, en over de gapende kloof stapte.
Toen de gabberbeer in de koninklijke loge belandde, barstte de menigte woedend los. 'Hij ontsnapt!' gingen ze te keer.
De roestzusters onder de loge strekten hun halzen uit om te zien wat er aan de hand was.
Twijg keek toe hoe de gabberbeer overeind klauterde.
'Goem', zei hij. 'Ik wist dat jij het was.'
'Wuh?' vroeg het grote beest. 'T-wuh-g?'
'Ja, Goem', zei Twijg. 'Ik had toch beloofd dat ik nooit mijn bemanning in de steek zou laten?' Hij richtte zijn

blik naar boven. 'Hijs jezelf op die tak boven onze hoofden. Trek me daarna naast je.'
De gabberbeer rilde angstig, waardoor de koninklijke loge begon te trillen. Moeder Muilklauw schreeuwde het uit toen Twijgs mes sneed in de schubbige huid onder haar veren. De menigte huilde ontzet terwijl het grote, sjokkende creatuur zich uitstrekte, zijn klauwen liet zinken in de tak boven zijn kop en zijn boomstammen van benen de lucht in slingerde.
'Een honderd vijftig dat hij het niet haalt', riep een stem boven het kabaal uit.
'Tweehonderd dat we nog voor de avond valt een nieuwe roestmoeder hebben!' gilde een andere.
De massa ging totaal uit de bol.

Bij zijn derde poging slaagde Goem erin om zijn benen over de tak te slingeren en trok zichzelf omhoog. Hij hurkte op de brede tak en liet een indrukwekkende arm zakken. 'Whu!' zei hij.
Twijg greep de pols van de gabberbeer. Goem trok en Twijg werd uit de koninklijke loge getrokken. Zodra

haar belager weg was, schreeuwde Moeder Muilklauw het uit.

'Grijp hem!' krijste ze, van woede op en neer springend in haar loge. 'Niemand bedreigt de roestmoeder zonder te sterven! Wachters!... *Aaaargh!*' gilde ze, toen een van de gabberbeers messcherpe klauwen meerdere touwen doorsneed die de koninklijke loge op zijn plaats hielden. De loge schommelde gevaarlijk. Haar scherpe klauwen boorden zich in de houten flanken. 'Nee', jammerde ze. 'Heb medelijden...'

'Medelijden?' riep Twijg. 'Dit had al veel eerder moeten gebeuren!' En met deze woorden reikte hij omlaag en sneed het laatste touw door.

De koninklijke loge tuimelde door de lucht, terwijl Moeder Muilklauw niet ophield met schreeuwen.

De menigte vond het spektakel heerlijk. Dit was veel beter dan de gabberbeer. Dit was de roestmoeder in hoogsteigen persoon. Toen de eerste tsjak-tsjaks te voorschijn kwamen uit de donkere gaten in het mazenwerk,

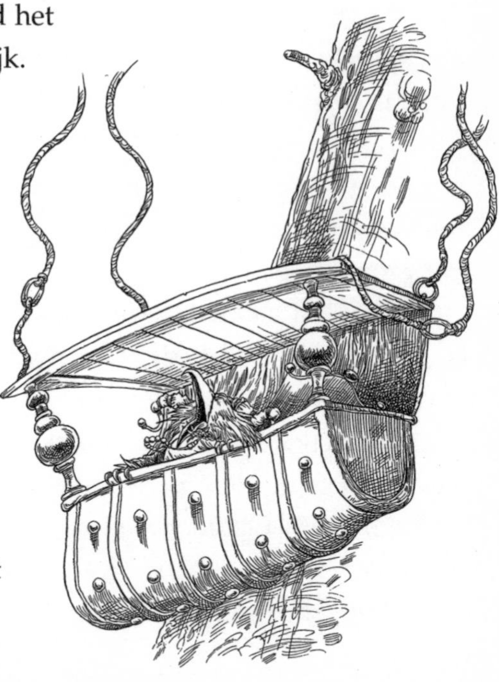

werd het geraas van de massa oorverdovend. Er was geroep. Gejank. Gebulder en gekrijs. 'Honderd op...' 'Vijfhonderd dat...' 'Duizend!'
Twijg richtte zich tot de gabberbeer, die hem met een beverige klauw vastgreep.
'Stap voorzichtig langs deze tak', riep Twijg, 'en vervolgens omlaag naar deze en dan naar die daar.' Hij wees naar een bredere, plattere tak die uit de stam achter hen groeide. 'Die is bijna zo breed als de wandelpaden. En als ik zeg spring, spring je!'
'Wuh!' gromde de gabberbeer bang.
Het lawaai rond hen was oorverdovend: een gegil van jewelste van de krijsvogels en het gebulder van de bloeddorstige massa.
'Vertrouw me maar', zei Twijg, die zich nauwelijks hoorbaar kon maken. Hij draaide zich om en stapte over de takken, met uitgestrekte armen om zijn evenwicht te bewaren terwijl de zware gabberbeer angstig achter hem aan sjokte. De bladeren trilden. De takken zwaaiden. Onder hem zag Twijg de planken van het houten wandelpad naderen.
'Spring!' zei hij.
'WUH!' riep de gabberbeer en samen sprongen ze van de tak naar het pad onder hen. Twijg klauterde overeind en speurde wild in het rond. Van alle kanten kwamen woedende krijsvogels op hen afgestormd, zich een weg banend door de menigte die zich nog steeds verdrong om het buitengewone spektakel dat zich ontvouwde in de put.
'Twijg! Twijg!' klonk een dringende stem.

Twijg draaide zich om en zag Warkweep en Spoeler op een breed platform voor hen uit, zich een weg banend door de menigte. Ze hielden elk een leiband in hun handen, met aan het uiteinde ervan vier opgeschrikte roofgrijnzen.

'Goed zo, Warkweep!' riep Twijg.

Toen landden vier krijsvogelwachten op het wandelpad. Ze kwamen neer tussen hen in, en sneden Twijg en de gabberbeer de pas af. In een fractie van een seconde had de gabberbeer zich op hen gestort. Met een machtige uithaal van zijn klauw mepte hij twee krijsvogels van het pad in een wolkje van veren. De andere twee lieten hun knuppels en vlegels vallen, en vluchtten bang schreeuwend.

'Het zijn de grootste die ik kon vinden', hijgde Warkweep, toen hij en Spoeler uiteindelijk de anderen bereikt hadden. De roofgrijnzen maakten bokkensprongen en hinnikten.

'Ideaal', zei Twijg. 'Goem, neem de grootste. Klim er maar op, allemaal.' Hij nam de teugels van zijn eigen roofgrijns en besteeg het dier.

Goem bleef staan. 'Wuh-wuh!' gromde hij ellendig.

'Het is de *enige* manier', zei Twijg. 'Kom op!'

Steeds meer krijsvogels verzamelden zich. Nu bleven ze nog hangen, maar zodra ze met genoeg waren, zouden ze op hen afstormen. In hun gele ogen lag moordzucht.

Aarzelend klom de massieve gabberbeer op de wachtende roofgrijns. Het schepsel kreunde onder het zware gewicht, en zette zijn achterpoten schrap.

'Klaar?' vroeg Twijg.
De gabberbeer knikte ongelukkig.
'Vooruit dan maar!' riep Twijg.
Hij greep de teugels beet en schopte hard in de flanken van de roofgrijns. De anderen volgden zijn voorbeeld. Het volgende ogenblik – als in een soort vreemde dans – steigerden de vier beesten, klauwden in de lucht met hun voorpoten en sprongen vooruit.
Zich vastgrijpend alsof hun leven ervan afhing, stormden Twijg en Warkweep, Spoeler en Goem over het wandelpad, weg van de ijzerhoutboom en de afgrijselijke arena. Ze stompten toeschouwers en krijsvogels aan de kant. Warkweep hield zich wanhopig vast. Hij had nog nooit op een roofgrijns gezeten, en zou het ook nooit meer doen. Het was angstaanjagend.
De wandelpaden schommelden en trilden onder hen, marktstalletjes zakten in elkaar toen ze voorbijraasden – maar de roofgrijnzen waren niet alleen snel, ze hadden ook een vaste tred. De markt schoot voorbij in een wazige vlek van kleuren en vettig lamplicht.

Plotseling naderden ze het eind van het wandelpad dat op niets uitkwam. Hier lag de grens van de slavenmarkt. Het verbaasde gezicht van een blauwgrijze ladinghen tuurde recht voor zich vanuit een ladinghut.

Wat nu? dacht Warkweep met bonzend hart.
Zonder ook maar een ogenblik te aarzelen lanceerde de roofgrijns waarop hij zat zich van de rand van het wandelpad de lucht in. Warkweep duwde zijn hielen diep in zijn buik terwijl de wind langs hem heen floot. Hij greep de teugels met witte knokkels vast.
Onder hem opende het woud zich als een gapende kloof. Ze vielen. Ze vielen steeds dieper. Zijn maag draaide; hij kneep zijn ogen stijf dicht. Dit was erger dan de manden in Sanctaphrax, erger dan het piratenschip, erger dan...
Ka-dunk!
Zijn hele lichaam dreunde toen de roofgrijns met zijn voorpoten een tak beetgreep en, in een en dezelfde beweging, zich opnieuw afstootte op zijn achterpoten.

Warkweep greep de teugels nog strakker beet. Opnieuw opende het woud zich. En opnieuw landde de roofgrijns stevig op zijn poten op een tak alvorens zich hard af te stoten op zijn machtige achterhand en opnieuw te springen.

De roofgrijns was goed opgeleid. Hoewel Warkweep er nog nooit een bereden had, hoefde hij zich alleen vast te houden terwijl het dier van tak tot tak zijn weg zocht door het woud. *Ka-dunk – whooosh! Kadunk...* Beetje bij beetje werd het makkelijker. Warkweep leerde wanneer hij zijn maag moest spannen en wanneer los te laten; wanneer voorover te leunen en wanneer wat achteruit te gaan zitten.

Maar wat met de anderen?

Warkweep wierp een snelle blik over zijn schouder. Twijg en Spoeler volgden hem op de voet. En achter hen liep de gabberbeer. Ondanks het gewicht op zijn rug, kon Goems roofgrijns hen bijhouden. Toen zag Warkweep tot zijn schrik een vlaag van beweging achter de gabberbeer. Een half dozijn of meer geelbruine krijsvogelwachters, ook op roofgrijnzen, zat hen op de hielen.

'Wat doen we, Twijg?' riep Warkweep uit. 'Ze halen ons in!'

'Moed, Warkweep!' riep Twijg buiten adem uit. 'Roofgrijnzen zijn beesten uit het Diepe Woud. Ze zijn het gewend in een donker bos te lopen. Maar krijsvogels zijn roestschepsels. Ze dwalen zelden af van de groep.'

Heel plotseling verdwenen de lichten van de slavenmarkt en werden ze in een gloed gedompeld. War-

kweep schreeuwde het uit van angst en kneep zijn ogen stijf dicht.
'Niets aan de hand!' hoorde hij Twijg blij roepen. 'Warkweep, open je ogen, er is niets aan de hand!'
Warkweep deed wat hem gezegd werd en zag tot zijn opluchting dat, hoewel het woud zelf gitzwart was, de luchtpiraten waarmee hij reisde stralend schenen in het duister. Twijg, Spoeler en de gabberbeer baadden alle drie in een vreemd, helder licht.
En verder gingen ze, zonder ook maar een ogenblik te vertragen, van de ene tak naar de volgende zwarte, opdoemende tak. Gezwind en met vaste tred.
Toen riep Twijg uit: 'Ze zijn gestopt!'
Warkweep keek nog eens om. Hij zag de groep roofgrijnzen met hun krijsvogelruiters hangen in de takken in de schaduwen, een eind achter hen. Ze leken helemaal niet gehaast om de achtervolging voort te zetten in de diepten van het zwarte woud. Hij zag nog iets anders: zijn kokarde was helemaal verwelkt. Het enige wat overbleef, was de speld. 'De hemel zij dank!' murmelde hij. 'We hebben ze verslagen! We... *whoooah!*' snakte hij naar adem terwijl hij in het zadel gleed.
'Rustig maar, Warkweep', zei Twijg. 'We zijn dan wel ontsnapt uit de Grote Krijsvogel Slavenmarkt, maar er zijn nog steeds tsjak-tsjaks onder ons op de bodem van het woud.'
Warkweep greep zijn teugels stevig beet. En terwijl ze hun vlucht vervolgden en de slavenmarkt steeds verder achter zich lieten, fixeerde hij zijn blik vastberaden op het woud voor hem.

Ze stopten niet, vertraagden zelfs niet. Voor ze konden dalen om te overnachten, moesten ze er zeker van zijn dat ze verlost waren van de vraatzuchtige tsjak-tsjaks die aangetrokken waren door de slavenmarkt. Warkweep voelde zich moe worden.

'Hoe ver nog?' riep hij naar Twijg.

'Nog een beetje', riep Twijg terug. 'We moeten...'

'Kapitein!' riep Spoeler. De opwinding in zijn stem was onmiskenbaar. 'Kapitein Twijg, het is Goems roofgrijns.'

Twijg keek achter zich. 'O, nee', mompelde hij. Het arme schepsel bezweek bijna onder het loodzware gewicht van de gabberbeer. Het dier zat bijna helemaal door zijn krachten heen. Elke sprong was moeilijk, elke landing een gok. En wat Goem zelf betrof, de gabberbeers gloeiende gezicht was verwrongen van angst terwijl zijn lastdier verder sukkelde, steeds onvaster.

'Wuh', gromde hij. 'Wuh-wuh.'

Twijg zuchtte. Er viel niets aan te doen. Tsjak-tsjaks of geen tsjak-tsjaks, ze zouden moeten landen. Als de hemel het wilde, was de afstand tussen hen en de venijnige oranje wezentjes intussen groot genoeg.

'Naar beneden!' beval hij en rukte aan de teugels van zijn eigen roofgrijns. 'We gaan landen.'

Hun langzame afdaling viel samen met het dunner worden van de bomen. Terwijl ze benedenwaarts sprongen, van tak tot tak, lager en lager, speurde Warkweep de bodem af op zoek naar een oranje flits.

Niets te zien. Hij zuchtte van opluchting.

Ze landden in een open plek met bosjes grootgras.

Eerst Twijg, daarna Spoeler en Warkweep, en tot slot Goem. Zijn roofgrijns zakte in elkaar op de grond, hijgend van uitputting. Goem rolde eraf en lag naast het beest. Ook de anderen stegen af. Spoeler leidde de twee roofgrijnzen naar een nabije boom en legde ze vast aan een lage tak. Twijg stapte naar de gabberbeer en knielde naast hem neer. Hij sloeg zijn arm om de imposante nek van het schepsel en Goem klauterde overeind, waardoor hij Twijg optilde.
De twee figuren verlichtten de open plek met hun griezelige gloed.

Warkweep rende naar hen toe.
'Het is je gelukt!' riep hij uit. 'Het is je gelukt.'
Twijg draaide zijn hoofd en glimlachte zijn leerjongen toe. 'Het is *ons* gelukt', zei hij. 'Jij en ik en Spoeler, en Goem zelf. Het is ons allen gelukt!'

HOOFDSTUK ZESTIEN

HET WOUDTROLLENPAD

Na de lange en verre rit waren de vier reizigers uitgeput. Twijg besefte dat het geen zin had om die nacht nog verder te reizen.

'We stoppen hier', zei hij, 'en gaan morgen verder. Warkweep, Spoeler, stook een vuurtje. Goem en ik gaan op zoek naar wat te eten.'

'Aye, aye, kapitein', zei Spoeler.

Warkweep rilde toen hij Twijg en Goem zag vertrekken naar de duisternis van het immense woud. Ze leken zo klein in verhouding met de gigantische bomen: zo betekenisloos, zo kwetsbaar.

'Pas goed op jezelf', mompelde hij, en begon takken en stokken bij elkaar te rapen uit het kreupelhout uit de buurt – er goed op lettend dat hij niet te ver afdwaalde.

'Goed', zei Spoeler toen hij terugkwam. 'Maak daar maar een hoop.'

Warkweep liet de grote bos hout vallen en keek toe hoe Spoeler de vlam probeerde te krijgen in iets dat grijs en donzig was.

'Wat is dat?' vroeg hij.

'Schorsmos', zei Spoeler, tussen twee blaasbeurten in. Zijn gezicht was rood en gloeide. 'Die verdomde damp van het goedje.' Hij blies nog harder. Plotseling vatte het mos vlam. Spoeler plaatste het zachtjes op een platte steen en richtte zich tot Warkweep. 'Geef me enkele kleine takken', zei hij. 'Droge.'

Warkweep haastte zich naar de stapel en kwam terug met een handvol. Hij gaf ze aan Spoeler, die ze in de vorm van een piramide schikte boven de vlammen. Ze vatten vlam en samen stookten ze het vuur op met grotere blokken. In een mum van tijd brandde er een gigantisch vuur.

Terwijl Spoeler op zoek ging naar potten, borden en bekers, ging Warkweep naast het vuur zitten. Door de nachtgeluiden – hier een gil, daar een schreeuw – voelde hij zich veiliger naast de beschermende vlammen. Hij reikte in zijn tas naar zijn geliefde schorsrollen.

Plotseling weerklonk links van hem een dreunend geluid, en Goem kwam uit het bos aangestrompeld. Twijg volgde hem op de voet, in het spoor dat de gabberbeer gegraven had. Hij kwam bij het vuur en leegde een zak met vruchten en wortels op de grond. 'Eikappels, valleibessen, duizendbladwortels', zei hij, 'en talloze andere lekkernijen, speciaal uitgekozen door Goem met zijn gevoelige gabberbeerneus. Deze heerlijkheden zijn zowel voedzaam als lekker.'

'Wuh!' zei de gabberbeer, met een instemmend knikken. Hij liet zijn indrukwekkende schouders zakken en haalde er een jonge tilder van af. Een speer stak in zijn nek.

'Heb jij dat geschoten, Twijg?' vroeg Warkweep onder de indruk.

'Met mijn geïmproviseerde pijl en boog', lachte Twijg. 'Het was al een tijd geleden, maar ik heb het nog steeds in mijn vingers', zei hij. 'Steaks voor ons en de rest van het karkas voor de roofgrijnzen.'

Plotseling weerklonk een proestende hoestbui in de takken boven hun hoofden. Warkweep dook weg en beschermde zijn hoofd met zijn handen – tot hij zag dat de anderen lachten om hem.

'Een fromp, meer niet', zei Twijg. 'Totaal ongevaarlijk...'

'*Wa-iiiiii-kakakakaka...*'

De paarroep van een nachtmaki onderbrak hem. Warkweep dook opnieuw weg.

'Warkweep', zei Twijg zacht. 'Je bent terecht op je hoede, want het Diepe Woud is een donkere en gevaarlijke plek. Maar ik vrees dat je zult moeten wennen aan de geluiden die het woud maakt.'

Warkweep knikte schaapachtig. Het was niet zijn bedoeling zo te reageren. 'Ik denk dat ik nog wat van de thee nodig heb van die snatertrol', zei hij.

Twijg glimlachte. 'Misschien kan dat wel geregeld worden. We hebben de eikappels.' Hij keek Goem aan. 'Heb je wat harige herik gevonden?'

Verbazend voorzichtig voor een dergelijk schepsel, snuffelde de gabberbeer in de hoop vruchten en wortels. Hij haalde er een stompe wortel uit met een topje van veervormige blaadjes. 'Wuh', zei hij, en toonde de wortel samen met een bosje suikergras.

'Ziezo', zei Twijg. 'Alle ingrediënten die we nodig hebben.'
Tegen de tijd dat de maan, rond en helder, opging, smulden de vier reizigers rond het vuur van hun tildersteaks en zachte wortelpuree, terwijl de roofgrijnzen, die blijkbaar niet geleden hadden onder hun lange reis, met veel lawaai het karkas verslonden. Warkweep nipte van de thee die Twijg bereid had.
'Niet slecht', zei hij. 'Die van de snatertrol was zoeter, maar... zeker niet slecht.' Steeds meer geluiden stegen op in het Diepe Woud. Kuchen, piepen, krijsen... Warkweep glimlachte. 'En bovendien', zei hij, 'lijkt het te helpen.'
Twijg gaapte. 'Blij dat te horen...' Hij gaapte nogmaals. 'Ik neem de eerste waak voor mijn rekening.'
'Waarom ga je niet eerst wat slapen?' vroeg Warkweep genereus. 'Ik neem wel de eerste wacht.'
'Ik hou je gezelschap', zei Spoeler.
Twijg knikte, te moe om te discussiëren. 'We rusten tot het ochtendgloren', zei hij. 'We staan vroeg op.' En met de oude, bekende geluiden uit het Diepe Woud in zijn oren, ging hij bij het vuur liggen, krulde zich op en gleed in een diepe slaap. Goem volgde zijn voorbeeld. Spoeler ging kijken naar de roofgrijnzen.
Warkweep hurkte neer bij het vuur en pookte met een groenhoutstok in de gloeiende takken.
'Wie had kunnen denken dat *ik* ooit in het Diepe Woud zou belanden, het oude thuis van Boldok de Wijze?' mompelde hij. Hij legde de stok neer en haalde de oude schorsrollen uit zijn zak. 'Uitgerekend hier!'

Ver weg in de zwevende stad Sanctaphrax kronkelde een koude, dikke mist door de lanen en stegen. Vox, de rijzige leerjongen uit het College van de Wolk, huiverde, sloeg zijn met bont afgezette gewaden om en vergrootte zijn passen. Hij was al laat voor zijn geheime ontmoeting met de pas aangestelde Professor der Psycho-Klimatologische Wetenschappen.

'Uit mijn weg, misbaksel', snauwde hij, toen een ongelukkige subacoliet tegen hem op botste in de mist.

'S... sorry, Vox', stamelde de jonge kerel, en Vox hoorde tot zijn voldoening de eerbiedige angst in zijn stem. Hij gaf hem een pets om de oren, tweemaal.

'Kijk uit je doppen in het vervolg', snauwde hij en ging ervandoor, met fladderend gewaad in de ijzige wind.

CRASH!

De grond onder hem schudde. Vox deinsde geschrokken terug, keek vervolgens boos om zich heen, ervan overtuigd dat die onbeleefde jongeling iets geworpen had naar hem. Maar hij vergiste zich. Hij staarde beverig naar de gigantische brok vergruizeld metselwerk dat hoog boven zijn hoofd losgeraakt was door de beukende wind. Hij had hem op een haartje gemist.

'De hele stad valt in duigen', murmelde hij bitter. 'Waar is de tijd dat een leerlingschap in Sanctaphrax garant stond voor een mooie toekomst?' Steeds meer brokken cement en steen vielen neer op het wandelpad, en Vox schoot ervandoor. De laatste tijd was er niets meer veilig in Sanctaphrax; daar zorgde de woeste kracht van het weer voor. Storm na storm kwam aangewaaid vanuit het Klif en elke storm was erger dan de vorige – donderstormen, windstormen, vuur- en ijsstormen, grote stormen en geeststormen. Niemand had ooit zoiets meegemaakt. De beschadigde gebouwen konden niet snel genoeg hersteld worden, terwijl alle academische onderzoeken stilgevallen waren. Er was iets aan het broeien in de open hemel, zoveel was duidelijk – maar er was niet één academicus, zelfs niet de Allerhoogste Academicus zelf, die wist wat.

'En hoe kan een ambitieuze jonge leerjongen weten met wie hij een bondgenootschap moet sluiten als de voorwaarden zo onvoorspelbaar zijn?' vroeg Vox zichzelf af. Zou de Professor der Psycho-Klimatologische Wetenschappen uiteindelijk blijk geven van meer invloed dan de Professor der Wolken?

Hij bleef staan op een brug, greep de reling vast en staarde naar de wolken die de stad in tuimelden van voorbij het Klif.

'Die kleine hufter, Warkweep, had gelijk dat hij verdween uit Sanctaphrax', mompelde hij. Er werd verteld dat de jonge kerel vertrokken was met Twijg, de gek met zijn wilde ogen die de Professor der Duisternis onder zijn hoede genomen had. En wat nog merkwaardiger was, de professor had nog drie andere vreemde gasten... Vox knarsetandde. Ondanks zijn

woorden, was hij *allerminst van plan Sanctaphrax te verlaten.*

'Wat er ook gebeurt, ik draai de huidige situatie in mijn voordeel om', mompelde hij. Hij liet zijn vingers glijden over het litteken op zijn wang, het gevolg van de dampende kom tilderstoofpot. 'En wee Warkweep als hij ooit mijn pad kruist.'

Het miezerde in het Diepe Woud toen de vier reizigers de volgende morgen inpakten. De regen versomberde hun stemming. Twijg, Warkweep en Spoeler bestegen hun roofgrijns en vertrokken. Om zijn roofgrijns wat te sparen, reed of stapte Goem afwisselend achter hen aan, de leiband om zijn massieve voorpoot gewikkeld. Ze vervolgden zwijgend hun tocht door het dichte, groene woud. Het was geen toeval dat, naarmate steeds meer zware wolken zich boven hun hoofden samenpakten, ook hun twijfel groeide en steeds harder begon te knagen. Tot nu toe hadden ze geluk gehad – veel geluk – maar nu was hun geluk opgebruikt. Ze beseften allemaal dat nog een bemanningslid vinden in het onmetelijke Diepe Woud een onmogelijke taak was. Het beste waarop ze konden hopen was dat ze een dorp vonden waar ligamannen of luchtpiraten kwamen om handel te drijven – en dan te betalen om samen met hen terug te mogen keren naar Sanctaphrax. Maar in dit gigantische bos was zelfs dat bijna onbegonnen werk.

Toen de lucht opklaarde en de warme zon zich een weg brandde door het bladergewelf, vrolijkten ze op. Warkweep snoof de warme geuren in van het omgevende woudland: de donkere leembodem, het sappige gebladerte, het aromatische fruit. Helemaal anders dan de ranzige, rokerige geur die de lucht in Onderstad bezoedelde.

'Hoe gaat het?' vroeg Twijg hem.

'Het is hier zo mooi', zei Warkweep met een weids armgebaar. 'Vooral nu de zon schijnt.'

'Mooi maar dodelijk', zei Twijg met een lage stem.

Die eerste dag legden ze een flinke afstand af, en aten het fruit en de bessen die Goem snuivend als eetbaar bestempelde. (De roofgrijnzen moesten wachten tot 's avonds voor ze hun maaltijd kregen.) En terwijl ze verder reden, wees Twijg exotische schepsels aan die hij herkende.

In Warkweeps oren klonken de namen van de beesten steeds dreigender, en zijn nekharen prikkelden al gauw ongemakkelijk. Er waren stankpadden, met hun vieze, verstikkende adem; er waren katachtige mauwers, met een stekelige staart en giftig spuug; mandielen – kleverige wezens in de vorm van hersens die verborgen hingen in bulbulbomen en leefden van de hennen die bulbulbessen kwamen zoeken. Boven hun hoofden fladderde een rotzuiger traag door de lucht, terwijl een doodskopkwant – met zijn gele klauwen en haakvormige tanden – zich te goed deed aan een quarm die hij uit de bomen geroofd had.

Maar hoewel ze talloze schepsels hadden gezien, hadden ze toen het weer avond werd nog steeds geen enkele trog of kobold ontmoet – noch iemand anders die hen zou kunnen helpen.

Twijg leek steeds ongeruster. 'Ik ken het Diepe Woud', zei hij. 'Ik ben opgegroeid tussen woudtrollen. Ze hebben me geleerd nooit het bos te vertrouwen, altijd op mijn hoede te zijn voor gevaar.'

Warkweep keek op van de eikmalve die hij aan het roosteren was in de dansende vlammen van het vuur. Zijn mok thee stond naast hem op de grond. 'We redden het wel, Twijg', zei hij bang. 'Toch?'

'Zo de hemel het wil, Warkweep', zei Twijg zacht. Hij keek de jongen aan en glimlachte. 'Tuurlijk redden we het', zei hij geruststellend. 'Drink nu maar je thee.'

Maar op hun tiende morgen in het Diepe Woud, nadat ze nog steeds geen enkel schepsel ontmoet hadden dat kon helpen, was geen enkele hoeveelheid van de harige herik- en eikappelthee voldoende om Warkweep wat op te beuren. De roofgrijnzen waren verdwenen.

'Ik kan het gewoonweg niet geloven', gromde hij. 'Ik ben er zeker van dat ik naar hen ben gaan kijken toen

ik ging slapen. Ze zagen er wat nerveus uit – maar ik was er zeker van dat er niets aan de hand was.'

Twijg was verontrust. 'Iets moet ze aan het schrikken gebracht hebben, waardoor ze zich losgerukt hebben.' Hij keek Warkweep aan. 'Heb ik je niet gezegd een dubbele knoop te leggen in de leibanden?'

Warkweep staarde naar de grond. 'Het spijt me', zei hij, fluisterend. Hij keek schaapachtig op. 'Wel – wat doen we nu zonder de roofgrijnzen?'

'We gaan verder', zei Twijg boos. 'Te voet.' Met een akelig gevoel in zijn maag las Warkweep angst in zijn ogen.

Twijg legde er flink de zweep op en al snel liep Warkweep te puffen en te hijgen.

'Waarom rusten we niet eventjes?' piepte hij. 'Of minstens iets vertragen?'

Twijg legde zijn hand op de schouder van de leerjongen. 'Je moet nog veel leren over het Diepe Woud, Warkweep', zei hij. De angst lag nog steeds in zijn ogen. 'Ze zien er misschien vredig en idyllisch uit, maar achter elke boom loert gevaar – en we weten nog steeds niet wat de roofgrijnzen zo hevig aan het schrikken gebracht heeft. We moeten zo snel mogelijk een dorp vinden, anders gaan we er zeker aan.'

'Maar Twijg, een paar minuutjes rust kan toch geen kwaad', smeekte Warkweep.

Plotseling spleet een reeks oorverdovende kreten de lucht doormidden. 'Aaargh! *Aaaargh!* AAAAAARGH!'

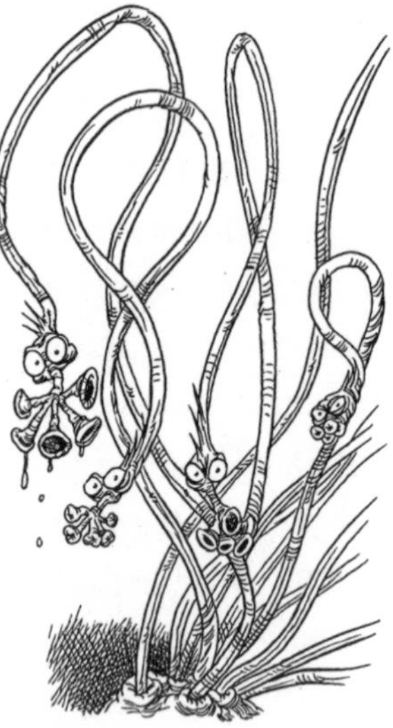

Een eind voor hen uit sprong de gabberbeer wild in het rond in het midden van een open plek met lang, wuivend gras. Hij leek wel bezeten. De eikelf viel nergens te bespeuren.

'Wuh!' brulde Goem, terwijl hij uitzinnig maaide naar de waaiende, groene stengels.

'Wat is er met hem aan de hand?' snakte Warkweep naar adem.

'Dit is het Diepe Woud, Warkweep!' zei Twijg. Hij trok zijn zwaard en stormde naar de gabberbeer. 'Ik heb het je al verteld – het gevaar loert overal!'

Met zijn dolk in de hand volgde Warkweep hem op de voet. Samen betraden ze de gevlekte open plek. Het grootgras rond hen groeide dik en lang. Goem zwaaide met zijn armen en riep hen tegemoet. Zelfs voor Warkweep – die geen snars begreep van wat de gabberbeer schreeuwde – was de betekenis overduidelijk. Ze moesten terug. De gabberbeer vertelde ze te ontsnappen nu ze nog een kans hadden.

Plotseling begon Twijg om zich heen te slaan. 'Ik moest het geraden hebben', riep hij terug. 'We staan in een bed rietalen, Warkweep. Ze zullen hier waarschijnlijk overal nestelen. Geen wonder dat de roofgrijnzen ervandoor gingen. Bescherm jezelf...'

Een ogenblik lang kon Warkweep zich niet bewegen. Waar het hoge gras geweest moest zijn, was er nu een grote hoeveelheid groene, wormachtige schepsels die recht uit gaten in de grond schoten. Ze hadden kleine, diepgezette ogen en als mond bloembladvormige zuigorganen die in hun richting slingerden toen ze voorbijliepen, en probeerden zich aan hun huid vast te hechten.

'Ga van me af!' schreeuwde hij terwijl hij draaiend en kerend erop los hakte met zijn dolk.

De wendbare rietalen weken terug voor het naderende mes, gleden weer in hun holen – maar schoten er een ogenblik later alweer uit. Warkweep sloeg voorwaarts en achterwaarts met zijn mes. Hij mocht geen seconde twijfelen. Toen hij de anderen inhaalde, droeg Goem de eikelf op zijn schouders en snelde ervandoor. Twijg greep Warkweep bij de arm.

'Haast je', zei hij, terwijl zijn zwaard een lage boog beschreef. 'We moeten hier weg. De rietalen zijn uitzinnig naar voedsel!'

Warkweep moest het geen tweede keer verteld worden. Wild hakkend met zijn dolk naar alles wat bewoog, stormde hij voorwaarts.
De rietalen waren listig. Ze vlochten zich in elkaar om hem de weg te versperren. Ze gleden over de grond naar zijn enkels.
'Warkweep, voorzichtig!' riep Twijg, en hakte een lus van in elkaar gehaakte alen doormidden.
'Diepe Woud', murmelde Warkweep. 'Gevaar...' Hij struikelde voort. Onder zijn voeten groeide opnieuw grootgras. Hij sloeg dubbel en hapte naar adem. 'Dat... was... nipt', hijgde hij. 'Ik...'
'*Te* nipt', hoorde hij Twijg zeggen. Hij keek op. Twijg knielde neer naast het lichaam van Spoeler, met Goem naast hem.
'Is hij...?' vroeg Warkweep.
Twijg knikte. 'Dood', zei hij. 'De giftanden van de rietalen hebben hun gif in zijn lichaam verspreid.'
Warkweep staarde ontzet naar de bloembladvormige vlekken op de blote huid van de eikelf; naar zijn bleke gezicht, zijn gezwollen lichaam. 'Vervloekt!' huilde hij en gooide zijn hoofd in zijn hals. 'Vervloekte Diepe Woud!'
Twijg trok zijn jeugdige leerjongen overeind. Hij sprak zacht maar met aandrang. 'Wees voorzichtig, Warkweep. Het Diepe Woud heeft oren. Geloof me maar, ik weet er alles van.'
Warkweep keek in Twijgs ogen en zweeg. Er was inderdaad nog zoveel dat hij moest leren over het Diepe Woud.

Nadat ze Spoeler volgens de traditie begraven hadden diep in de wortels van een wiegeliedboom, vertrokken Twijg, Warkweep en Goem opnieuw. Ze waren bedroefder dan ooit. Twijg vervloekte zichzelf dat hij de eikelf niet verplicht had terug te keren met de *Luchtkaper*. Het bos rond hem leek dieper en donkerder dan voorheen.

Steeds verder trokken ze. Steile, grazige glooiingen op, door moerassige laaglanden, over heuveltjes en bulten en rotsige aardlagen. Warkweep was zo uitgeput dat elke stap een inspanning vergde. Doornstruiken schramden zijn benen, takken sloegen in zijn gezicht. Zijn benen deden pijn. Zijn maag knorde.

De zon sloot nog maar eens een dag af. De lucht werd donker en de maan ging op. Plotseling hield Twijg halt. Hij stond stokstijf, met een uitdrukking van verbazing op zijn gezicht.

'Zal ik wat vuurhout halen?' vroeg Warkweep.

Twijg schudde zijn hoofd. 'Ik kan het niet geloven', mompelde hij.

'W... wat?' vroeg Warkweep, terwijl zijn ogen angstig in het rond spiedden.

Twijg wees naar de grond aan hun voeten. 'Kijk! Daar!' zei hij.

'Ik zie niets', zei Warkweep. 'Twijg, alles goed met jou?'

'Het is een pad, Warkweep', zei Twijg. 'Een *woudtrollen*pad.'

Warkweep fronste. 'Een woudtrollenpad?'

'Ja', zei Twijg. 'Ik zou het overal herkennen. Het pad is afgeplat door talloze generaties wandelende woudtrol-

len. Kijk eens daar, gebakken in de modder: een voetstap. Kijk naar de brede hiel, de lage boog, de stompe tenen. Onmiskenbaar. Dit is absoluut zeker een woudtrollenpad!' Hij keek op naar Warkweep, met tranen in zijn ogen. 'Ooit, heel lang geleden, ben ik afgedwaald van een pad als dit. Het was een vergissing, maar zoals ik later leerde, lag mijn lot buiten het Diepe Woud.' Hij zuchtte. 'Nu lijk ik de cirkel te sluiten.'

'Denk je dat *dit* het pad is waarvan je afgedwaald bent?' vroeg Warkweep vol ongeloof.

'Alle woudtrollenpaden sluiten op elkaar aan', zei Twijg. 'Ze vormen een netwerk door het hele Diepe Woud – naar de fikhoutgroeves, naar de marktplaatsen. Ze verbinden het ene woudtrollendorp met het andere. Als we op het pad blijven – *het* pad – komen we vanzelf bij een woudtrollendorp. En woudtrollen drijven handel met luchtpiraten! We zijn gered, Warkweep! We zijn gered!'

'Wel, waar wachten we dan nog op?' zei Warkweep en draaide zich om. 'Laten we het pad volgen!'
'Ik kan het gewoon niet geloven', fluisterde Twijg. 'Na al die jaren heb ik het pad teruggevonden!' Hij keek op. 'Hé, wacht op mij, jullie twee!' Hij stapte het pad op en liep Warkweep en Goem achterna.
Het pad kronkelde en slingerde, maar verdween nooit. In het glinsterende licht van de maan blonk het helder als het slijmspoor van een bastslak. Vaak kwamen ze bij vertakkingen in het pad, soms aan kruispunten waar meerdere paden elkaar kruisten. Maar Twijg twijfelde nooit over de richting die ze moesten inslaan.
'Alle paden leiden naar andere paden die leiden naar woudtrollendorpen', stelde hij hen gerust. 'We kunnen ons dus niet vergissen.'
Warkweep knikte. Maar hoe verder ze gingen, hoe meer het gevoel hem bekroop dat de jonge kapitein hen in een bepaalde richting stuwde.
Plotseling stopte Twijg. 'Snuif de lucht op', zei hij. 'Die aromatische geur is afkomstig van parfumhout. Dat hout verbranden de woudtrollen in hun kachels als ze willen dromen, en wanneer...' Hij zweeg en hield zijn hoofd schuin. 'Horen jullie dat?' fluisterde hij.
Warkweep luisterde en ja – daar voorbij de geluiden van de nachtschepsels, was er nog iets anders.
'Muziek', zei hij verbaasd.
'Dan zijn we in de buurt van een dorp', zei Twijg.
Ze stapten nog wat voort. De klank van droevig zingende stemmen sijpelde door de bomen. Toen draaide de wind, en de klaagzang stierf weg – maar kwam een

ogenblik later, luider dan voorheen, alweer terug. Lage stemmen, hoge stemmen, die hun eigen melodieën zongen maar niettemin samenklonken door de droevige, onderliggende melodie.

'Wuh-wuh!' zei Goem.

'Ik ken deze muziek', zei Twijg met een vreemde, gekwelde uitdrukking op zijn gezicht. 'Er is iemand gestorven.' Hij keek Warkweep aan. 'Ze voeren hun Ceremonie voor de Doden uit.'

Aangetrokken door het trieste lied, bleven ze het pad volgen. Ze sloegen linksaf. Dan nog eens links. Daarna rechts. Plotseling verscheen door de dichte ondergroei het flikkerende geel van fakkellicht. Twijg bleef staan en beefde.

Warkweep had hem nog nooit zo gezien. Jong. Onzeker. De jaren leken weggesmolten, en lieten de onervaren woudtroljongen binnenin vrij. Zijn ogen glansden van de tranen en er speelde een droeve glimlach om zijn lippen.

'Twijg', zei Warkweep bezorgd. 'Scheelt er iets? Wil je terugkeren?'

Twijg schudde het hoofd. 'Nee', sprak hij. 'Er is niets met mij aan de hand. Het is gewoon dat ik zoveel vergeten was. Ik ben in een dorp als dit opgegroeid, Warkweep.' Hij tuurde voor zich uit naar de vertrouwde woudtrolhutten, die hoog in de bomen gebouwd waren. 'Ik woonde ooit in een fikhouthut als deze... Maar genoeg!' Twijg leek zichzelf te vermannen. 'Blijf dicht bij me. En als iemand ons tegenhoudt, voer ik het woord. Woudtrollen kunnen heel wantrouwig reageren op onaangekondigd bezoek – vooral bij een sombere gelegenheid als deze.'

Ze bevonden zich op de rand van een open plek die gedomineerd werd door een gigantische wiegeliedboom waaraan een schutvogelcocon hing. Het was in zulke cocons dat de grote schutvogels uit het ei kwamen, en dat de wijzen van de dorpen – doorgaans eikelven – woonden. Door te slapen in de cocons konden ze de dromen delen van de overal heen reizende vogels.

Het leek wel alsof elke dorpeling naar de open plek gekomen was, met een toorts in de hand, rond de grote boom. De muziek kwam van in het midden van de menigte, pal onder de cocon.

Terwijl Twijg en de anderen dichterbij kwamen, bereikte het ceremoniële lied zijn hoogtepunt – een dissonant gehuil van smart dat steeds hoger klom. Twijg aarzelde. De woudtrollen stonden in dikke rijen voor hem, met hun rug naar hem gekeerd en hun gezicht naar de grond gericht. Plotseling was het lied ten einde. De daaropvolgende stilte werd verbroken door een stem. De stem kwam uit de schutvogelcocon.

Twijg snakte naar adem. Die rijke, krakende stem zou hij uit duizenden herkennen. 'Nee', mompelde hij. 'Nee, dat kan niet.' Hij ging op het puntje van zijn tenen staan om over de gebogen hoofden heen te kunnen kijken. Een oude eikelf zat in de opgehangen schutvogelcocon, hoog in de majestueuze, wijd vertakkende wiegeliedboom.

'Klishaar!' fluisterde hij.

'Ken je hem?' zei Warkweep.

'Ik... ik kan dit nauwelijks geloven', zei Twijg. 'Dit is net een droom, Warkweep. Ik heb inderdaad de cirkel gesloten. Dit is niet zomaar een woudtrollendorp. Dit...' Hij slikte de pijnlijke krop in zijn keel door. 'Dit is *mijn* dorp, Warkweep. Ik ben weer thuis.'

'Uit de hemel komen we en naar de hemel gaan we', reciteerde de eikelf. *'We dalen af en we stijgen op. Deze avond zijn we hier samengekomen om aan de open hemel toe te vertrouwen, zodat zijn onbezwaarde geest weer vrij kan vliegen, het lichaam van onze geliefde Tuntum, echtgenoot, vader, vriend...'*

'Tuntum? Zei hij Tuntum? Nee, dat kan niet waar zijn!' huilde Twijg.

De woudtrollen draaiden zich om en zagen een grote, slungelachtige figuur met samengeklit haar en een harige, lange overjas naar hen toe stormen.

Woedend door deze inbreuk, maar tegelijkertijd te verlegen om iets te ondernemen tegen de vreemdeling met zijn wilde blik, week de menigte uit elkaar om hem door te laten.

Twijg bleef voor de wiegeliedboom staan, onder de cocon. Voor hem stond de bedroefde familie. Overmand

door verdriet zochten ze troost bij elkaar en ze keerden zich woedend als één man naar de ongewenste indringer. Twijg durfde het nauwelijks te geloven en toch was het zo, hij kende ze allemaal: Snutpil, Schildkruid, Poehsnif, zijn halfbroers en -zusters, waarvan hij nooit gedacht had dat hij ze ooit zou terugzien. En daar, kleiner dan hij zich herinnerde, stond Spelda, de lieve woudtrol die hem als vondeling opgenomen had in haar huis en hem opgevoed had als haar eigen kind.
'Moeder-mijn!' snikte hij en liep haar met open armen tegemoet.
Spelda's mond viel open. Haar ogen verwijdden zich. 'Twijg?' zei ze. Ze staarde naar zijn lange jas en valschermzwevers, de uitrustingsstukken van een luchtpiraat. 'Ben jij het echt?'
Twijg knikte, met tranen in zijn ogen, en boog zich om haar handen in de zijne te nemen.
'Je bent teruggekomen', fluisterde Spelda.
Een tijdlang bleven ze elkaar in stilzwijgen aankijken: de grote, jonge luchtpiraatkapitein en de kleine, oude woudtrol. Uiteindelijk zette Spelda een stap achteruit.

'Ik weet dat jullie twee niet altijd konden opschieten met elkaar,' zei ze, 'maar nooit heeft hij opgehouden van jou te houden,

Twijg.' Ze snoof en veegde haar rubberachtige knopneus schoon. 'Tot zijn laatste ademstoot!'

Twijg keek neer naar het platform van samengebonden parfumhoutblokken aan zijn voeten; het vlot van zwevend fikhout dat, eenmaal in brand gestoken, de lucht in zou vliegen. Hij keek naar de in een doodskleed gehulde bundel die erop vastgemaakt was.

'Mag ik hem zien?' vroeg hij.

Spelda knikte. Twijg stapte voorwaarts en trok het doodskleed van houtspinzijde over Tuntums hoofd weg.

'Hij ziet er zo vredig uit', zei Twijg zacht. 'Hoe is hij gestorven?'

'In zijn slaap', zei Spelda. 'Hij was al verschillende manen ziek.' Ze glimlachte dapper. 'Hij was een goede echtgenoot en vader...'

'De tijd is aangebroken', klonk de stem van de eikelf boven hun hoofden.

Twijg boog voorover en kuste zacht Tuntums voorhoofd, en maakte daarna het doodskleed weer vast.

Snutpil zette een stap voorwaarts en overhandigde Spelda een brandende fakkel.

Ze keek er een ogenblik naar en richtte zich toen zacht zuchtend naar Twijg. 'Herinner je je nog de woorden?' vroeg ze.

Twijg knikte. Hij nam de fakkel van haar over en bracht hem omhoog. Achter hem vouwden de woudtrollen hun handen samen.

'Van de eerste bliksemflits bent u gekomen, O, Luchtvlam!' zei Twijg.

'O, Luchtvlam!' mompelden de anderen.

'Luchtvuur, ontsteek de brandstapel, keer terug naar de open hemel, O, Luchtvlam!'

'O, Luchtvlam!'

Twijg hurkte neer en raakte met de fakkel de onderkant van het luchtvlot. Er klonk een geknetter en gesis; het volgende ogenblik likten paarse vlammen aan het hele vlot.

'Keer terug naar de open hemel', murmelde hij, toen het brandend opsteeg en voor hem uit zweefde. De vlammen brandden nu nog heviger en het zwevende luchtvlot steeg met zijn kostbare lading op naar het dak van het woud in de eindeloze open hemel. Twijg keek toe hoe het vlot een bal werd, een vlek, een stip, en hij was niet in staat om zijn ogen af te keren terwijl het als een vallende ster door de hemel schoot.

'Twijg, beste kerel', klonk een stem. 'Kom eens hier. En sluit je mond als je geen woudmug wilt inslikken.'
Twijg keek op. Het oude en wijze gezicht van de eikelf glimlachte naar hem. Hij richtte zich tot Spelda, die knikte. 'Ga naar hem toe, Twijg', fluisterde ze.
'Ik groet je, Klishaar', riep Twijg terug, en boog laag.
'O, wat een beleefde frases en mooie bewegingen', antwoordde Klishaar. 'Laat me je eens goed bekijken, kerel.'
Twijg zette een stap voorwaarts.
'Kom, we moeten praten', zei Klishaar, en knikte naar de opgehangen slingerzetel. 'Je weet toch nog hoe je die moet gebruiken?'
'Jazeker', zei Twijg. Hij had het wel honderden keren gedaan toen hij nog klein was. Hij maakte zichzelf vast in de hangende zetel, greep het touw en trok zichzelf op tot hij hoog boven de grond was, op gelijke hoogte met de eikelf zelf, die tuurde uit zijn schutvogelcocon.

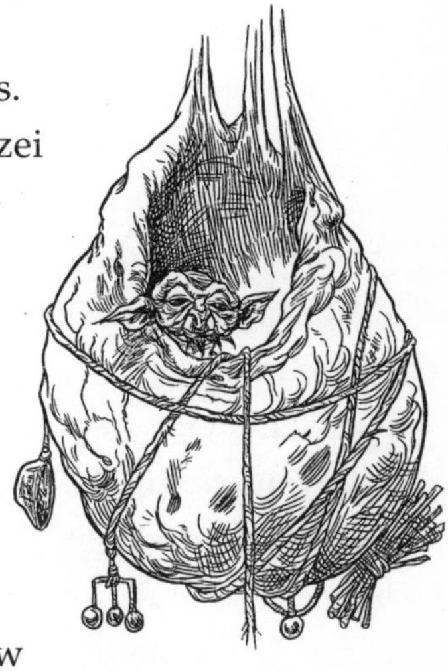

'Zo', zei Klishaar traag. 'Je hebt een hele weg afgelegd, Twijg. Ik verwachtte je komst.'
Twijgs ogen lichtten op. 'Je droomt schutvogeldromen, is het niet?' zei hij. 'Vertelde de schutvogel je dat ik eraan kwam?'
'Nee, Twijg, het was niet jouw schutvogel die me leerde dat je onderweg was.' Hij leunde voorover en raak-

te Twijgs gloeiende hand aan. Zijn ogen blonken. 'Het was iemand anders die jou riep – sinds zijn terugkomst uit de open hemel.'

Klishaar ging wat aan de kant zitten. En terwijl hij dat deed, stroomde een akelig licht van diep in de cocon naar buiten. 'Kapitein Twijg', zei een stem.

Twijg tuurde in de cocon. Zijn mond zakte open. 'Woudvis!' riep hij uit. 'Jij bent het! Maar hoe...? Wanneer...? Waar...?'

Klishaar gniffelde. 'Stel je nog altijd zoveel vragen, ja?'

Woudvis de waterzwerver leunde voorover. Zijn waaiervormige oren fladderden. 'Tot uw dienst, kapitein', zei hij. 'Ik wist dat het je zou lukken!'

'M... m... maar hoe is dit mogelijk?' stamelde Twijg. Hij keek van de een naar de ander.

Klishaar snoof diep. 'Ik geloof dat het geen toeval was dat Woudvis zijn *vallende ster* zo dicht bij het woudtrollendorp neerkwam waar zijn geliefde kapitein opgroeide. Je mag stellen dat hij ernaartoe getrokken werd', legde hij uit. 'De woudtrollen vonden hem en brachten hem naar mij. En sindsdien is hij hier. En wacht hij.'

'Wacht?' vroeg Twijg.

'Op jou', zei Klishaar.

'Ik kan je gedachten lezen, zoals je weet', onderbrak Woudvis hem. 'Zoals alle zwervers dat kunnen. Maar Klishaar heeft me geleerd te dromen.'

'En hij was een uitstekende leerling', zei Klishaar somber. 'Hij droomde van jou, toen je gebroken lag in de Stenen Tuinen, onder het verre Sanctaphrax.'

'Echt waar?' vroeg Twijg.
Woudvis glimlachte. 'Ja, kapitein Twijg', zei hij. 'En ik droomde ook van de anderen: Tarp in de tavernes, Wieknoot Vorst en Prutgrol in de riolen, de arme Spoeler op het slavenschip, en Goem in de handen van de krijsvogels. Mijn dromen raakten hen allen.'
'Hij heeft jou naar hen geleid, Twijg', zei Klishaar. 'Met een gefluister hier en een woord daar, vertelde hij welke weg je moest volgen. En daarna gidste hij je hierheen.'
Twijgs mond viel open. 'Jij!' zei hij tot Woudvis. Hij herinnerde zich het stille, sissende fluisteren dat hij zo vaak gehoord had – de stem die hem aanspoorde de Wiegelied Taverne binnen te stappen, die hem uit de handen van de klontertroggen trok, die hem hielp de *Luchtkaper* te kiezen uit de talloze luchtschepen die een plaats aanboden, die hem gidste langs het woudtrollenpad. 'De hele tijd was *jij* het!'
Woudvis knikte. 'Bij elke stap die je zette, kapitein', zei hij. 'Hoewel het met dromen alleen nooit gelukt zou zijn. Ik had je moed nodig, je koppigheid en vooral je loyaliteit. Dat hadden we *allen* nodig.' Om zijn rubberachtige mond speelde een glimlach. 'En dat is nog steeds zo.'
Twijg staarde terug. 'Heb je de *hele* bemanning gevonden?'
'Jazeker', bevestigde Woudvis.
'Dus het laatste bemanningslid', zei Twijg opgewonden. 'De Steenpiloot. Leeft de Steenpiloot nog?'
'Ja', zei Woudvis eenvoudig.

'Waar?' vroeg Twijg. 'Vertel me waar, Woudvis. We moeten onmiddellijk vertrekken.' Zijn hoofd tolde. 'En herinner jij je nog wat er gebeurd is in de open hemel?' drong hij aan. 'Wat is er gebeurd met de *Klifdanser*? En mijn vader – Woudvis, hebben we mijn vader gevonden?'

'Ik weet het niet', zei Woudvis, terwijl de voeldraden aan zijn mondhoeken trilden toen hij zijn hoofd schudde. 'Ik herinner me helemaal niets van wat er gebeurd is nadat we de maalstroom binnengevaren zijn. Maar ik weet wel wat voor ons ligt.'

'Wat ligt er voor ons, Woudvis? Vertel het me', zei Twijg met aandrang.

'Als ik erover droom,' zei Woudvis, 'worden mijn dromen donker. We moeten die duisternis betreden, kapitein, en nog verder gaan. Op de uiterste grens van mijn dromen wacht de Steenpiloot.'

'Maar waar, Woudvis? Waar?' schreeuwde Twijg nu bijna.

Woudvis keek naar Klishaar en vervolgens opnieuw naar Twijg. 'Aan de andere kant van het diepste en zwartste deel van het Diepe Woud,' zei hij, 'waar alle schepping begon... *Rivierspronq*!'

HOOFDSTUK ZEVENTIEN

HET ZWARTE HART VAN HET DIEPE WOUD

Hoezeer Spelda ook aandrong, Twijg wilde onder geen enkele voorwaarde langer in het woudtrollendorp blijven dan absoluut noodzakelijk was. Nog voor de zon op was, stond hij klaar om te vertrekken.

'Ik kom terug, Moeder-mijn', zei hij. 'Nu ik je gevonden heb, zal ik je niet opnieuw verliezen.'

'Beloofd?' vroeg Spelda.

'Beloofd', zei Twijg.

Spelda knikte droef, en veegde een traan weg. 'Neem deze', zei ze. 'Wat extra voorraad voor je lange reis. Eten en drinken. Een warme mantel.' Ze snoof. 'De bijl van je vader.'

Twijg hield de vertrouwde bijl in zijn handen. 'Dank je', zei hij.

Spelda glimlachte dapper. 'Tuntum hoopte altijd dat je hem op een dag zou hebben.' Ze rammelde in de zakken van haar schort en haalde een talisman te voorschijn aan een leren riempje. 'En dit is van mij', zei ze met tranen in haar ogen. 'Een amulet.' Ze rekte zich uit

en knoopte het om zijn hals. 'Het zal je beschermen op die donkere plekken waar je heen moet...' Ze huiverde. 'En je veilig terug naar mij brengen.'
'Met permissie, kapitein, maar we moeten vertrekken', zei Woudvis. 'We hebben een lange reis voor de boeg.'
Twijg bukte zich en kuste Spelda op haar voorhoofd. 'Zeg Klishaar gedag van me', zei hij. 'En maak je maar geen zorgen!'
Spelda knikte. 'En vergeet je belofte niet', zei ze. Ze droogde haar tranen. 'Ga nu maar', zei ze. 'En moge de hemel je beschermen.'
Twijg draaide zich om. De anderen liepen al het dorp uit naar het pad.
Hij stapte onverstoorbaar achter hen aan. Hij keek niet één keer om.
'Ze houdt erg veel van jou', zei Warkweep, toen hij hen ingehaald had. De gloed van de dorplantaarns en het gebabbel van de woudtrolstemmen stierven weg.
'Spelda?' zei Twijg. 'Ze was de liefste moeder die je je maar kunt dromen. En nu ik erop terugkijk, ook Tuntum hield van me – hij wist alleen niet goed hoe hij het moest tonen.'
Warkweep glimlachte flauwtjes. Hij dacht aan zijn eigen bullebak van een vader, Ulbus Pentephraxis, die hem zodra hij hem zag een pak slaag verkocht. Maar Twijg had *twee* vaders – Tuntum en Wolk Wolf – en hij wilde net Twijg vertellen hoezeer hij hem zijn herinneringen benijdde toen Woudvis plotseling bleef staan. Ze stonden voor een knoestige boom, die versierd was met haken en ringen.

'De Ankerboom', zei Twijg. 'Deze boom geeft de grens aan van het woudtrollendorp.'
Woudvis knikte. 'Vanaf hier moeten we onze eigen weg inslaan.'
Eén enkele bliksemflits schoot door de lucht, gevolgd door een onheilspellende donderslag. Regen – zwaar en warm – begon te vallen. Twijg betastte het amulet dat Spelda hem net gegeven had. 'Tijd om opnieuw van het pad af te dwalen', zei hij zacht.

Het woud werd dichter naarmate ze verder afweken van het woudtrollenpad in het Diepe Woud. De regen werd minder hevig en hoog boven hun hoofden kondigde de zon een nieuwe dag aan. En nog een. En nog een – tot het leek alsof ze hun hele leven niets anders gedaan hadden dan wandelen. Onder het woudgewelf bleef het altijd donker en schemerig. Warkweep haatte het. De lucht was benauwd, er was geen zuchtje wind en hij had alle moeite van de wereld om de anderen bij te houden.
Het Diepe Woud was zoals steeds een voortdurende bron van gevaar. Vleesetende peulen snapten naar hem toen hij voorbijschoot. Schubbige boomschepsels ontblootten hun tanden naar hem vanuit de takken boven zijn hoofd, terwijl de stekels op hun rug dreigend overeind stonden. Een opgezwollen, gele woudpython – die rustte in een straal zonlicht na een recente maaltijd – gleed in de ondergroei toen hij dichterbij strompelde. En naarmate de dagen voorbijgingen, werd het woud steeds ondoordringbaarder. Warkweep tandenknarste

en strompelde verder, steeds dieper.

Voor hem uit had nu ook Goem het steeds moeilijker om zich een weg te hakken door het kreupelhout. De doornige braamstruiken die hun al meer dan een uur parten speelden, werden steeds dikker, steeds meer in de knoop; hun doornen waren zo groot als dolken. Een van de schouders van de gabberbeer zat al onder het bloed.

'Rustig maar, oude vriend', zei Twijg. 'Die doornen zijn scherp.' Hij haalde Tuntums bijl uit zijn riem. 'Laat Woudvis en mij voorgaan.'

Woudvis trok zijn dolk. 'En hou je gedachten erbij', waarschuwde hij. 'Zelfs in dit onherbergzame woud van doornen leven gevaarlijke roofdieren.'

Warkweep huiverde en keek angstig om zich heen. Hij volgde Twijg en Woudvis door de tunnel die ze hakten. Zijn zintuigen stonden in brand – zijn oren luisterden naar elk verdacht geluid, zijn neus trilde, zijn ogen puilden uit. Pijnlijk langzaam maakten ze vooruitgang. Elke stap die ze zetten, was een worsteling. Steeds vaker en steeds langer rustten ze uit.

'Dit is hopeloos', klaagde Warkweep toen, voor de derde keer in evenveel minuten, Twijg zijn bijl liet zakken. 'We zijn verdwaald in deze vreselijke, doornige plek. We vinden nooit een uitweg.'

Twijg keek hem aan, zijn gezicht blinkend van het zweet.

'Woudvis is onze gids, Warkweep, en we moeten hem vertrouwen. Nu zijn we in zijn wereld.'

De waterzwerver schudde het hoofd. 'Dit is nog maar het begin van het Nachtwoud', zei hij. 'Het echte zwerfland ligt achter deze uitgestrekte doornwouden.' Hij zuchtte. 'Ik dacht dat ik er voor altijd aan ontsnapt was. Het is een afgrijselijke plek.' Warkweep fronste. 'Je spreekt bitter over de plaats waar je geboren en opgegroeid bent', zei hij.

Woudvis beantwoordde zijn verwarde blik. 'Het leven in zwerfland is een korte en brutale kwestie', legde hij uit. 'Een leven van de hand in de tand met niets van wat jij vanzelfsprekend vindt, Warkweep. Warme maaltijden, comfortabele bedden...' Hij glimlachte. 'Oude schorsrollen. En trouwens,' ging hij verder, 'ik ben waarschijnlijk niet de enige die niet echt trots is op zijn afkomst.'

Warkweep knikte somber. 'En wat ligt er achter het zwerfland?' vroeg hij.

'Het zwarte hart van het Diepe Woud', zei Woudvis. 'En misschien Riviersprong.'

'*Misschien* Riviersprong?' zei Warkweep. 'Je weet het niet zeker?'

'Ik ben nog nooit naar Riviersprong geweest', zei Woudvis. 'Noch welke andere ziel dan ook die me bekend is. Maar dat weet je, Warkweep. Het staat neergeschreven in de schorsrollen die je zo koestert. Riviersprong is verloren, vergeten sinds de dood van Boldok de Wijze. Maar er wordt verteld dat het in het hart van het Diepe Woud ligt.'

'Maar dat weet je niet zeker, ondanks al je dromen en zwerven', jankte Warkweep.

Twijg glimlachte en tilde zijn bijl boven zijn hoofd. 'Verlies nu de moed niet, Warkweep', zei hij. De bijl stortte neer en sneed een half dozijn doornige takken doormidden. 'We kunnen nu toch niet onze zoektocht opgeven. Woudvis heeft gedroomd dat het laatste bemanningslid ons opwacht in Riviersprong. De plek moet bestaan – en nu moeten we die vinden.' De bijl denderde opnieuw omlaag. 'En wil je niet graag Riviersprong zien met je eigen ogen en wandelen waar Boldok de Wijze ooit gewandeld heeft?'

'Ja', zei Warkweep gedwee. 'Dat wil ik zeker.'

Ze trokken verder. De zon trok ongezien door de hemel en zonk. Later kwam de maan op. Pas toen spikkels maanlicht door de doornstruiken priemden, besefte Twijg hoeveel tijd er al voorbijgegleden was. Doodvermoeid en druipend van het zweet legde hij zijn bijl neer.

'We rusten hier', hijgde hij.

Warkweep keek in het rond. Omsingeld door doornstruiken en met aan hun voeten de oneven keien, zag het er allesbehalve veelbelovend uit. Maar zodra Twijg en Goem een grotere open plek uitgehouwen hadden en ze de keien verwijderd hadden en hun mantels op het zand eronder gelegd hadden, viel het nog mee. Uiteraard zou een heet, helder vuur leuk geweest zijn, maar omdat de struiken rond hen zo droog waren, durfden ze geen vuur te stoken. Eén vonk en de hele plek stond in lichterlaaie. Gelukkig was het een warme nacht en de gloeiende luchtpiraten zorgden zelf voor voldoende licht om iets te kunnen zien. Warkweep vroeg zich opnieuw af hoe het kwam dat Twijg en zijn bemanning zo helder schenen. Er *moest* iets gebeurd zijn, daar in de open hemel. Maar wat?

Woudvis hoorde zijn gedachten. 'Die vraag heb ik mezelf al talloze keren gesteld', zei hij. 'Misschien is het om ons eraan te herinneren dat er iets speciaals gebeurd is.' Hij haalde de schouders op. 'Maar helaas kan ik mij, zoals ik de kapitein verteld heb, absoluut niets herinneren van wat ons overkomen is nadat we de maalstroom binnengevaren zijn.' Hij knikte naar Goem en Twijg. 'En zij jammer genoeg ook niet.'

'Piekeren over het verleden kunnen we later nog', zei Twijg. 'Nu moeten we wat slapen.' Hij ging liggen op het zachte zand en wikkelde zich in zijn dikke mantel, die abrupt de gloed van zijn lichaam doofde.

Warkweep richtte zich tot Woudvis. 'Maar wanneer bereiken we zwerfland?'

'Slaap, Warkweep', zei Twijg zonder op te kijken. 'Hoe vermoeider je bent, hoe langer het duurt.'

De doornen rond hen klikten toen een frisse bries door de omgevende struiken blies. Warkweep lag tussen Twijg en Goem in, en trok zijn mantel tot over zijn schouders. Woudvis ging als laatste slapen. Of hij nu wakker was of sliep, de woudvis zou elke indringer horen. Toen ook hij zich in zijn mantel wikkelde, werd de open plek in volslagen duisternis gedompeld.

Verkwikt en uitgeslapen waren de vier reizigers al vroeg de volgende morgen uit de veren, vastbesloten om in groepen van twee de muur van doornstruiken om te hakken – eerst Twijg en Woudvis, daarna Warkweep en Goem.

Ze schoten goed op en 's middags deelde Woudvis mee dat hun beproeving bijna achter de rug was.

'Laat mij maar', zei Twijg tegen Warkweep, en nam zijn bijl van hem over. En hij begon op de struiken in te hakken als een bezeten schepsel. 'Ja!' riep hij een ogenblik later. 'Ik zie het. Ik zie het eind van de doornstruiken.'

Nog een half dozijn goed gemikte uithalen van de bijl en Twijg was er.

'Tot nu toe viel het mee', hijgde hij.

De anderen klauterden door het nauwe gat en rechtten hun rug. Warkweep keek in het rond en rilde van schrik. De opluchting die hij gevoeld had toen ze ontsnapt waren aan de klauwen van de doornstruiken,

smolt als sneeuw voor de zon. Voor hem uit lag het zwerfland.

Het was een troosteloze, moerassige plek die smerig rook en zo donker was dat Warkweep zonder zijn drie gloeiende gezellen blind geweest zou zijn. Maar toen hij staarde naar de knoestige, met druipend mos en stinkende schimmels bedekte bomen, wenste hij bijna dat hij werkelijk blind was.

'Welke kant op, Woudvis?' hoorde hij Twijg vragen.

De waterzwerver lag met zijn grote, fladderende oren tegen de grond. Hij keek op en wees naar de duisternis van het deerniswekkende woud voor hen uit. 'Het hart van het Diepe Woud ligt in die richting', zei hij.

Het werd een uitputtende tocht door het koude, klamvochtige woud. De lucht was broos door een griezelige stilte. Er klonk geen gezang van vogels. Geen geroep van dieren. Telkens als een twijg gekraakt werd door een voet, of een steentje weggeschopt, echode het geluid van boom tot boom, en zo de duisternis in.
Warkweep strompelde blind verder. Op zijn doorweekte, gezwollen voeten zaten blaren. Zijn gezicht en handen werden doorkruist door snijwonden, veroorzaakt door doornige kruipers die hij pas zag toen het al te laat was. Hun maaltijden beperkten zich tot schorsen en schimmels die Goem als eetbaar bestempelde en Warkweeps maag schreeuwde om voedsel, echt voedsel – maar hij klaagde niet.
's Nachts sliepen ze in geïmproviseerde hangmatten, in elkaar geknutseld met hun mantels en touwen, die tussen de takken van de bomen gehangen werden. Overdag trokken ze verder. En verder en steeds verder. Pas op de zevende dag ontdekte Woudvis stromend water.
'Kijk eens', zei hij, en staarde naar het nietige stroompje dat sijpelde in het midden van een breed stroomgebied. 'Vroeger was dit een kolkende stroom. Niet te verwonderen dat we tot nu toe geen teken van leven gezien hebben.'
Warkweep hurkte neer op de zanderige oever. 'Zolang het maar mijn dorst lest, kan het me niet schelen hoe weinig er is.' Hij vormde zijn handen tot een kommetje en slurpte het heldere water op.
Woudvis richtte zich tot Twijg. 'Het stromende water geeft het begin aan van het echte zwerversgebied.' Zijn

waaiervormige oren trilden. 'Ze zijn hier overal. Ik kan ze *horen*.'
'Ik hoor niets', zei Warkweep, die opkeek.
'En toch zijn ze hier', zei Woudvis opgewonden. 'Waterzwervers. Vleerzwervers. Stamzwervers. Nachtzwervers... Sla jullie mantel om, alle vier. Zet jullie hoed op om de gloed te dimmen. We mogen de aandacht niet op onszelf vestigen.'
'Maar het is zo donker', zei Warkweep bang. 'Hoe vinden we dan onze weg?'
'We volgen de stroom. Die leidt ons naar het hart.'
'Maar wat als we elkaar verliezen?' jammerde Warkweep.
'We binden onszelf met touwen aan elkaar', zei Twijg. 'Geen paniek, Warkweep.'
'Nee, geen paniek, wat je ook doet', zei Woudvis. 'Zwervers worden aangetrokken door angstige gedachten.'
Warkweep gromde. Nu moest hij ook nog doen alsof hij niet bang was!
'Volg me', zei Woudvis. 'Blijf bij elkaar. En probeer niet te letten op de stemmen die je hoort.'
Ze grepen het touw vast dat hen met elkaar verbond en volgden strompelend de stroom door het duister. Warkweep concentreerde zijn gedachten op de verhalen die hij gelezen had in de schorsrollen en beeldde zich in hoe Rivierspong eruitzag.
'Deze kant op', fluisterde een stem. *'Het is hierlangs.'*
Warkweep twijfelde. Hij keek in het rond. Ietwat links van hem gloeiden twee ronde ogen tussen hemel en

aarde, en bleven hem zonder te knipperen aanstaren. Woudvis rukte hard aan zijn jas.

'Blijf lopen', waarschuwde hij. 'Laat ze niet binnen in je gedachten.'

Maar de stemmen hielden aan. Soms verleidelijk, dan weer smekend; maar altijd zacht en aanlokkelijk.

'Kom deze kant op', kreunden ze. *'Er gebeurt je niets. Vertrouw ons maar – alsjeblieft, vertrouw ons. Als je niet te schuchter bent. Als je niet te* bang *bent.'*

'Negeer ze', onderbrak Woudvis hun gedachten, kalm en geruststellend. 'We moeten voortgaan.'

De tussen de onzichtbare takken glinsterende ogen werden steeds talrijker. Twintig. Vijftig. Honderd paar staarden omlaag naar hen terwijl ze verder strompelden door het donkere woud.

'Volg ons; volg', zuchtten de stemmen, en in hun zachte uitnodiging hoorde Warkweep de belofte van iets dat hij niet kon negeren. *'Boldok de Wijze volgde deze weg. Laat ons het jou tonen, Warkweep.'*

Hij liet het touw los.
'Twijg, Riviersprong is zo nabij. Zo nabij, Twijg', fluisterden de stemmen. Twijg aarzelde.
'Kapitein Twijg!' drong Woudvis met zijn stem aan in zijn hoofd. 'Luister er niet naar, Warkweep...'
'Maar het zijn zwervers, Woudvis', zei Twijg. 'Net als jij. Zoals Forficul, een nachtzwerver die ik kende in Onderstad...'
'Dit is Onderstad niet. Dit zijn *wilde* nachtzwervers, en ze maken jacht op ons. Ze hebben *honger*, kapitein', zei Woudvis scherp. 'Ze zijn...' Hij tuurde achteruit langs het touw en grimaste. 'Goede hemel! Waar *is* Warkweep?'
Twijg keek om zich heen, maar kon niets zien, behalve de glinsterende ogen.
'Is hij weg?' vroeg hij.
'Ja', zei Woudvis, de duisternis afspeurend. Hij hurkte neer met trillende oren. 'Wacht, ik denk dat ik hem hoor... Ik... O nee!'

'Deze kant op, Warkweep, goed zo', zeiden de onzichtbare stemmen in koor.
'Snel!' zei Woudvis. 'Hij is nog niet ver. Blijf bij me, kapitein Twijg', zei hij, greep hem bij zijn arm en sleurde hem mee, weg van de rivieroever het duister in. 'Volg ons, Goem', riep hij achter zich.
Strompelend en tastend zochten ze hun weg door het zwarte woud.
'Kalmeer je gedachten', zei de waterzwerver. 'Ik moet kunnen luisteren.'
'Ooit betrad Boldok de Wijze dit pad, Warkweep', murmelden de stemmen.
'Ja, daar is hij!' zei Woudvis. 'Deze kant op!'
Het terrein werd wilder, dreigender. Zwarte houtblokken lagen her en der verspreid op de bodem en belemmerden hen. Blindkruid en stekelig knoopkruid vertraagden hen nog meer.
'Ze gaan er met hem vandoor', hijgde Twijg terwijl ver voor hen uit het licht schemerig werd. 'O, Warkweep', fluisterde hij. 'Warkweep.'
'Wuh-wuh!' gromde Goem.
'Stil!' zei Woudvis. Hij stopte en ging weer met zijn oor tegen de grond liggen.
'Nog een ietsepietsie verder, Warkweep. Goed zo.'
Woudvis rilde. 'We hebben niet veel tijd!' riep hij.
Ze schoten de duisternis in, Woudvis nu op Goems schouders voorop, denderden door het onderhout en hakten een pad uit, dat Twijg volgde. Voor hen uit zagen ze talloze paren ogen, die uit de bomen sprongen op de grond en een kring vormden.

'Kniel neer, Warkweep. Ga maar liggen. Je bent zo moe, zo verschrikkelijk moe...'
'Wat gebeurt er?' hijgde Twijg.
'Ik heb het je verteld', mompelde Woudvis. 'De zwervers hebben honger en ze sluiten hem in om hem te doden.'
Goem stormde de kring in. De zwervers deinsden verschrikt achteruit en vlogen sissend en mauwend opnieuw de bomen in. Alle zwervers, behalve de exemplaren die zich al vastgehecht hadden aan Warkweeps verkrampte lichaam. Woudvis huiverde. 'Vleerzwervers', zei hij. 'Ik had het kunnen weten.'
Twijg staarde naar de donkere wezens. Ze hadden korte poten, vleugels met membranen en platte gezichten, met gekerfde tanden die in een hoek uit hun bovenkaak hingen. Het waren deze tanden die zich al verzonken hadden in Warkweeps rug, zijn benen, zijn nek...

'Weg, jullie!' bulderde Twijg. Hij trok zijn zwaard en stormde naar voren. Hij plofte het zwaard in de vleerzwerver op Warkweeps rug, gooide het opzij en haalde uit naar de zwerver op zijn been. Spuwend en krijsend fladderde de vleerzwerver met zijn vleugels en vloog de takken

in bij de anderen. De vleerzwerver op Warkweeps nek draaide zich om en staarde pal in Twijgs ogen. De gekerfde tanden glinsterden. Twijg klemde zijn zwaard stevig beet. Hij moest voorzichtig zijn of anders...
'Of anders raak je Warkweeps nek', vulde de vleerzwerver zijn gedachten aan. *'Dat zou je toch niet doen, kapitein'*, zei hij en siste kwaadwillig.
Twijgs ogen vernauwden zich. Dit schepsel kon zijn gedachten lezen, en dus moest hij heel snel handelen, en hem verrassen... Nee! Niet nadenken, niet nadenken... enkel...
Met een plotse *whoosh* haalde het grote zwaard uit, doorkliefde de lucht en hakte het hoofd van de vleerzwerver eraf in één dodelijk ogenblik. Opgelucht haalde Twijg adem en viel op zijn knieën. Hij had Warkweeps nek niet geraakt – maar Warkweep was er desalniettemin erg aan toe. Hij leek bewusteloos.
'Help me eens', riep Twijg naar de anderen. 'Goem, kun je hem weg van hier dragen?'
'Wuh', gromde de gabberbeer, en nam Warkweep in zijn massieve armen.
'Jullie kunnen niet ontsnappen.' 'Jullie halen het nooit!' 'Laat de jongen achter', sisten de vleerzwervers woedend, rondfladderend in de bomen boven hen. Ze waren roofzuchtig. Ze roken bloed en voelden angst. Zulk mals voedsel was heel moeilijk te vinden in het Nachtwoud en ze waren niet van plan om hun prooi op te geven zonder slag of stoot. Plotseling sloeg een van hen zijn vleugels uit en stortte als een bom naar beneden. Andere volgden dit voorbeeld.

'Aaaargh', krijste Woudvis toen drie scherpe klauwen zijn gezicht openreten. Hij haalde uit met zijn dolk. Twijg greep zijn vaders grote zwaard stevig beet. Ze namen posities in aan beide kanten van Goem en strompelden blind verder, wild hakkend en uitvallend naar de omgevende duisternis. En terwijl de vleerzwervers hun uitzinnige bombardement voortzetten, vulden de hoofden van de reizigers zich met de schrille stemmen van hun aanvallers.

'Geef hem op!' krijsten ze. *'Laat de jongen achter. Hij is van ons!'*

'Wat doen we, Woudvis?' vroeg Twijg angstig. 'We kunnen hen nooit allemaal de baas.'

Zonder een woord te spreken hurkte Woudvis neer en begon hoopjes van de kleverige modder aan hun voeten op elkaar te stapelen. Toen reikte hij naar de jongen in Goems armen, verwijderde zijn overjas en wikkelde hem om de grote, vormeloze hoop die hij gemaakt had.

'Ziezo, laten we maken dat we hier wegkomen', fluisterde hij. 'En terwijl we vertrekken, wil ik dat jullie allemaal *denken* hoe erg het is dat we Warkweep aan zijn lot moeten overlaten.'

'Ga niet weg. Niet op die manier', klaagden de vleerzwervers. *'Laat de jongen achter of het zal je berouwen!'*

Stappend door de duisternis deed Twijg wat Woudvis hem verteld had: hij concentreerde zich op welk een vreselijke tragedie het was dat hij zijn jonge vriend had moeten achterlaten. Goem en Woudvis deden hetzelfde. En ze hadden nauwelijks honderd passen gezet of de vleerzwervers begonnen zich al terug te trekken.

'Het lukt', hoorde hij de stem van Woudvis in zijn hoofd. 'Hou nog even vol.'
Het spijt me dat ik je moet achterlaten, dacht Twijg. Maar we komen snel terug, Warkweep. Ik geef je mijn woord!
Achter hem – en met elke stap iets verder af – verzamelden de vleerzwervers zich op de modderstapel. Het klonk juist. Het rook juist. En toch was de jongen er niet. Plotseling echode een ver gehuil van woede door de bomen toen de zwervers ontdekten dat ze beetgenomen waren.
Woudvis draaide zich om en veegde zijn voorhoofd af. 'We zijn hen kwijt', zei hij. De waterzwerver knielde en luisterde opnieuw, met zijn oren dicht tegen de grond. 'Ik hoor water. We zijn heel dichtbij.'
'Dicht bij wat?' vroeg Twijg.
Woudvis gebaarde voor zich uit. 'Het zwarte hart van het Diepe Woud.'

Boven in de Loftustoren in Sanctaphrax was de Professor der Duisternis de wanhoop nabij. De barometernaald steeg en daalde, blijkbaar totaal willekeurig. De tachometer was stuk, net als de dynamometer en de windmeter, terwijl het broze woudmotmateriaal van de stemmingenzifter aan flarden was. Elk van zijn waardevolle instrumenten werd in stukjes geslagen. En als hij geen relevante data kon verzamelen, wat moest hij dan de academici en leerjongens vertellen die vertrouwden op de Allerhoogste Academicus om een verklaring te geven voor de plotselinge weersverandering?
Hij stapte naar het gebroken raam en, terwijl hij zijn ogen

beschermde tegen een huilende windvlaag, keek neer op zijn geliefde zwevende stad. Niet één gebouw droeg niet de littekens van de verwoestende stormen. Standbeelden waren omgekanteld. Torens waren ingestort. Steengruis lag verspreid op de grond. En in elk dak zaten gapende gaten waar daklei-

en weggerukt waren door machtige wervelwinden die de vorige nacht de stad geteisterd hadden.
Het verwonderde hem niet dat er in de stoffige wandelgangen stilletjes gefluisterd werd dat de zwevende stad geëvacueerd zou worden. Op de grote, zwevende rots blijven, die helemaal blootgesteld was aan de opkomende stormen, leek elke dag een grotere dwaasheid. Maar voor de Professor der Duisternis was Sanctaphrax verlaten uit den boze. De stad was zijn heiligdom, zijn thuis – zijn leven. Bovendien moest hij rekening houden met de drie luchtpiraten. Tarp, de slachter, en Prutgrol, de kobold, stonden erop dat ze konden blijven tot Twijg terugkeerde – ook al leek de gluiperige Wieknoot Vorst niet zo overtuigd...
'O, hemel bewaar ons', mompelde hij ongelukkig. 'Waar moet dit eindigen?'

Aangetrokken door het geluid van stromend water stapte Woudvis verder door het bos, met de anderen in zijn zog. In Goems armen bewoog Warkweep.
'Het spijt me', kreunde hij. 'Ik wou niet... Ze zeiden Boldok de Wijze... Ze zeiden...'
'Rustig maar, Warkweep', zei Twijg. 'Je bent in veiligheid nu. Denk je dat je kunt stappen?'
'Ik denk het wel', zei Warkweep nadat Goem hem zachtjes neergezet had. 'Het is allemaal mijn schuld, Twijg...'
'Stil!' zei Woudvis. Zijn waaiervormige oren trilden. 'Ik voel groot gevaar. We zijn nog niet uit zwerfland.'
Voorzichtig trokken ze verder, stap na wankele stap. Elk hield de schouder vóór hem vast, en Woudvis toon-

de de weg. Het woud was zwart en nu hun gekapte mantels hun heldere gloed verborgen, waren de drie luchtpiraten onzichtbaar. Achter hen volgde Warkweep, huiverend van de kou en verzwakt door de aanval. Hoewel hij geen gloed te verbergen had, miste hij de warmte van zijn achtergelaten overjas. Een diepe stilte viel, even ondoordringbaar als de duisternis.

Toen zag Twijg hen, recht voor hen uit – zwerverogen die fonkelden vanuit de omgevende bomen. Hij haalde diep adem. Hoe konden ze een nieuwe aanval overleven?

'Deze kant op!' riep Woudvis plotseling, met fladderende waaieroren. 'Volg de klank van het water. En luister niet naar de zwervers!'

Hevig strompelend trokken de vier reizigers verder door het woud, terwijl de dansende ogen in de bomen steeds dichterbij kwamen, en schrikaanjagende fluisterende stemmen opnieuw hun gedachten binnenvielen.

'Jullie ontsnappen ons nooit! Jullie raken hier nooit weg!'

'Blijf! Blijf hier bij ons...'

'Twijg!' kreunde Warkweep. 'Ik kan niet...'

'Je moet, Warkweep!' spoorde Twijg hem buiten adem aan. 'Nog een beetje verder... Ik hoor het water al.'

'NEE!' weerklonk een angstaanjagende kreet, en de waterzwerver verdween uit het zicht.

'Woudvis!' schreeuwde Twijg.

Het volgende ogenblik bereikten hij en Warkweep de rand van de donkere, drassige grond. De begaanbare grond viel abrupt weg, steil omlaag en bezaaid met keien. En daar was Woudvis. Zijn flauw glimmende gedaante tuimelde over het puin naar beneden, ver onder hen. Warkweep gromde ontzet.

Achter hen groeide het koor fluisterende stemmen aan tot een crescendo. De lucht trilde van fladderende vleugels. 'Wuh?' gromde Goem.

De belachtige klank van druipend water echode omhoog vanuit de duistere afgrond.

Warkweep aarzelde. 'Dit kan niet kloppen', riep hij naar Twijg. 'Dit kan Riviersprong niet zijn!'

'We moeten verder gaan!' riep Twijg terug. 'We moeten Woudvis volgen!'

Voor hij wist wat er gebeurde, voelde Warkweep iemand aan zijn arm rukken en hij werd vooruitgetrokken tot de verraderlijke helling, naast Twijg. Met glijdende voeten over de gladde grinthelling, stortte hij de diepte in.

Om hen heen weerklonk het desolate gehuil van de verslagen zwervers. Zelfs zij waagden zich niet in de rotsige afgrond.

'Aaaaaiii!' schreeuwde Warkweep het uit van de pijn. Hij had zijn enkel verzwikt. Hij tuimelde op de grond, maar bleef glijden langs de steile helling. Dieper, steeds dieper, te midden een rollende massa stenen en rotsen. Hij botste. Hij dreunde. Zijn knie raakte een kei. In zijn gezicht en handen zaten sneden. Zijn hoofd sloeg hard tegen de grond.
Daarna niets meer...

'Het water, Warkweep', klonk een stem. *'Ga naar het water en drink.'*
Warkweep keek op. Daar voor hem, naast een diepe plas onder aan de machtige waterval, stond een rijzige, gekroonde gestalte met geborduurde gewaden en een lange, gevlochten baard. Zijn warme, droevige ogen leken dwars in Warkweeps geest te staren. Elke centimeter van zijn lichaam deed pijn; zijn hoofd bonsde luid en toen hij probeerde te bewegen, schoot een scherpe pijn omhoog vanuit zijn benen.

'U', mompelde hij zachtjes.
'Inderdaad', zei Boldok de Wijze. *'Ik ben het, Warkweep.'* Hij dompelde zijn vinger in de plas en streelde ermee over Warkweeps lippen. *'Het water'*, zei hij. *'Je moet van*

het water drinken. Het zal je herstellen. Het is het water van de Riviersprong.' Hij glimlachte. *'Zoveel wacht op je, Warkweep'*, zei hij, waarna hij zich omdraaide en verdween achter de waterval. *'Maar drink eerst het water.'*

Daar eindigde de droom. Warkweep bewoog. En daar was opnieuw die pijn. Elk bot in zijn lichaam leek in tweeën geknakt. Zijn nagels waren afgescheurd. Bloed, afkomstig van diepe kloven in zijn voorhoofd, druppelde over zijn gezicht.

Toen hoorde hij water sijpelen, en opende zijn ogen. Er *was* een plas hier. Hij was kleiner en donkerder dan in zijn dromen, en de machtige waterval was niet meer dan een straaltje. *Drink het water.* De woorden van Boldok de Wijze vulden Warkweeps hoofd.

Hij keek om zich heen. De anderen lagen naast hem. Met een schok merkte hij dat hun bewegingloze lichamen niet meer gloeiden.

Drink het water.

Huiverend van de pijn rolde Warkweep zich op zijn buik. Pijnlijk langzaam sleepte hij zichzelf over de grond met zijn ene goede arm, centimeter voor vreselijke centimeter.

Drink het water.

Toen hij uiteindelijk bij de rand van de plas gekomen was, staarde Warkweep naar zijn gehavende reflectie in het gerimpelde water – de kloof, het gescheurde oor, het bloed... Hij reikte omlaag en schepte wat water in zijn hand. Het was fris en vettig. Hij bracht het naar zijn mond en dronk.

Een glimmende warmte stroomde ogenblikkelijk door zijn aderen. Hij dronk nog wat meer. De vreselijke, martelende pijnen verdwenen en de wonden stopten met kloppen.

Toen hij zijn dorst gelest had, veegde Warkweep het bloed af en spiegelde zich nogmaals in het water. Er was geen schrammetje meer te zien.

'Het water van de Riviersprong', hapte hij naar adem.

Een, twee, drie keer vormde hij zijn handen tot een kommetje in de plas en bracht het koele, herstellende water naar zijn gezellen. Hij liet het over hun lippen druipen, in hun monden, en keek met grenzeloze vreugde toe hoe hun ogen flikkerden en hun lichamen opnieuw de zachte, vertrouwde gloed begonnen te verspreiden.

Twijg keek op, zijn ogen wijd van angst. 'Warkweep!' bracht hij hijgend uit. 'Vallen... vallen...'

'Praat niet, Twijg', zei Warkweep, terwijl hij de jonge kapitein overeind hielp. 'Kom met me mee naar de plas, en drink.'

Een voor een lesten Twijg, Woudvis en Goem hun dorst met het koele, levengevende water. Ze dronken hun wonden, hun tegenslagen, hun angsten weg.
Twijg keek op, en volgde het dunne stroompje water dat van de rotswand sijpelde van een uitstekend klif, ver, heel ver boven hun hoofden. 'Wat is deze plaats?' vroeg hij.
'We bevinden ons aan de voet van Riviersprong', zei Warkweep opgewonden. 'Dit, dit is haar water!'
Twijg staarde omhoog naar de verticale rotswand.
'We moeten die kant op, Twijg!' zei Warkweep, terwijl hij in het water sprong en erdoor spartelde. 'Achter de waterval – of wat er nu nog van rest. Ja, daar!' riep hij uit. 'Kijk, Twijg!'
Een smalle spleet, als een messnee, splitste de rotswand. Warkweep strompelde uit het water en staarde naar de beschaduwde kier. De anderen spartelden door het water naar hem toe.
'Zie je', zei Warkweep. 'En kijk eens hier', zei hij, terwijl hij de twee symbolen aanraakte die gekerfd waren bij de ingang van de rots. 'De drietand en de slang van...'
'Boldok de Wijze', fluisterde Twijg. Hij richtte zich tot Warkweep. 'Maar hoe wist je dit? Stond dit ook in die kostbare schorsrollen van je?'
Warkweep schudde het hoofd, en glimlachte. 'Ik heb het gedroomd', zei hij simpelweg.
Twijg knikte. 'Laat ons dan je droom volgen', zei hij. 'Leid ons, Warkweep. Leid ons naar Riviersprong!'

HOOFDSTUK ACHTTIEN

RIVIERSPRONG

In het begin viel het niet mee. Neergestort steengruis lag over de grond verspreid, en zelfs Goem moest op handen en voeten door de nauwe spleet kruipen. Het geluid van verschuivend grind en stuiterende keien echode over de steile hellingen.

'Hier gaat het gemakkelijker', riep Warkweep naar de anderen achter zich. 'Het pad is stevig – als treden.' Hij keek neer. 'Het *zijn* treden', fluisterde hij.

Twijg beende hem bij, en samen bleven ze staan om vooruit te blikken. Een lange wenteltrap verhief zich, uit de rotsen gehouwen door het passeren van ontelbare voeten.

Warkweep rilde van opwinding. 'Ik wandel waar *hij* gewandeld heeft', mompelde hij, terwijl hij zich voorthaastte. 'Ik wandel in de voetstappen van Boldok de Wijze.'

Steeds hoger klom Warkweep. Niet één keer vertraagde hij. Niet één keer raakte hij buiten adem. Plotseling werd de lucht licht. Warkweep keek om zich heen en zijn hart sprong op. Eindelijk – uiteindelijk – bevond hij

zich boven het vreselijke gewelf van het verstikkende Diepe Woud, dat hij vreesde nooit meer te verlaten.
Hij twijfelde en keek omhoog. Witgele wolken wervelden hoog boven zijn hoofd, en boden kwellende glimpen van de grote bergtop. Hij voelde Twijgs hand rusten op zijn schouder, en keek hem aan.
'Luister naar het water, Warkweep', zei Twijg. Warkweep hield zijn hoofd schuin. Het tinkelende geluid van de druppelende stroom was verdwenen. Nu klonk er een zacht maar aanhoudend *plink plink plink* van het water dat druppelde in de plas, diep onder hen. 'De bron droogt op', zei Twijg somber. 'En wanneer het water van Riviersprong niet meer vloeit...' Hij pauzeerde, verward door zijn eigen woorden.
'Ja, Twijg?' drong Warkweep aan.
'Wanneer het water van Riviersprong niet meer vloeit...', herhaalde Twijg. Hij greep zijn hoofd in zijn handen. 'O, Warkweep, waarom hoor ik mijn vader deze woorden uitspreken? Ik... ik... Nee, het lukt niet', zei hij, de frustratie duidelijk hoorbaar in zijn stem. 'Ik kan het me niet herinneren.'
'Kom op', zei Warkweep. 'Misschien ligt het antwoord in Riviersprong.'
Naarmate ze hoger klommen, werd de lucht warmer. Het wolkendek werd dikker en dikker. Wervelend, kringelend, verbijsterend. Plotseling brak de zon door de wolken, en dompelde alles eronder in gouden schaduwen.
'We zijn boven de wolken!' riep Warkweep verheugd uit.

'En kijk!' Hij wees voor zich uit. Het einde van de klim was vlakbij.

Warkweep rende voorwaarts, zijn hart bonzend van verwachting. Twijg liep naast hem, terwijl Goem en Woudvis hen op de voet volgden.

In de verte cirkelde een grote schutvogel – niet meer dan een haveloze vlek tegen de feloranje hemel. Met zijn scherpe ogen onderzocht hij een ogenblik lang de hoge bergtoppen. Daarna sloeg de vogel zijn brede vleugels uit en schoot omhoog.

Toen de hoofden van de vier reizigers boven de rand van de rots uitkwamen, vulde de verblindende zon hun ogen. Ze brachten hun handen omhoog om ze te beschaduwen en tuurden voor zich uit.

Warkweep hapte naar adem en viel op zijn knieën. 'Riviersprong', trilde hij.

Achter hen echode het geluid van druppelend water van de plas diep onder hen. *Drip. Drip. Drip.*

Naast elkaar staarden de vier reizigers tegelijkertijd eerbiedwaardig en verrukt naar het buitengewone tafereel waarvan ze getuige waren. Ze stonden op een grote plaat van wit marmer die uitkeek op de brede kom van wat ooit een machtige rivier was, maar nu niets meer dan een nietige plas, die omzoomd werd door een weelderige vegetatie.

Er waren smaragdgroene bomen en struiken en heesters, vol zware vruchten; en bloemen – rood en paars en geel en oranje en blauw – die de lucht vulden met een bedwelmend mengsel van geuren.

'Dit is een gigantische tuin', fluisterde Warkweep.

Voor hen uit zonk de trillende zon achter de westelijke toppen van de torenhoge, glimmende bergtoppen die de hele omgeving omringden als een grote, gouden kroon. Langer wordende schaduwen schoten op hen af, en vielen neer over de vruchtbare tuinen op de glooiingen en verder over de gekrompen, turkooizen bron aan hun voeten.

'Kijk daar', wees Warkweep. Een uitloper van een rots stak uit boven het verste punt van het meer. 'Daar stort het water zich in de plas beneden.' Een enkele *drip* weerklonk in de stilte. 'Dit *is* Riviersprong!'

De zon verdween achter de marmeren rotsen en tekende ze als een magnifieke tempel tegen de donkerrode lucht af. Spoedig was het helemaal donker. Twijg richtte zich tot de waterzwerver.

'De Steenpiloot?' vroeg hij. 'Waar is de Steenpiloot, Woudvis?'

Woudvis gebaarde met zijn hand om stilte. Zijn oren trilden en beefden. Hij tuurde in de op elkaar gehoopte torens van gegroefd marmer bij de rand van de bron.

'Wat is er, Woudvis?' zei Twijg. 'Hoor je iemand...?'

En toen hoorde hij het ook. Een zacht geruis beroerde de stilte. Zijn adem stokte in zijn keel. Hij stapte voorwaarts, terwijl zijn lichaam licht gloeide. En terwijl hij dat deed, verscheen een figuur aan de andere kant van de bron. En naarmate de gedaante dichterbij kwam – opduikend uit de bomen – werd ze duidelijker, en begon ook te gloeien.

Warkweep staarde naar een slank meisje met een bleke, bijna doorzichtige huid en een dikke bos wild haar.

Zijn mond zakte open. Dit kon toch niet het laatste vermiste bemanningslid zijn? En toch gloeide ook zij...
'Wuh-wuh?' gromde Goem.
'Twijg?' zei Warkweep verbaasd. 'Is dit meisje de Steenpiloot?'
Twijg antwoordde niet. Het meisje kwam dichterbij.
'Kapitein Twijg?' zei ze aarzelend.
'Maugin', fluisterde Twijg. 'Jij *bent* het.'
'Ja, kapitein', antwoordde het meisje. Ze holde op hem af en gooide haar armen rond zijn nek. Een druppeltje water droop van de rots naar beneden. 'Ik wist dat je mij zou komen zoeken.'
'Heb ik niet gezworen dat ik mijn bemanning nooit in de steek zou laten?' zei Twijg en glimlachte. 'Jij bent de laatste, Maugin.'
Maugin maakte zich los uit de omhelzing. 'De laatste?' vroeg ze.
'Ja, Maugin', zei hij.
In de diepte spatte de druppel uit elkaar in de donkere plas.
Maugin keek verlegen naar Woudvis en Goem. 'Maar waar zijn de anderen? Tarp Hameltroep? Spoeler?'
Twijg keek de andere kant op. 'Spoeler is dood', zei hij droef. 'Maar Tarp, Prutgrol en Wieknoot Vorst wachten ons op in Sanctaphrax.'
Geschrokken staarde Maugin hem aan. 'In Sanctaphrax?' zei ze. 'Maar is alles goed met hen?'
Twijg gniffelde. 'Ze rusten uit in mijn studeerkamer in de School van Licht en Duisternis', zei hij. 'Veilig en wel.'

'Maar, kapitein', zei Maugin. Haar gezicht stond gespannen. Fijne lijnen rimpelden de hoeken van haar mond. 'Herinner je je niet wat Wolk Wolf je verteld heeft?'

Twijg bevroor. 'Wolk Wolf?' fluisterde hij. 'Ik... ik kan me dat niet herinneren, nee.'

Maugin fronste. 'Hij heeft je verteld wat je moest doen', zei ze.

'Op de *Stormenjager*, ver in de open hemel', voegde ze er zacht aan toe, in een poging zijn geheugen op te frissen. 'Voor de witte storm toesloeg...'

'*Stormenjager*? Witte storm?' zei Twijg hoofdschuddend. 'Ik herinner me daar niets van. Niemand van ons', zei hij, terwijl hij de anderen aankeek. 'Helemaal niets, van het ogenblik dat we de maalstroom betraden...' Hij richtte zich weer tot Maugin. 'Maar *jij* wel. Omdat je gekleed ging in je zware, gekapte jas, hulde de storm jouw geheugen niet in nevelen... Vertel me wat er gebeurd is, Maugin. Vertel me wat je je herinnert.'

Het geluid van nog een druppel water die uit elkaar spatte in de plas, echode omhoog. Maugin keerde zich af.

'Vertel het me!' riep Twijg. 'Ik moet het weten!'

'Ja, vertel hem de gedachten in je hoofd', zei Woudvis. 'Of ik doe het!'

Maugin zuchtte. 'Je laat me geen keus.' Ze snoof luid en keek op. 'Toen de schutvogel verdwenen was – waarvan jij zelf de touwen losgesneden had – was ik bang dat...'

'Heb ik de schutvogel losgesneden?' hapte Twijg naar adem.
Maugin knikte. 'Wil je dat ik verder ga?'
'Ja', zei Twijg.
'... was ik bang dat we nooit de *Stormenjager* zouden vinden. Maar we vonden het schip toch, roerloos in het stille centrum van de maalstorm. Je vader, Wolk Wolf, wachtte je daar op.'
'Mijn vader', fluisterde Twijg, terwijl een verre reflectie diep in zijn geheugen roerde. 'Hij praatte met mij.'
Maugin knikte. 'Hij vertelde jou dat de Moederstorm – die machtige storm die het Klif bezaaide met leven – terugkeerde.'
Warkweep bewoog zenuwachtig heen en weer. Dit had hij al de hele tijd geraden.
'Hij legde uit hoe de storm zou komen aanwaaien vanuit de open hemel naar Riviersprong, op het hoogste punt van het Diepe Woud', vervolgde Maugin, 'om de stervende bron nieuw leven in te blazen.'
'Ja, ja', zei Warkweep, die zich niet meer kon inhouden. 'Net zoals het geschreven staat in de schorsrollen.'
'Stil, Warkweep', zei Twijg scherp. Fragmenten van zijn geheugen kwamen terug. Hij keek Maugin aan. 'Maar Sanctaphrax ligt op haar pad', zei hij. 'Ja, *nu herinner ik het me...* Wolk Wolf... hij vertelde me... om de grote Ankerketting te verbreken, is het niet?'
Maugin knikte. 'Als de Moederstorm haar energie verspilt aan de vernietiging van Sanctaphrax, bereikt ze

nooit Riviersprong om nieuw leven in haar wateren te brengen', zei ze. 'Dan zal de stagnerende duisternis van het zwarte hart van het Diepe Woud zich verspreiden, tot elke centimeter van het Klif verzwolgen is!'

'Mijn hemel', kreunde Twijg. 'Wat heb ik gedaan?' Hij keek in Maugins ogen. 'Ik was *daar*, Maugin. In Sanctaphrax. Ik kon het ze verteld hebben. De manier waarop onze lichamen gloeiden moest me eraan herinnerd hebben... O, had ik me maar herinnerd wat ik moest doen.' Hij richtte zich tot de anderen. 'We keren dadelijk terug. Maugin, jij moet met ons mee.' Toen werd zijn gezicht lijkbleek en hij wankelde.

'Maugin', zei hij wanhopig. 'Heb ik je ook verteld *wanneer* dit moest gebeuren?' Ze schudde haar hoofd.

Twijg kreunde. 'Jij had een deel van het verhaal, Maugin. En ik moest het horen om mijn geheugen te ontsluiten, en me de rest te herinneren...' Hij aarzelde. 'De Moederstorm komt terug wanneer...' De woorden van zijn vader stonden hem nu verbazend helder voor de geest. '... wanneer het water van Riviersprong niet meer vloeit...'

Maugin trok zich plotseling terug. Haar hele lichaam was stijf, haar blik gefixeerd op de uitloper van de rots die uitstak boven de rand van de bron van Riviersprong.

'Twijg!' zei Maugin, aan zijn arm trekkend. 'Twijg, luister!'
Twijg zweeg. Hij hield zijn hoofd schuin. 'Wat?' zei hij. 'Ik hoor niets.'
'Precies', zei Maugin. 'Het is stil.'
Twijg fronste. 'Wat bedoel je? Ik...' Een ijskoude rilling kroop over zijn ruggengraat. Het regelmatige *drip drip* van de Riviersprong was gestopt.
'De bron van de Riviersprong is dood', zei Maugin met lage stem. 'Dit kan maar één ding betekenen...'
Twijg keek op met wijd opengesperde ogen. 'De Moederstorm is onderweg', zei hij. 'Nu herinner ik me alles. Bij het ochtendgloren moet ze hier zijn. Maar dat zal nooit gebeuren. Ze zal in plaats daarvan om klokslag middernacht Sanctaphrax bereiken en al haar energie verspillen – waardoor het Klif in duisternis zal vervallen. Ik heb gefaald', zei hij bitter. 'Ik heb Wolk Wolf teleurgesteld. Ik heb Sanctaphrax teleurgesteld. Ik heb mezelf teleurgesteld.'
Woudvis zette een stap voorwaarts. 'En toch is er misschien een oplossing', zei hij. Hij keek naar Maugin en zijn ogen vernauwden zich. 'Ik lees het in haar gedachten.'
'Wat?' vroeg Twijg. 'Wat denkt ze, Woudvis?' Hij keek Maugin aan. 'Is er iets wat je me niet vertelt?'
Ze keek weg.
'Maugin!' zei Twijg. 'Alsjeblieft!'
'Wil je dat *ik* het hem vertel?' vroeg Woudvis.
Maugin slikte haar tranen weg. 'Er bestaat maar één manier om op tijd in Sanctaphrax te komen', zei ze stil.

'Maar het risico is vreselijk groot.'
Twijgs mond zakte open. 'Tegen middernacht?' zei hij. 'Hoe?'
'Maar het is waanzin', zei Maugin. Ze keek boos naar Woudvis. 'Het was maar een dwaas idee.'
'Vertel het me!' beval Twijg.
Maugin zuchtte. En hoewel ze hem even strak aankeek, was haar stem toen ze sprak niet meer dan een trillend gefluister.
'Door luchtschieten', zei ze.

HOOFDSTUK NEGENTIEN

DE VLUCHT NAAR SANCTAPHRAX

Luchtschieten! Twijg werd bleek. Het was een methode die weinig scrupuleuze kapiteins – zowel luchtpiraten als ligamannen – gebruikten om af te rekenen met muitende bemanningsleden. De weerspannige werd vastgebonden aan een brandend stuk zweefhout en als een raket op een enkele reis naar de open hemel gelanceerd. Het was een verschrikkelijke straf, die al wie met een schip vaarde vreesde. Maugin bedoelde toch niet...

'Ik weet dat het waanzin lijkt', zei Maugin. 'Maar in plaats van een brandende boomstam opwaarts te lanceren, zouden we de stijgingshoek kunnen berekenen die je in een wijde boog over het Diepe Woud naar Onderstad brengt. Maar de risico's zijn verschrikkelijk. Misschien land je te vroeg en kom je terecht in het Schemerwoud of het Slik, of misschien vlieg je te ver en verdwijn je over het Klif zelf. En zelfs als je, dankzij een of ander mirakel, Onderstad bereikt, is de kans groot dat je een verkoold lijk bent wanneer je de grond raakt.'

Twijg keek Maugin onbewogen aan. 'Dat risico ben ik bereid te nemen', zei hij.
'Maar, Twijg', zei Warkweep. 'Je hebt toch gehoord wat ze pas gezegd heeft. Het is een gewisse dood!'
'Ik moet het proberen', zei Twijg vastberaden. 'Doe ik het niet, dan wacht Sanctaphrax een gewisse dood. En voor elk schepsel in het Diepe Woud als de rivier niet verjongd wordt. Ik *moet* het proberen.'
Warkweep greep Twijgs hand. Hij trilde, en haalde hijgend adem. 'Laat *mij* gaan in jouw plaats. Laat *mij* luchtgeschoten worden naar Sanctaphrax. Ik ben jonger dan jij. Lichter. En wat is het leven van een mislukte leerjongen waard tegenover dat van de beste luchtpiraat die ooit geleefd heeft?' Hij pauzeerde. 'En... en je zou een boodschap op mijn rug kunnen vastmaken gericht aan de Professor der Duisternis, voor het geval ik het niet red...'
Twijg glimlachte. 'Jij bent helemaal geen mislukte leerjongen, Warkweep. Je hebt me voortreffelijk geholpen.' Hij schudde zijn hoofd. 'Ik kan je niet vragen dit te doen. Het is mijn taak.'
'Maar Twijg!' protesteerde Warkweep, met tranen in zijn ogen.
'Dank je,' zei Twijg, 'maar ik wil er niets meer over horen...'
'En toch is het geen slecht idee dat iemand je vergezelt', zei Maugin bedachtzaam. 'Een stevige boom kan het gewicht van twee passagiers dragen, en als een van de twee het bewustzijn verliest, heeft de andere nog een kans. *Ik* ga met je mee, kapitein.'

'Jij?' zei Warkweep ongelovig.
'Ik ben een Steenpiloot', zei Maugin. 'Ik bezit de kennis en ervaring. Ik moet je vergezellen, Twijg.'
Twijg glimlachte en boog het hoofd. 'Ik ben erg ontroerd', zei hij. 'Maar ik moet alleen gaan.'
'Maar, kapitein!' protesteerde Maugin.
'Het spijt me, Maugin', zei Twijg. 'Jij en de rest van de bemanning hebben me al lang genoeg trouw gevolgd. Ik heb al jullie levens op het spel gezet toen we naar de open hemel vaarden. Ik heb al te veel gevraagd van jullie.' Hij pauzeerde. 'Geef me je ervaring, niet je leven.'
Maugin nam zijn hand. 'Mijn leven heb je al', zei ze.

Ze doorzochten de weelderige tuinen van Rivier-sprong naar de grootste, stevigste, meest opwaarts duwende boom die ze konden vinden. Uiteindelijk raakten ze het eens over een majestueuze, zilvergrijze fikhoutboom, die trots op de grens stond van het roerloze bronwater.
'Het is bijna een schande zo'n prachtige boom om te hakken', zei Warkweep met een afwezige blik in zijn ogen. 'Ik vraag me af hoe lang hij hier al staat en drinkt van het water van Rivierspronq. Misschien heeft Boldok de Wijze zelf nog koelte gezocht in zijn schaduw.'
'Het is een goede keus, kapitein', zei Maugin. 'Hij zal lang en hevig branden.'
'Aan de slag dan maar', zei Twijg ongeduldig. 'Er is niet veel tijd meer over. De Moederstorm is onderweg en middernacht komt steeds dichterbij in Sanctaphrax.'
Goem velde de grote boom met massieve slagen van

Tuntums bijl. Splinters asgrijs fikhout zweefden door de lucht. Uiteindelijk viel de boom met wat, in Warkweeps oren althans, een bedroefde, kreunende zucht leek, gevolgd door een verschrikkelijke klap.

Terwijl Goem de takken verwijderde, totdat niets meer restte dan de stam zelf, begonnen Twijg en de anderen, onder de supervisie van Maugin, koortsachtig een lanceerhelling in elkaar te knutselen met de stevigste takken.

'We moeten het platform in lijn brengen met de ooster, want daar ligt Sanctaphrax', zei Maugin. 'En scherp de hoek perfect af. Het pad van de vlucht mag niet te hoog zijn, of je komt nooit terug op aarde.'

'Maar hoe kunnen we in hemelsnaam de afstand schatten?' vroeg Warkweep hoofdschuddend.

'Dat kan ik niet', zei Maugin bars. 'Maar ik was al een Steenpiloot nog voor jij geboren was. Vliegen is mijn vak. Iets anders kan ik niet. Ik moet al mijn ervaring gebruiken – hoewel het zelfs dan blijft neerkomen op een goede gok.' Ze draaide zich om. 'Twijg, je moet je verstand erbij houden. We zullen je vastbinden aan de uiterste top van de boom met schuifknopen waaraan je kunt trekken om je te bevrijden wanneer Onderstad onder jou verschijnt.'

'Ik begrijp het', zei Twijg.

Toen de hemel verduisterde, plaatsten ze de stam tegen de lanceerhelling, met een hoek die Maugins goedkeuring kreeg, en bundels bladerige takken werden rond de basis in een strak bosje geschikt. Twijg knoopte zijn lange jas dicht en snoerde de riemen van zijn valschermzwever vast. Vervolgens werd hij, op aanraden van Maugin, ingesmeerd met een dikke laag verkoelende Rivierspronggmodder van de rand van het water.

'Deze modder beschermt je tegen de intense hitte van de vlammen', verduidelijkte ze. 'En neem dit', voegde ze eraan toe en overhandigde hem een klein flesje. 'Dit flesje bevat het herstellende water van Riviersprong – maar moge de hemel willen dat je het niet nodig hebt.'

Uiteindelijk werd Twijg vastgebonden aan de onderkant van de grote boomstam. Maugin maakte de laatste schuifknoop vast.

'Vaarwel, kapitein Twijg', fluisterde ze.

Twijg draaide zijn hoofd om en keek toe hoe Maugin de lanceerhelling af klom en op de grond sprong. Hij keek langs de lengte van de stam achter hem, recht en gestroomlijnd voor de lancering; en naar de bundel bladeren die vastzaten aan de basis, waar Woudvis met een toorts in zijn hand wachtte om het vuur aan te steken.

'Wacht op mijn teken', riep Maugin. 'Steek eerst die bladerige takken in brand, precies op de plaatsen die ik aangeef.'

'Stop!' schreeuwde Warkweep. Hij kwam aangerend van de waterrand, zijn kleren onder de haastig geklie-derde modder.

'Ik kan je niet alleen laten gaan, Twijg', schreeuwde hij. 'Ik kan het niet!'

Hij klauterde de hellende fikhoutboom op en klampte zich stevig vast aan de stam.

'We hebben geen tijd hiervoor!' zei Twijg ongeduldig.

'Schuif dan wat op, Twijg', zei Warkweep. 'Maugin, bind me naast hem vast. Je hebt zelf gezegd dat twee beter is dan één.'

'Wil je dit echt doen voor Sanctaphrax?' vroeg Twijg. 'Ook al betekent het je dood?'

'Niet voor Sanctaphrax', zei Warkweep. 'Voor jou, Twijg.' Hij glimlachte. 'En misschien ook voor Boldok de Wijze.'

Twijg richtte zich tot Maugin. 'Doe wat hij vraagt', vertelde hij haar.

Uiteindelijk waren ze klaar. Twijg glimlachte neer naar zijn loyale bemanningsleden op de grond onder hem.

'Wuh-wuh! T-wuh-g!' riep Goem.

'Mijn dromen gaan met je mee', zei Woudvis. Hij boog zich naar de takken die Maugin hem aanwees, een voor een, en stak ze in brand met de brandende toorts. De olieachtige takken vatten dadelijk vlam.

'Ik kom terug!' schreeuwde Twijg boven het razen van het vuur uit.

De basis van de boom, witheet binnen in de brandende takken, schoot in brand. Hij siste. Hij stoomde. Hij trilde en beefde, en toen...

De grote, brandende boomstam scheurde zich los van zijn touwen, lanceerde zich van het platform en raasde de lucht in en liet in zijn zog een waaier van oranje splinters achter. De top van de boom, met de twee vastgebonden passagiers, verdween al snel in de duisternis, tot alleen nog de brandende basis zichtbaar was, een lichtspikkel die steeds kleiner en flauwer werd naarmate de boom zich verder spoedde op zijn gevaarlijke tocht.

'Moge de hemel je beschermen!' fluisterde Maugin.

Toen de brandende boom zich de lucht in lanceerde, was de opwaartse kracht zo hevig dat Twijgs adem afgesneden werd. Hij hapte naar adem. Met zijn gezicht naar één kant en zijn ogen hard dichtgeknepen, greep hij de touwen die hem aan de boom bonden, en bad dat ze het hielden.

En nog steeds versnelde de boom. De druk was niet te houden. Zijn maag zonk in zijn tenen. Het bloed trok uit zijn hersenen weg. Zijn mondhoeken werden omlaaggetrokken. Onvoorstelbaar snel schoot de boom over het Diepe Woud met zijn levende vracht. Iedere woudbewoner die dit zag, zou gemeend hebben dat het een vallende ster was en vergeefs een wens gepreveld hebben. Twijg, die zich ziek en ijl voelde, zag het door de maan verlichte gewelf van gepolijst zilver onder hem als een vlek voorbijschieten.

Hij knarsetandde. Zijn slapen bonsden, zijn nek deed pijn, zijn maag kromp samen van angst.
'Verlies het bewustzijn niet!' zei hij tegen zichzelf, en bad opnieuw dat de touwen het zouden houden.
De schutvogels bemoedigende woorden aan boord van de *Klifdanser* verschenen voor zijn geest. Kristalhelder, alsof zijn grote, wijze beschermvogel hem nooit verlaten had, fluisterden ze in zijn hoofd. *Ook dit gaat voorbij*, zeiden ze. *Ook dit gaat voorbij.*
Twijg sloot zijn ogen. Alles gaat voorbij. Vreugde. Pijn. Het ogenblik van triomf, de zucht van wanhoop. Niets blijft eeuwig duren – zelfs dit niet...
Tegen zijn zin opende Twijg zijn ogen. Ze vlogen nu bijna horizontaal en leken aan de top te zijn van de grote boog van de vlammende komeet. De eindeloze uitgestrektheid van bomen flitste voorbij, ver onder hen. Snelheid. Druk. Ondraaglijke hitte. Hij hoorde Warkweep naast hem kreunen.
De vlammen hadden meer dan de helft van de grote boomstam verteerd. Gigantische brokken zwarte as braken af en stortten omlaag en naarmate de vlammen dichterbij kwamen, werd de hitte steeds intenser. Twijg noch Warkweep kon het nog lang uithouden. Hun handen trilden. Hun lichaam baadde in het zweet.
'Niet opgeven', fluisterde Twijg. Zijn hoofd tolde. 'Volhouden...'
De grote, zwevende boom had zijn hoogste punt bereikt, zoveel was zeker. Kreunend van inspanning tuurde Twijg voor zich uit – en zijn hart sprong op. Ver voor hen uit, helder glimmend onder de zilveren

maan, lag de barre woestenij van het Slik. Twijg was nooit zo gelukkig geweest het vreselijke, gebleekte landschap te zien. Een moment later vlogen ze boven het Slik – en nog iets verder glinsterden de lichten van Sanctaphrax.

Omlaag vlogen ze nu. Lager en lager. De intense hitte was duizeligmakend. Warkweeps laarzen verschroeiden. De haren op Twijgs hamelhoornhuidjas verschrompelden.

Blijf vliegen, spoorde Twijg zichzelf nogmaals aan. Nog een beetje verder...

Laag in de hemel blonken de prachtige torens van Sanctaphrax in het maanlicht. Eronder verspreidde de smerige vuiligheid van Onderstad zich tot en langs de oevers van de nu waterloze Klifwater Rivier. De rivier is opgedroogd, besefte Twijg met een schok. En nu dat het water van Riviersprong niet meer vloeide...

Warkweep gilde.

De vlammen raasden om hem heen, en ondanks de dikke, beschermende laag Riviersprongmodder werden de twee levend geroosterd. Twijg draaide zijn hoofd en kruiste Warkweeps paniekerige blik.

'Hou vol', raspte hij. De laadsteigers kwamen in zicht. De verst afgelegen randgebieden van Onderstad schoten onder hen door.

'Nu, Warkweep!' schreeuwde Twijg. 'Trek aan de touwen!'

De ogen van de leerjongen rolden terug in hun kassen en zijn hoofd viel voorover.

'WARKWEEP!'

Onder hem vloog de grote, zwevende rots van Sanctaphrax voorbij. Twijgs hoofd tolde. Wat moest hij doen? Als hij zichzelf losmaakte, zou Warkweep verder razen, over het Klif en de open hemel in. Maar als hij probeerde hem te redden, zou Sanctaphrax misschien vernietigd worden.

Hij had geen keus. Twijg trok zijn mes en sneed Warkweeps touwen door. Ze rafelden uit en schoten los, en de jeugdige leerjongen werd door de wind van de stomp brandend hout geplukt. De valschermzwevers vlogen open en Warkweep dreef weg.

Zonder dralen schoof Twijg de knoop los die hem aan de stompe resten bond van de ooit grote boom, en vloog hem achterna. Zijn valschermzwevers openden zich, en de zijdeachtige vouwen bolden op. Twijg keek angstig om zich heen, en verwachtte half dat hij Warkweep naar de grond zou zien tuimelen. Maar nee. Daar, onder hem, zweefde hij.

'Warkweep!' schreeuwde hij, en door zijn knieën op te trekken en voorwaarts te stoten, verhoogde hij de hoek

van de valschermzwevers en dook omlaag naar hem. Warkweeps gezicht was zo wit als een doek, maar hij leefde. Sterker nog, hij leefde niet alleen, maar hij was ook – de hemel zij geprezen – bij bewustzijn.

'Hoe bestuur ik deze dingen?' jankte hij.

'Probeer het maar niet', riep Twijg terug. 'Je doet het uitstekend. Maak alleen geen plotselinge bewegingen!'

Terwijl ze steeds lager zweefden, vielen de laatste sporen van armtierige bewoning weg. Het land onder hen werd rotsig en onbewoonbaar. En het kwam steeds sneller op hen af.

'We kunnen niet meer terug', schreeuwde Twijg. 'Bereid je voor op de landing. Ontspannen en rollen, Warkweep!' brulde hij. 'Ontspannen en rollen.'

Het volgende ogenblik landde Twijg, onmiddellijk gevolgd door Warkweep. Toen ze de grond onder zich voelden, ontspanden ze hun benen en rolden op hun zij. De gebakken modder kraakte en viel van hen af.

Twijg kwam als eerste overeind. Hij hurkte neer naast het bewegingloze lichaam van zijn vriend, ontkurkte de kleine fles die Maugin hem gegeven had, en bevochtigde de lippen van Warkweep met wat Riviersprongwater.

Warkweep opende dadelijk zijn ogen en keek op.

'Hoe gaat het?' fluisterde Twijg.

'Behalve dat ik verbrand en half dood geslagen ben, bedoel je?' zei Warkweep, terwijl hij ging zitten.

Twijg glimlachte. 'Kun je lopen?' zei hij.

'Ik... ik denk het wel', zei Warkweep. 'Waar zijn we?'

Twijg keek rond naar de zilverkleurige stapels rotsen,

waarvan elke rots groter was dan die eronder. 'In de Stenen Tuinen', gromde hij.

Slierten mist kronkelden op van de grond, waar de koude lucht de warme raakte. De wind stak op. Warkweep huiverde.

'De Stenen Tuinen', klaagde hij. 'Maar dat is kilometers van Sanctaphrax!'

Precies op dat ogenblik vulde de lucht rondom hen zich met fladderende vleugels. Een voor een landden en hopten glanzende witte vogels, en vormden een gesloten cirkel rond het ongelukkige duo. Ze scharrelden in de grond, ze sloegen met hun ruige vleugels, ze staken hun nekken uit, openden hun wilde bekken en krasten dreigend. De geur van rottend vlees vulde de lucht.

'De raven!' mompelde Twijg, en trok zijn zwaard. 'De witte raven!'

Warkweep greep naar zijn mes, en hij en Twijg stonden rug aan rug, met geheven wapens, grimmig afwachtend. Met zijn tweeën tegen zovele was een hopeloze situatie. Waren ze dan zo ver gekomen om hier in het zand te moeten bijten, bijna binnen het zicht van Sanctaphrax?

'Luister naar me', riep hij hen toe. 'Jullie moeten naar me luisteren.'

Maar de witte raven hadden geen zin om te luisteren. Ze pikten in de lucht met hun snavels en begonnen nog luider te krassen. Het was alleen nog een kwestie van tijd voordat de moedigste – of hongerigste – de rangen doorbrak en aanviel.

HOOFDSTUK TWINTIG

DE MOEDERSTORM

De heldere maan scheen onbewogen neer op het akelige tafereel in de Stenen Tuinen. Twee figuren, met in het maanlicht glinsterende messen, stonden rug aan rug. In een kring om hen heen scharrelde de vlucht vraatzuchtige witte raven in de grond met hun zeisvormige klauwen.

'Wat doen we, Twijg?' zei Warkweep.

'Ik... We...' Twijg zweeg. Voor het eerst sinds hij vertrokken was op zoek naar zijn vermiste bemanning, wist hij niet wat hij moest doen. Elk lid van de bemanning had hij weten te vinden, maar de zoektocht was nog niet voorbij – of beter gezegd, was gewijzigd. En om te vermijden dat Sanctaphrax vernietigd zou worden door de naderende Moederstorm, moest Twijg iets ondernemen – en nú iets ondernemen.

Plotseling stapte de grootste witte raaf voorwaarts. De vogel hield zijn kop schuin. 'Vallende ster?' kraste hij.

Twijgs mond viel open. Niet alleen kon deze vogel praten, hij leek hem ook nog te herkennen. 'J... ja', zei hij, onzeker knikkend.

'Vriend van Professor der Duisternis?'
'Ken jij de Professor der Duisternis?' hapte Twijg naar adem.
'Kraan kent', beaamde de witte raaf.
'Dan moet je ons helpen...', begon Twijg, maar hij werd dadelijk overstemd door het rauwe kraaien van de rusteloze vlucht. Kraan draaide zich om en krijste dat ze stil moesten zijn. Daarna richtte hij zich opnieuw tot Twijg. 'Jou helpen?' vroeg hij.
'Ik wil een boodschap geven aan de professor', zei Twijg. 'Een belangrijke boodschap.'
'Belangrijk', herhaalde Kraan.
'De Moederstorm zal om middernacht Sanctaphrax treffen', zei Twijg traag en duidelijk. 'De zwevende stad moet onmiddellijk geëvacueerd worden. Vertel hem dat Twijg onderweg is.'
Hij keek in Kraans glazige, gele ogen en probeerde te raden wat de vogel dacht. 'Kun je deze boodschap overbrengen?'

Nog voor de grote witte raaf iets kon zeggen, werden de Stenen Tuinen plotseling gehuld in een volslagen duisternis.

Iedereen keek op. Vreemde, donkere wolken hadden zich samengepakt voor de maan, en wervelden en kronkelden: het was net alsof je keek in een zwerm houtmaden.

De raven krasten in koor – een ruw gezang van ontzetting.

Toen siste een getande, blauwe bliksemflits door de lucht en raakte de grond. Waar de flits landde, kraakte de aarde en, nadat de rook en het stof opgetrokken waren, het glinsterende oppervlak van een nieuwe opduikende rots verscheen van onder het oppervlak.

'Dit weer kondigt de komst van de Moederstorm aan', zei Twijg somber.

De witte raaf keek hem van terzijde aan. 'Jij weet wat de Professor der Duisternis niet weet', zei hij wantrouwig. 'Hoe?'

'Omdat het geheim aan mij geopenbaard werd', zei Twijg en wees voorbij het Klif. 'Daar, in de open hemel – waar geen professor zich ooit gewaagd heeft. Kraan, je moet me geloven. Als je nu niet vertrekt, is het *te laat*. Te laat voor jou, voor mij, voor Sanctaphrax – *het leven op het Klif zal eindigen.*'

'Waaark!' schreeuwde de grote vogel. Hij sloeg zijn vleugels uit en steeg de lucht in. 'Waaark!' krijste hij nogmaals, en de kring witte raven opende zich om Twijg en Warkweep door te laten: hun mocht niets overkomen. '*WAAAARK!*'

'Vind de Professor der Duisternis', riep Twijg hem na. 'Geef hem mijn boodschap.' Kraan cirkelde rond en fladderde met veel lawaai weg naar Sanctaphrax. 'En moge de snelheid van de hemel met je zijn', fluisterde Twijg.

Twijg en Warkweep holden langs het pad dat hen naar Onderstad bracht en lieten de Stenen Tuinen steeds verder achter zich. De lucht om hen heen siste dreigend. Strengen flitsend elektrisch-blauw licht waaierden uit over het duister. De Moederstorm kwam steeds dichter en de lucht was geladen met haar nakende komst. Een half uur, misschien meer, was al voorbij.
'Sneller', riep Twijg, en begon nog sneller te lopen. 'Straks is het middernacht. We moeten ons haasten.'
'Ik... Ik kom', hijgde Warkweep bekaf.
Voor hen uit glinsterden de torens en spitsen van Sanctaphrax in de knetterende lucht. En terwijl de wind

steeds strakker werd, danste de hele zwevende stad aan het eind van de Ankerketting als een ballon aan een touwtje.

Uiteindelijk – veel later dan Twijg gehoopt had – kwamen de randgebieden van Onderstad in zicht. Lage, van een houten frame voorziene werkplaatsen met gegolfde ijzerhouten daken, een kleine looierij, een bedrijf waar romptuigage vervaardigd werd.

'We zijn er bijna', zei Twijg buiten adem.

De lucht achter hem was intussen paars geworden, en de elektrisch-blauwe flitsen wonnen aan intensiteit. Ze sisten om de majestatische gebouwen van Sanctaphrax en omlaag langs de ankerketting die de stad met de grond verbond.

'Deze kant op', zei Twijg, en schoot onverwachts een smal steegje in met kraampjes die mandgerei en kleipotten verkochten en ondanks het late uur nog steeds open waren.

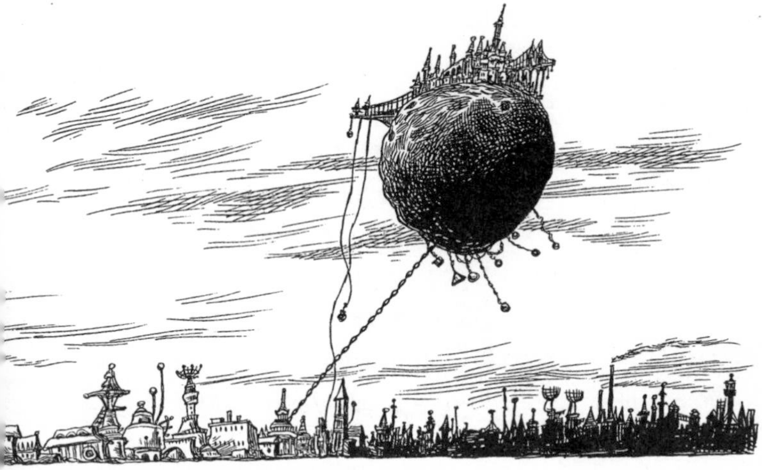

Warkweep strompelde op rubberen, krachteloze benen achter hem aan.

Opnieuw gingen ze linksaf. Daarna rechtsaf. Heel Onderstad stond in rep en roer. Kobolds en trollen keken in angstige groepjes naar de hemel, terwijl ze wezen en ongerust mompelden. Er was iets vreemds aan de hand. Iets wat erger leek dan alle vorige stormen bij elkaar.

Twijg en Warkweep baanden zich hollend een weg door de menigte. Rechts. Nogmaals rechts. Daarna links. En daar was het – in het midden van een open, geplaveid plein voor hen uit – het meerplatform van de grote, zwevende rots.

De plek stond al vol academici. Ze leken radeloos, bang, en in hun officiële gewaden misplaatst te midden van het vuil en de chaos van Onderstad. Twijg keek op naar de zwevende rots, waar overladen manden nog meer burgers van Sanctaphrax naar beneden lieten. Kraan, de witte raaf, had zijn boodschap blijkbaar afgeleverd en de professor had gehandeld.

De lucht glinsterde en knetterde, en een oorverdovende donderknal deed de grond beven. De stormwind gierde door de smalle straten en rond het plein.

Met zijn hoofd omlaag liep Twijg naar het onbewaakte platform; de gnokkobolds van de Ankerkettingwacht hadden blijkbaar hun post verlaten. Hij keek naar de ketting en zuchtte. Geen zwaard kon deze machtige schakels verbreken. Hij klom op de sokkel en hurkte neer om te onderzoeken hoe het uiteinde van de ketting vastgemaakt was.

De meerblok was een ingewikkeld geval. Een ijzeren plaat, met twee verhoogde bogen in het midden, was door het platform gebout, in de rots eronder. Het uiteinde van de Ankerketting was rond een getande as gewikkeld, waarbij de laatste schakel door een massieve splitpen op zijn plaats gehouden werd tussen de twee bogen. Om Sanctaphrax los te maken moest de splitpen verwijderd worden. Maar hoe?

'Een hamer, Warkweep!' schreeuwde Twijg. 'Ik heb een zware hamer nodig. In hemelsnaam, ga er een zoeken!'

Warkweep schoot de massa in.

Een geschreeuw steeg op. Twijg draaide zich om en zag een gebogen lopende figuur in zwarte kleren uit een mand klimmen die juist de grond geraakt had naast de droge fontein aan de overkant van het plein.

Het was de Professor der Duisternis. Twijg zuchtte opgelucht. Als de Allerhoogste Academicus van Sanctaphrax de stad verlaten had, dan was de evacuatie zo goed als afgerond.

En geen seconde te vroeg, dacht Twijg, toen in de verte een laag geluid als van een knorrende maag rommelde. Het was de Moederstorm, die nu wel erg dichtbij was.

Maar waar bleef Warkweep met die hamer? Twijg speurde in het rond naar iets – het maakte niet uit wat – dat hij kon gebruiken om die splitpen los te slaan.

Plotseling hamerde een hevige vlaag hagelstenen – zo groot als ratvogeleieren – op Onderstad neer, vernielde ramen, en maakte van de plek van angst een waar pandemonium. Iedereen zocht schreeuwend naar beschut-

ting. Twijg bracht zijn arm beschermend omhoog en keek op.
Borrelend en bruisend, flitsend en flikkerend tuimelde een immense bal van pikzwarte wolken door de lucht naar Onderstad.
De Moederstorm was vlakbij!
Twijg sprong van het platform en wrikte met zijn zwaard een van de plaveistenen los. Hij sprong opnieuw op het platform en sloeg met het stuk steen tegen de splitpen.
Die bewoog!
Twijg probeerde opnieuw. Deze keer bleef de splitpen klemvast zitten. Hij probeerde nogmaals. Tevergeefs. De pen gaf niet mee.
'Beweeg dan toch, de hemel vervloeke je!' bulderde Twijg tegelijk woedend en gefrustreerd.
'Twijg!' riep een bekende stem. 'Wat denk je daar te doen?'
Twijg keek op. De Professor der Duisternis liep over het plein naar hem toe.
'Alsjeblieft, professor', gromde Twijg terwijl hij steeds opnieuw met de zware steen tegen het meerblok sloeg. 'Er is geen tijd om het uit te leggen.'
'Twijg! Nee!' schreeuwde de professor. Hij trok zijn gewaad op, beklom de sokkel

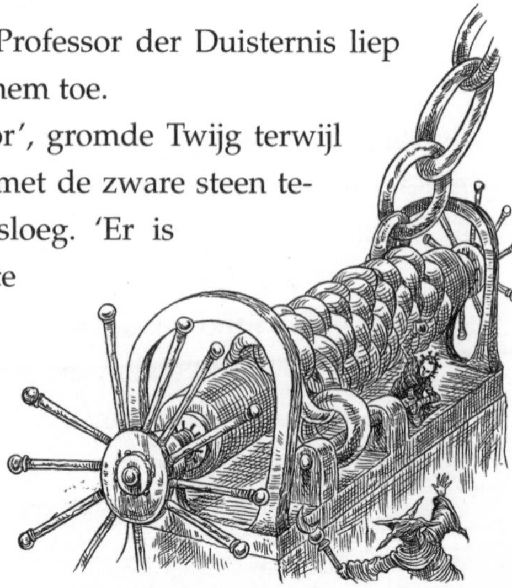

en trok Twijg bij zijn arm. 'Ben jij gek geworden? Wat is er met jou – uitgerekend jou – gebeurd dat je de Ankerketting aanvalt!'
Twijg schudde hem af. 'Alles is verloren als ik het niet doe', zei hij. 'De Moederstorm is bijna boven ons! Om middernacht treft ze ons!'
'Maar Twijg, hoe kun je dat zeggen?' zei de professor.
'Ik heb me herinnerd wat ik geleerd heb in de open hemel', zei Twijg. 'Wat ik vergeten was toen jij me vond in de Stenen Tuinen. Om het leven op het Klif te laten overleven, moet Sanctaphrax losgemaakt worden! De Moederstorm moet onbelemmerd kunnen passeren naar Riviersprong.'
'Nee!' mompelde de professor verbijsterd. 'Nee.' Hij ademde steeds sneller. 'Ik heb ingestemd met de evacuatie... Ik was bang dat er gewonden of zelfs doden zouden vallen door de schade aan de gebouwen. Maar Sanctaphrax losmaken van de ketting! Nee, daar kan geen sprake van zijn. Ik moest boven gebleven zijn bij de anderen.'
'De anderen?' zei Twijg. Hij keek op naar de zwevende stad en zag een rij piepkleine figuren over de balustrade naar beneden turen. 'Tarp? Prutgrol...?'
'O, je bemanning is beneden, maar meerdere oudere academici weigerden te vertrekken', zei de professor. 'De Professor van Mistonderzoeken, de Professor der Windrakers en Wolkenkijkers – en zelfs die parvenu, de Professor der Psycho-Klimatologische Wetenschappen. Professoren die duidelijk blijk geven van meer loyaliteit aan Sanctaphrax dan ikzelf', voegde hij eraan

toe, en zonder te waarschuwen sprong hij vooruit en gaf Twijg uit volle macht een zet.

Afgeleid door het zicht van de koppige academici, had Twijg hem niet zien komen. Door de zware klap verloor hij zijn evenwicht en viel van het platform, waarbij hij met zijn hoofd de rand raakte. Versuft keek hij op en zag de Professor der Duisternis boven hem staan.

Op dat moment luidde een klok. Het was de zware, koperen klok van de Grote Hal, die het uur sloeg.

Bong! sloeg ze.

De professor keek op. 'Zie je wel', schreeuwde hij. 'Middernacht, en er is niets gebeurd.'

De menigte liep zenuwachtig ordeloos rond, hun ogen naar de hemel geslagen, waar kolossale wolkenbanken over elkaar tuimelden. Ondanks de geruststellende woorden van de professor leek er nog heel veel te zullen gebeuren.

Bong!

Ver boven hun hoofden pulseerde de gigantische bal van wolken, als een groot, kloppend hart. De lucht kraakte. De wind gierde. De Moederstorm stond op het punt om haar verjongende kracht hier in Sanctaphrax, en niet in Riviersprong, los te laten – en te verspillen.

Bong!

Doorweekt en buiten adem stond Warkweep plotseling aan Twijgs zij. Hij hield een hamer in zijn hand.

'Twijg!' riep hij. 'Wat is er gebeurd?'

Bong!

De hemel rommelde en rolde. Paarse en blauwe bliksemflitsen schoten naar de aarde, en vernietigden plaveistenen, sloegen gebouwen te pletter en stuurden de doodsbange bewoners van Onderstad en burgers van Sanctaphrax alle richtingen uit, op zoek naar bescherming.

Twijg tastte naar zijn bonzende hoofd. 'Maak de Ankerketting los, Warkweep', kreunde hij zwak. 'Voor de klok twaalf slaat.'

Bong!

Warkweep sprong het platform op, waar de Professor der Duisternis zich over het ankerblok gelegd had.

'Opzij!' schreeuwde Warkweep.

'Je zult me eerst moeten doden!' dreigde de professor.

Bong!

Warkweep stapte vooruit en trok de oude professor aan zijn mouw.

'Nee, nee!' schreeuwde hij uit, en rukte zijn arm los. 'Als jij denkt dat ik eeuwen onderzoek verloren laat gaan, dan...' De professors stem klonk hoog en klagerig. 'Dan ben je al even gek als die daar!'

Bong!

'Warkweep, haast je!' kreunde Twijg, terwijl hij suf overeind klauterde. 'Haast je!'

De storm raasde. De aarde trilde. De lucht beefde.

'Nee, Warkweep', smeekte de professor. 'Ik... ik geef je alles wat je maar wilt!' schreeuwde hij. 'Noem je prijs. Je eigen departement. Een professoraat. Zeg het me, en je hebt het – maar maak de Ankerketting niet los!'

Bong!

'Hier', brabbelde de professor en trok zijn zware ambtsketting af. 'Neem het grote zegel van Sanctaphrax. Je mag het hebben – maar vernietig onze prachtige stad niet', bad hij terwijl hij zijn hand uitstak en het rond Warkweeps nek slingerde.

Toen hij dat deed, greep Warkweep de benige pols van de professor vast en trok hard. Met een wanhopige kreet moest de professor het windingsmechanisme loslaten en viel van het platform af. Hij belandde hard op de grond.

Bong!

Warkweep draaide zich om, bukte zich en sloeg furieus op de splitpen. Kreunend en krakend gaf de getande as mee. Schilfers roest schoten weg toen eeuwenlang onberoerd gelaten kammen en takels trilden en draaiden.

Bong!

Boven hem vloog de naderende Moederstorm nu lager, en nam steeds meer van de lucht in naarmate ze zakte. De zware lucht was geladen met elektriciteit die het haar op ieders hoofd overeind zette, en doordrongen van de geur van zwavel en teer en geroosterde amandelnoten.

Een krachtige wervelwind draaide rond en rond, waardoor Sanctaphrax zelf begon te draaien. Bang voor zijn leven stoof iedereen die zich onder de rots bevond, alle kanten op.

Plotseling gleed de laatste schakel van de grote ketting door de splitpen als een heet mes door boter. Sanctaphrax was vrij.

Bong!

'Nee!' jankte de Professor der Duisternis, en krabbelde overeind. Hij trok zijn kleed op en schoot de ketting

achterna, die bengelde aan de bevrijde rots. 'Dit mag niet gebeuren!' schreeuwde hij. 'Nee!'
'Professor!' riep Twijg hem achterna. 'Luister naar me!'
Maar de Professor sloeg geen acht op hem. Sanctaphrax was zijn hart en ziel. Hij wilde niet – *kon* niet – zonder haar leven. Hij sprong naar de ketting en greep ze stevig beet.
'Professor!' gilde Twijg.
Bong!
De klok sloeg twaalf. Het was middernacht in Sanctaphrax.
De Moederstorm brulde als een razend beest. De ontketende stad Sanctaphrax suisde de hoogte in en verdween uit het zicht toen de Moederstorm – krachtig en vol nieuw leven pulserend – door de hemel rolde om haar ochtendlijke afspraak met Riviersprong te eerbiedigen.

Warkweep sprong van de sokkel af en liep naar Twijg.
'Moge de hemel je beschermen, Professor', riep Twijg, terwijl hij omhoog staarde.
Warkweep legde een hand op zijn schouder.
'De Professor der Duisternis was een goed man, Warkweep', zei Twijg. 'Toegewijd, loyaal... zoals al die andere misleide academici die weigerden te vertrekken.' Hij zuchtte. 'Ze konden hun geliefde Sanctaphrax niet loslaten.'
'Daar zijn ze!' klonk een luide, woedende stem.
'Ze hebben de Ankerkettingen losgekapt!' bulderde een andere.
Twijg en Warkweep werden geconfronteerd met een woedende menigte – academici, wachters, mandophalers – die op hen af kwam.
Warkweep draaide zich om naar Twijg. 'Wat moeten we doen?' hapte hij naar adem.
Twijg bracht zijn armen omhoog. 'Vrienden! Collega-academici! Mensen van Onderstad!' riep hij uit. 'Het is waar, Warkweep heeft de Ankerketting losgemaakt...'
De nog steeds aangroeiende massa joelde en floot hen uit.
'Maar had hij dat niet gedaan,' riep Twijg boven het kabaal uit, 'dan zou de vreselijke storm die jullie allen gezien hebben niet alleen Sanctaphrax vernietigd hebben, maar ook Onderstad – en alle leven dat we kennen op het Klif!'
'Wie zegt dat?' raasde een grote, in een toga geklede figuur.
'Waarom zouden we jou geloven?' vroeg een ander.

'Omdat ik spreek in naam van jullie nieuwe Allerhoogste Academicus', brulde Twijg terug. De massa aarzelde. 'Inderdaad, jullie hebben me goed gehoord: de Allerhoogste Academicus!' Hij wees naar het zware, gouden zegel dat aan de ketting rond Warkweeps nek hing. 'Want dat is de titel die de vroegere Allerhoogste Academicus, zoals het zijn recht is, aan hem overdroeg volgens de oude gebruiken van ons geliefd Sanctaphrax.'

Warkweep kromp in elkaar van schaamte. 'Maar... maar', murmelde hij.

'Er *is* geen geliefd Sanctaphrax!' riep een boze stem.

'En dat is maar goed ook!' antwoordde een Onderstedeling. 'Luie academici!'

'Onderstad-gespuis!' klonk het woedende antwoord.

Er braken knokpartijen uit en vuistslagen werden uitgedeeld. Maar het volgende ogenblik bevroor de massa, want hun kreten werden overstemd door het uitzinnige krijsen en krassen van de vlucht witte raven die boven hun hoofden rondcirkelden.

'Het koor van de doden', gromden de Onderstedelingen, en schoten ervandoor.

'De witte raven', fluisterden de academici, en bleven staan.

In een grote, wervelende blizzard van veren landdden de witte raven en vormden een beschermende ring rond Twijg en Warkweep. De grootste van de vogels draaide zich naar Twijg en stak zijn grote snavel voorwaarts.
'Kraan', zei Twijg. 'Dank je voor...'
'Bliksemflits heeft Stenen Tuinen geraakt', onderbrak de vogel hem. 'Blauwe bliksemflits. Weet je nog?'
'J... ja', zei Twijg.
Kraan knikte hevig. 'Daar, rots groeit. Grootste ooit. Groeit snel. Snel en snel. Moet ze vastmaken. Nu vastmaken. Voor wegvliegen.'
Twijg fronste. Hij herinnerde zich het zicht van de glinsterende, nieuwe rots waarvan hij onder het oppervlak een glimp opgevangen had. 'Je denkt toch niet...', zei hij en richtte zich tot Warkweep.
'Bedoel je,' zei Warkweep, 'denk je dat die rots groot genoeg zal worden om...'
'Een *nieuw* Sanctaphrax te zijn!' zei Twijg. 'Dat is precies wat ik denk!' Hij gebaarde naar de academici voor hen. 'Snel! Ga naar de Stenen Tuinen, jullie allemaal! Neem touwen, kettingen, netten, gewichten, tuigage mee – wat je maar vindt. Want de rots die groeit aan het Klif, zal jullie nieuwe zwevende stad zijn. Samen kunnen jullie een nieuw Sanctaphrax bouwen.'
De academici staarden elkaar verbluft aan. Warkweep stapte voorwaarts en hield zijn hand op de ambtsketting rond zijn nek. 'Doe wat hij zegt!' beval hij.
Een ogenblik lang bleven de academici stil. Maar toen riep een stem uit: 'Naar de Stenen Tuinen!' en ze draaiden zich allen om en stroomden het plein af.

Twijg richtte zich tot Warkweep. 'Ah, Warkweep', zei hij. 'Hoe benijd ik je!'
'Benijd je me?' vroeg Warkweep.
'Zeker', zei Twijg. 'Want jij hebt de kans om helemaal opnieuw te beginnen – de kans om de academische stad te bouwen zoals ze altijd geweest had moeten zijn. Weg met de bekrompenheid, de achterklap, de gefluisterde intriges. Want jij bent de brug, Warkweep, die Onderstad en het nieuwe Sanctaphrax samen zal brengen. Handelaren en academici zullen niet langer op elkaar neerkijken, want jij hebt beide zijden gezien, Warkweep – en je hebt een goed hart. Nu heb je ook een nieuwe, zwevende rots waarop je je droom kunt bouwen.'
'En jij, Twijg?' zei Warkweep.
'Ik?' zei Twijg. 'Ik moet herenigd worden met mijn bemanning – zowel hier als in Rivierspróng.' Hij zuchtte. 'Was Spoeler maar niet gestorven...'
'Blijf hier!' zei Warkweep, terwijl hij Twijg bij de armen greep.
'We bouwen samen aan het nieuwe Sanctaphrax! Jij en ik...'
'Mijn plaats is hier niet', zei Twijg vastberaden. 'Is het ook nooit geweest. Mijn plaats is aan het roer van een luchtschip met mijn loyale bemanning aan mijn zij.'
Warkweeps gezicht verwrong. 'Maar ik dan?' zei hij. 'Wat met mij? Ik kan het niet alleen.'
'Volg je hart, Warkweep', zei Twijg. 'Als je dat doet, zul je niet veel verkeerd doen. Denk eraan, volg je hart.' Hij glimlachte. 'En ik zal het mijne volgen.'

Toen de lucht boven het Klif begon te klaren, was de groeiende rots in de Stenen Tuinen gevangen in een sterk netwerk waaraan allerlei soorten zware gewichten gehecht werden door de zich reppende academici.
'Goed', zei Warkweep, tevreden dat, voorlopig althans, de rots vastlag. 'Ik moet terug naar Onderstad', zei hij, 'om de kwestie van een nieuwe Ankerketting te bespreken met Silex Stukmaker van de Liga van Smeden en Gieten. Intussen wil ik dat jij de rots bewaakt. Zorg ervoor dat er steeds genoeg aan vasthangen zodat ze niet wegzweeft.'
'Zeker, heer', antwoordde Vox, de rijzige leerjongen van het College van de Wolk met stille, flemende stem.
Warkweep haastte zich naar de wachtende handkar.
Vox' ogen vernauwden zich en een onaangename grimas speelde om zijn lippen. 'Jij klein misbaksel', mompelde hij nauwelijks hoorbaar. 'Ik krijg je nog wel...'
Toen hij het hoofdplein van Onderstad bereikt had, merkte Warkweep dat een menigte zich verzameld had om de droge, centrale fontein. Hij leunde voorover en tikte de handkarbestuurder op de schouder.
'Dank je', zei hij. 'Als je me even wilt laten uitstappen?'
De handkarbestuurder liet de grepen van de kar zakken en Warkweep sprong eruit. Hij liep naar de fontein. 'Wat is er?' zei hij. 'Wat gebeurt er?'
'*Ssst*, uwe Allerhoogste!' zei een gnokkobold met aandrang. 'Luister.'
Warkweep hield zijn hoofd schuin. Vanuit de diepten van de fontein echode een luide, gorgelende klank.
'Wat...?' begon hij.

Toen, plotseling, terwijl de eerste stralen van de ochtendzon over het plein vielen, was er een oorverdovend gebrul, en een krachtige waterstraal spoot de hoogte in – tien, twintig, dertig passen hoog – en spatte neer op alle omstanders.

Warkweep hapte naar adem. 'Het is gebeurd!' riep hij uit. 'De Moederstorm heeft Riviersprong bereikt. Ze heeft ze bezaaid met nieuw leven. Het water van de Klifwater Rivier stroomt weer! We zijn gered!'

Totaal voorbijgaand aan hun vroegere eerbiedwaardige status, maakten de professoren en leerjongens een vreugdedans met de Onderstedelingen en stortten zich in de waterval tot ze allemaal doorweekt waren. Hun twijfels werden weggespoeld en, terwijl ze hun monden openden om te drinken van het koude, heldere water, werden hun lichamen overgoten met zoveel energie en optimisme dat ze het triomfantelijk uitschreeuwden.

'Lang leve de Klifwater Rivier!'

'Lang leve Onderstad!'

'Lang leve het nieuwe Sanctaphrax!'

En de lucht trilde van het daaropvolgende gebrul. 'LANG LEVE HET NIEUWE SANCTAPHRAX!'

Warkweep glimlachte en stapte uit het neergutsende water. Door de warme zon begonnen zijn kleren te stomen.

'Warkweep!' klonk een stem. 'Het is tijd!'

Hij keek om zich heen. Er was niemand, en eventjes vroeg hij zich af of het Boldok de Wijze was die tot hem sprak.

'Warkweep! Hierboven!'
Warkweep keek op en beschermde zijn ogen tegen het zonlicht. 'Twijg!' riep hij.
De jonge kapitein keek op hem neer van het roer van het luchtschip dat in de lucht hing. Naast hem tuurden ook Prutgrol, Tarp Hameltroep en Wieknoot Vorst omlaag. En hoewel ze in de donkere schaduw stonden van de hut op het achterdek, gloeiden noch zij noch Twijg: de lichtgloed was gedoofd door de voorbijrazende Moederstorm. Aan Twijgs andere zijde zag hij Tiesel, Post en Jervis, en getooid met veren en juwelen de brogtrol Grimslot – bijna de volledige bemanning van Donderslag Vulpoen. Warkweep merkte de naam van het schip op, in blinkende gouden letters. Het was de *Luchtkaper*.
'Ze stonden op me te wachten bij de laadsteigers!' riep Twijg omlaag. 'Nu keer ik terug naar Riviersprong om de anderen te halen – als de hemel het wil! Goem! Woudvis! Maugin...' Hij glimlachte. 'Ik kwam afscheid van je nemen.'
Warkweeps hart zonk. 'Afscheid? Nu al? Vertrek je nu al, Twijg?' riep hij.
'Ik moet. Maar onze paden zullen zich nog wel kruisen', riep Twijg terug. 'Maar nu, Warkweep, is je plaats hier.'

De zeilen van de *Luchtkaper* bolden op. Het luchtschip schoot vooruit.

'Twijg!' riep Warkweep.

'Vaarwel, Warkweep!' riep Twijg uit, en richtte zijn aandacht op de vluchthendels.

Het luchtschip dreef de lucht in. Warkweep keek toe hoe het steeds kleiner werd, afgetekend tegen het citroengeel van de rijzende zon. Het was heerlijk geweest om Twijg te vergezellen op zijn zoektocht – en een deel van hem verlangde ernaar om nu aan zijn zijde te staan, aan boord van de *Luchtkaper* en koers te zetten naar Rivierspron g.

Maar in zijn hart wist Warkweep dat zijn plaats niet aan boord van een luchtschip was. Zijn plicht lag inderdaad hier.

Volg je hart, en ik zal het mijne volgen, had Twijg hem verteld. Meer kon iemand niet doen. En terwijl Warkweep een laatste, lange blik wierp op het luchtschip, glimlachte hij.

Twijg volgde nu zijn hart; nu was het tijd dat hij, Warkweep, het zijne volgde.

'Vaarwel, Twijg, mijn vriend', riep hij uit. 'En moge de hemel met je zijn, waar je ook gaat!'